CHRISTINA BAKER KLINE es novelista, ensayista y editora. Nació en Cambridge, Inglaterra, y se educó primero allí y luego en el sur de Estados Unidos y en Maine. Se licenció en Yale, Cambridge, y en la Universidad de Virginia, donde obtuvo una beca Henry Hoyns en Escritura de Ficción. Entre 2007 y 2010 una beca de la Universidad de Fordham le permitió dedicarse en exclusiva a escribir. Sus ensayos, artículos y reseñas han aparecido en medios como el *San Francisco Chronicle*, *The Literarian*, *Coastal Living*, *More* y *Psychology Today*. Además de *El tren de los huérfanos*, que ocupó el número uno en las listas de libros más vendidos del *New York Times*, ha publicado las novelas *Bird in Hand*, *The Way Life Should Be*, *Desire Lines* y *Sweet Water*.

Vive en una vieja casa en Montclair, Nueva Jersey, con su marido y tres hijos.

Título original: *Orphan Train*
Traducción: Javier Guerrero
1.ª edición: enero, 2016
1.ª reimpresión: febrero, 2016

© Christina Baker Kline, 2013
© Ediciones B, S. A., 2016
    para el sello B de Bolsillo
    Consell de Cent, 425-427 - 08009 Barcelona (España)
    www.edicionesb.com

Printed in Spain
ISBN: 978-84-9070-168-3
DL B 26215-2015

Impreso por NOVOPRINT
            Energía, 53
            08740 Sant Andreu de la Barca - Barcelona

El tren de los huérfanos

CHRISTINA BAKER KLINE

A Christina Looper Baker, que me pasó el hilo,
y a Carole Robertson Kline, que me dio la tela

Al trasladarse de un río a otro, los wabanakis tenían que acarrear sus canoas y el resto de sus posesiones. Todos conocían el valor de viajar ligero y comprendían que ello requería dejar atrás algunas cosas. El miedo, con frecuencia la carga más difícil de abandonar, era lo que más entorpecía el movimiento.

BUNNY MCBRIDE, *Women of the Dawn*

Prólogo

Creo en fantasmas. Son los que nos acechan, los que nos han dejado atrás. A lo largo de mi vida los he sentido muchas veces a mi alrededor, observando, siendo testigos cuando nadie del mundo de los vivos sabía lo que ocurría, cuando a nadie le importaba.

Tengo noventa y un años, y casi todos los que alguna vez formaron parte de mi vida son ahora fantasmas.

En ocasiones, estos espíritus me han resultado más reales que la gente, más reales que Dios. Llenan el silencio con su peso, denso y caliente, como la masa de pan que leuda bajo un trapo. Mi abuela, con sus ojos amables y piel como polvo de talco. Mi padre, sobrio, riendo. Mi madre, entonando una canción. Estas encarnaciones fantasmales se han despojado de la amargura, el alcohol y la depresión, y una vez muertos me consuelan y protegen como nunca lo hicieron en vida.

He llegado a pensar que eso es el cielo: un lugar en el recuerdo de otros donde pervive lo mejor de nosotros.

Quizá tengo suerte, porque a los nueve años me regalaron los fantasmas de lo mejor de mis padres y a los veintitrés el fantasma de lo mejor de mi amor verdadero. Y mi hermana Maisie, siempre presente, un ángel en mi hombro. Tenía dieciocho meses a mis nueve años, trece años a mis veinte. Ahora tiene ochenta y cuatro a mis noventa y uno, y sigue conmigo.

Tal vez no sustituyen a los vivos, pero a mí no me dieron elección. Podía consolarme con su presencia o podía derrumbarme, lamentando lo que había perdido.

Los fantasmas me susurraron, diciéndome que continuara.

Spruce Harbor, Maine, 2011

A través de la pared de su dormitorio, Molly oye a sus padres de acogida hablando de ella en el salón, justo al otro lado de la puerta.

—No es esto lo que pactamos —está diciendo Dina—. Si hubiera sabido que tenía tantos problemas, nunca habría accedido.

—Lo sé, lo sé. —La voz de Ralph denota cansancio.

Molly sabe que es él quien deseaba ser padre de acogida. Mucho tiempo atrás, en su juventud, cuando era un «adolescente con problemas», como le dijo a ella sin rodeos, un asistente social de su escuela lo había inscrito en el programa Big Brother, y siempre había sentido que su «hermano mayor» —su mentor, como él lo llama— lo llevaba por el buen camino. Dina, en cambio, receló de Molly desde el principio. No ayudó que antes de Molly tuvieran un chico que trató de prender fuego a la escuela primaria.

—Ya aguanto bastante tensión en el trabajo —dice Dina, levantando la voz—. No necesito llegar a casa y encontrarme con esta mierda.

Dina trabaja en la centralita de la comisaría de Spruce Harbor y, por lo que Molly sabe, allí no hay mucha tensión:

algunos conductores borrachos, un ojo morado de vez en cuando, pequeños hurtos, accidentes. Si has de trabajar en la centralita de una comisaría en cualquier lugar del mundo, Spruce Harbor es probablemente el sitio menos estresante que quepa imaginar. Pero Dina está tensa por naturaleza, cualquier nimiedad la irrita. Es como si diera por sentado que todo irá bien, y cuando no es así —lo cual, por supuesto, ocurre con frecuencia— se sorprende y se siente afrentada.

Molly es todo lo contrario. Tantas cosas le han ido mal en sus diecisiete años que no espera nada bueno. Cuando algo va bien, apenas sabe qué pensar.

Y justo eso había ocurrido con Jack. Cuando Molly fue trasladada al instituto de Mount Desert Island el año anterior, en décimo grado, la mayoría de los chicos se obstinaban en evitarla. Tenían sus amigos, sus camarillas, y ella no encajaba en ninguna. Cierto es que no lo había puesto fácil; sabe por experiencia que ser dura y rara es preferible a ser infeliz y vulnerable, y utiliza su imagen gótica como una coraza. Jack era el único que había intentado atravesarla.

Fue a mediados de octubre, en clase de Ciencias Sociales. Cuando llegó el momento de formar equipos para un proyecto, Molly, como de costumbre, era el bicho raro. Jack le pidió que se uniera a él y su compañera, Jody, claramente menos entusiasmada. Durante toda la clase de cincuenta minutos, Molly fue un gato con el lomo erizado. ¿Por qué Jack estaba siendo tan amable? ¿Qué quería de ella? ¿Era uno de esos tipos aficionados a estar con la chica rara? Fuera cual fuese el motivo de Jack, Molly no estaba dispuesta a ceder ni un milímetro. Se quedó de pie atrás, los brazos cruzados, hombros caídos, pelo negro apelmazado tapándole los ojos. Se encogió de hombros y resopló cuando Jack planteó preguntas, pero cumplió con su parte del trabajo.

—Esa chica es muy rara —oyó Molly que murmuraba

Jody cuando salían de clase después de que sonara el timbre—. Me da miedo.

Molly se volvió y se encontró con los ojos de Jack, y él la sorprendió con una sonrisa.

—Creo que es impresionante —dijo, sosteniéndole la mirada.

Por primera vez desde su llegada a ese instituto, Molly no pudo evitarlo: le devolvió la sonrisa.

En los últimos meses, Molly se ha enterado de algunos detalles de la historia de Jack. Su padre era un emigrante dominicano que conoció a su madre recogiendo arándanos en Cherryfield, la dejó embarazada, volvió a República Dominicana para liarse con una chica de allí, y jamás miró atrás. Su madre, que nunca se casó, trabaja para una anciana adinerada que vive en una mansión a orillas de la bahía. A Jack también le correspondería estar en los márgenes de la sociedad, pero no lo está. Tiene algunos activos que juegan a su favor: habilidad en el campo de fútbol, una sonrisa deslumbrante, ojazos y pestañas fabulosas. Y aunque él se niega a tomarse en serio a sí mismo, Molly se da cuenta de que es mucho más listo de lo que reconoce; probablemente ni siquiera sabe cuán listo es.

A Molly no le importan en absoluto las proezas de Jack en el campo de fútbol, pero la inteligencia la respeta. (Los ojazos son un plus.) Su propia curiosidad es lo único que ha evitado que Molly se descarríe. Ser gótica borra toda expectativa de convencionalidad, con lo cual Molly descubre que puede ser rara de muchas maneras al mismo tiempo. Lee sin descanso —en los pasillos, en la cafetería—, sobre todo novelas con protagonistas angustiados: *Las vírgenes suicidas*, *El guardián entre el centeno*, *La campana de cristal*. Escribe palabras en una libreta, porque le gusta como suenan: «arpía», «pusilánime», «talismán», «matrona», «enervante», «sicofante»...

De recién llegada, a Molly le gustaba la distancia que creaba su imagen, la cautela y desconfianza que veía en los ojos de sus compañeros. Sin embargo, aunque se resiste a admitirlo, últimamente ha empezado a sentirse constreñida por esa imagen. Cuesta una eternidad conseguir el aspecto correcto cada mañana, y rituales que habían estado cargados de significado —teñirse el pelo de negro azabache con mechones violeta o blancos, oscurecerse los párpados con *kohl*, aplicarse una base de maquillaje varios tonos más blanca que su piel, ajustarse y apretarse prendas de ropa incómodas— ahora la impacientan. Se siente como un payaso de circo que se despierta una mañana y ya no quiere colocarse la nariz de goma roja. La mayoría de la gente no necesita tanto esfuerzo para permanecer en su papel. ¿Por qué ha de hacerlo? Fantasea con que en el próximo lugar al que vaya —porque siempre hay un próximo lugar, otra casa de acogida, otra nueva escuela— empezará con un nuevo *look* más fácil de mantener. *¿Grunge? ¿Sexy?*

La probabilidad de que esto ocurra más pronto que tarde gana peso a cada minuto que pasa. Dina lleva tiempo deseando desembarazarse de Molly, y ahora tiene una excusa válida. Ralph había apostado su credibilidad a la conducta de Molly; se esforzó mucho en convencer a Dina de que bajo la agresividad de ese cabello y ese maquillaje se ocultaba una chica dulce. Bueno, ahora la credibilidad de Ralph ha saltado por los aires.

Molly se pone a cuatro patas y levanta la esquina del faldón de la colcha. Saca dos bolsas de deporte de colores brillantes, las que le compró Ralph en la liquidación del *outlet* de L.L. Bean en Ellsworth (la roja con el monograma «Braden» y la naranja, «Ashley», con flores hawaianas; Molly no sabe si las liquidaron por el color, por el estilo o simplemente por lo baboso de esos nombres en hilo blanco). Cuando está abriendo el cajón superior del tocador, un zumbido de percusión debajo del edredón se va transformando en una versión enlatada de *Impacto* de Daddy Yankee: «Así sabrás que soy yo y descolgarás el maldito teléfono», le dijo Jack cuando le compró el tono de móvil.

—Hola, amigo —dice en castellano cuando finalmente lo encuentra.

—Eh, ¿qué pasa, chica?

—Uf, en fin. Dina no está contenta ahora mismo.

—¿En serio?

—Sí. Pinta muy mal.

—¿Cuánto de mal?

—Bueno, creo que me van a echar. —Molly siente un incipiente nudo en la garganta. Le sorprende, considerando cuántas veces ha pasado por una versión de esto.

—No lo creo.

—Sí —añade ella, sacando calcetines y ropa interior y metiéndolo todo en la bolsa Braden—. Los oigo hablando de eso.

—Pero has de hacer esas horas de servicio a la comunidad.

—Creo que no. —Recoge el collar con sus amuletos, hecho un lío encima del tocador, y frota la cadenilla de oro entre sus dedos, tratando de desenredarlo—. Dina dice que nadie me aceptará. Soy de poco fiar. —Afloja el nudo con el pulgar y separa los hilos—. No importa. He oído que el reformatorio no está tan mal. Y solo serán unos meses.

—Pero... tú no robaste ese libro.

Pegándose el móvil a la oreja, se pone el collar, forcejeando con el cierre, y se mira en el espejo de encima del tocador. Tiene el maquillaje negro corrido bajo los ojos.

—¿Verdad que no, Molly? —insiste él.

La cuestión es que sí lo robó. O al menos lo intentó. Es su novela favorita, *Jane Eyre*, y quería que fuera suya, tenerla en su posesión. La librería Sherman de Bar Harbor no tenía el libro en *stock*, y era demasiado tímida para pedirle al encargado que se lo consiguiera. Y Dina no iba a darle un número de tarjeta de crédito para que lo comprara por internet. Sin embargo, ella nunca había deseado tanto una cosa. (Bueno... últimamente.) Así que allí estaba Molly, en la biblioteca, de rodillas en las estrechas pilas de libros de ficción, delante del estante con tres ejemplares de la novela, dos en rústica y uno en tapa dura. Ya había sacado dos veces el de tapa dura, yendo al mostrador y entregando su carnet de la biblioteca. Sacó los tres volúmenes del estante, los sopesó en la mano. Devolvió el de tapa dura, colocándolo al lado de *El código da Vinci*. Y también el de rústica más nuevo.

El ejemplar que se guardó bajo la cinturilla de los tejanos estaba viejo y gastado, con las páginas amarillentas y pasajes subrayados a lápiz. Las hojas empezaban a soltarse de la encuadernación barata, con la cola reseca. Si lo hubieran puesto en la venta anual de la biblioteca lo habrían valorado en diez centavos a lo sumo. Nadie, suponía Molly, lo echaría de menos. Había disponibles dos ejemplares más nuevos. Sin embargo, la biblioteca había adquirido recientemente cintas magnéticas antirrobo y varios meses antes cuatro voluntarias, damas de cierta edad que se consagraban a todo lo relacionado con la biblioteca de Spruce Harbor, habían pasado varias semanas colocándolas en las cubiertas interiores de los once mil volúmenes. Así que cuando Molly salió del edificio ese día a través de lo que —aunque ella ni siquiera se había dado cuenta— era una puerta de detección de robo, un zumbido alto e insistente hizo que la jefa de las bibliotecarias, Susan LeBlanc, se acercara como una paloma mensajera.

Molly confesó de inmediato, o más bien trató de decir que pensaba pedirlo prestado. Pero Susan LeBlanc no se creyó nada.

—Por el amor de Dios, no me insultes con una mentira —dijo—. Te he estado vigilando. Suponía que tramabas algo.

¡Y qué pena que su suposición fuera correcta! Le habría gustado ser sorprendida gratamente por una vez.

—Ah, mierda. ¿En serio? —Jack suspira.

Mirándose en el espejo, Molly pasa un dedo por los amuletos de la cadena que lleva al cuello. Ya casi nunca la lleva, pero cada vez que ocurre algo y sabe que tendrá que volver a mudarse, se la pone. Se compró la cadenilla en una tienda de saldos Marden's, en Ellsworth, y le colgó esos tres amuletos —un pez de esmalte alveolado azul y verde, un cuervo de peltre y un pequeño oso pardo— que su padre le había regalado cuando ella cumplió ocho años. Él murió varias semanas después al volcar su coche cuando iba a excesiva velocidad por la I-95 en una noche gélida, después de lo cual su madre, de veintitrés años, empezó una espiral descendente de la que nunca se recuperó. En su siguiente cumpleaños, Molly ya vivía con una nueva familia y su madre estaba en la cárcel. Los amuletos son lo único que le queda de cómo era su vida.

Jack es un buen tipo. Pero ella estaba esperando esto. Al final, como todos lo demás —asistentes sociales, maestros, padres de acogida—, se hartará, se sentirá traicionado, se dará cuenta de que Molly causa demasiados problemas. Por más que quiere preocuparse por él, y por buena que sea dejándole creer a él que lo hace, nunca se lo ha permitido. No es exactamente que lo finja, pero parte de ella siempre se está conteniendo. Ha aprendido que puede controlar sus emociones pensando que su cavidad torácica es una caja enorme con un candado. Abre la caja, mete todos los sentimientos rebeldes y descarriados, cualquier tristeza díscola o reproche, y la cierra.

Ralph también ha intentado ver la bondad en ella. Está predispuesto a ello; la ve cuando ni siquiera está ahí. Y aunque en parte Molly se siente agradecida por su fe en ella, no confía plenamente. Es casi mejor con Dina, que no trata de ocultar sus sospechas. Es más fácil suponer que caes mal a la gente que llevarse una decepción luego.

—¿*Jane Eyre*? —dice Jack.

—¿Qué importa?

—Te lo habría comprado.

—Sí, bueno.

Incluso después de haberse metido en un problema así, que probablemente le costará que la echen, sabe que nunca le habría pedido a Jack que le comprara el libro. Si hay una cosa que odie más que estar en el sistema de acogida, es esta dependencia de gente a la que apenas conoces, esa vulnerabilidad a sus caprichos. Ha aprendido a no esperar nada de nadie. Sus cumpleaños con frecuencia se olvidan; es un añadido de última hora en vacaciones. Ha de arreglárselas con lo que tiene, y lo que tiene rara vez es lo que pide.

—Eres muy terca —dice Jack, como si adivinara sus pensamientos—. Mira en qué lío te has metido.

Llaman con brusquedad a la puerta de Molly. Ella se lleva el teléfono al pecho y observa cómo gira el pomo. Esa es otra cosa: no hay llave, no hay intimidad.

Dina asoma la cabeza en la habitación, con su boca pintada de carmín rosa convertida en una línea fina.

—Tenemos que hablar.

—Muy bien. Espera que cuelgo.

—¿Con quién estás hablando?

Molly duda. ¿Tiene que responder? Oh, qué demonios.

—Con Jack.

Dina tuerce el gesto.

—Date prisa. No tenemos toda la noche.

—Ya voy. —Molly espera, mirando inexpresiva a Dina hasta que la cabeza de esta desaparece del marco de la puerta y ella vuelve a llevarse el teléfono a la oreja—. Hora del pelotón de fusilamiento.

—No, no, escucha. Tengo una idea. Es un poco... loca.

—Desembucha —dice ella con voz hosca—. Tengo que colgar.

—He hablado con mi madre....

—Jack, ¿hablas en serio? Se lo has contado. Ella ya me odia.

—Uf, escúchame. Primero, ella no te odia. Y segundo, habló con la señora para la que trabaja, y parece que puedes hacer tus horas allí.

—¿Qué?

—Sí.

—Pero... ¿cómo?

—Bueno, sabes que mi madre es la peor ama de casa del mundo.

A Molly le encanta la forma en que Jack lo dice, con naturalidad, sin juicio, como si estuviera informando de que su madre es zurda.

—El caso es que la señora quiere vaciar su desván: papeles viejos y cajas y un montón de trastos, la peor pesadilla de mamá. Y se me ocurrió que lo hicieras tú. Apuesto a que podrías matar fácilmente las cincuenta horas allí.

—Alto ahí. ¿Quieres que limpie el desván de una vieja?

—Sí. Te va un montón, ¿no crees? Vamos, sé lo obsesiva que eres. No trates de negarlo. Todo tu material alineado en el estante. Todos tus papeles en archivos. ¿Y no tienes tus libros por orden alfabético?

—¿Te has fijado en eso?

—Te conozco mejor de lo que crees.

Molly tiene que reconocerlo, le gusta poner las cosas en orden. En realidad está un poco obsesionada con la pulcritud. Mudándose tanto como lo hace, aprendió a cuidar de sus escasas posesiones. Pero no está segura de esta idea. ¿Estar sola en un desván con olor a humedad día tras día, ordenando la basura de una señorona vieja?

Aun así, considerando la alternativa...

—Quiere conocerte —dice Jack.

—¿Quién?

—Vivian Daly. La señora. Quiere que vayas para...

—Una entrevista. ¿Estás diciendo que he de hacer una entrevista con ella?

—Forma parte del trato. ¿Estás preparada para eso?

—¿Tengo elección?

—Claro. Puedes ir a la cárcel.

—¡Molly! —ruge Dina, llamando a la puerta—. ¡Sal de ahí ahora mismo!

—¡Muy bien! —dice en voz alta, y luego a Jack—: Muy bien.

—¿Muy bien qué?

—Lo haré. Iré a verla. Me entrevistaré con ella.

—Genial. Oh, y puede que quieras llevar una falda o al menos algo, bueno, ya sabes. Y a lo mejor quitarte unos cuantos pendientes.

—¿Y el aro de la nariz?

—Me encanta el aro de la nariz —dice él—. Pero...

—Lo entiendo.

—Solo para la primera reunión.

—Está bien. Oye, gracias.

—No me des las gracias por ser egoísta. Solo quiero que estés por aquí un poco más.

Molly sonríe cuando abre la puerta del dormitorio y se encuentra con los rostros tensos e inquietos de Dina y Ralph.

—No tenéis que preocuparos. Tengo una forma de hacer mis horas comunitarias.

Dina fulmina con la mirada a Ralph, una expresión que Molly reconoce después de llevar años en casas de padres de acogida.

—Pero si queréis que me vaya lo entenderé. Encontraré otra casa.

—No queremos que te vayas —dice Ralph, al mismo tiempo que Dina dice—: Tenemos que hablar de ello.

Se miran el uno al otro.

—No importa —replica Molly—. No pasa nada si no se arregla.

Y en ese momento, con valentía robada de Jack, se siente bien. Si no funciona, no funciona. Molly aprendió hace mucho que gran parte del sufrimiento y la traición que otras personas temen a lo largo de toda una vida ella ya la ha afrontado. Padre muerto. Madre desquiciada. Desplazada y rechazada una y otra vez. Y aun así, respira y duerme y crece. Se levanta cada mañana y se viste. De manera que cuando dice que no pasa nada, lo que quiere decir es que sabe que puede sobrevivir con lo mínimo. Y ahora, por primera vez desde que recuerda, tiene alguien que la cuida. (¿Cuál es su problema, por cierto?)

Spruce Harbor, Maine, 2011

Molly respira hondo. La casa es más grande de lo que imaginaba, un monolito victoriano blanco con arabescos y contraventanas negros. Mirando a través del parabrisas, ve que está en un estado impecable, sin ningún indicio de nada desconchado ni madera podrida, lo cual significa que la han pintado recientemente. Sin duda, la anciana emplea a gente que trabaja en la casa constantemente: el ejército de abejas obreras de una reina.

Es una mañana cálida de abril. El suelo está mullido por la nieve fundida y la lluvia, pero hoy es uno de esos días raros y casi templados que preludian el verano glorioso por llegar. El cielo es de un azul luminoso, con grandes nubes algodonosas. Da la impresión de que han brotado por todas partes macizos de azafrán de primavera.

—Vale —está diciendo Jack—, este es el trato. Ella es una mujer amable pero un poco tensa. Vamos, que no es precisamente la alegría de la huerta. —Coloca la transmisión automática del coche en posición de estacionamiento y aprieta el hombro de Molly—. Tú di que sí con la cabeza y sonríe y te irá bien.

—¿Qué edad has dicho que tiene? —murmura Molly.

Está enfadada consigo misma por sentirse nerviosa. ¿A quién le importa? Es solo una urraca anciana que necesita desembarazarse de sus trastos. Espera que no sean cosas asquerosas y que no huela mal, como en las casas de esa gente con síndrome de Diógenes que sale por la tele.

—No lo sé. Es vieja. Por cierto, estás guapa —añade Jack.

Molly tuerce el gesto. Lleva una blusa rosa de Lands' End que le ha prestado Dina para la ocasión.

—Apenas te reconozco —dijo Dina con sequedad cuando Molly salió de su dormitorio con la prenda puesta—. Pareces tan... elegante.

A petición de Jack, Molly se ha quitado el aro de la nariz y solo se ha dejado dos pendientes en cada oreja. Ha pasado más tiempo del habitual con el maquillaje, demasiado, mezclando la base en un tono más pálido que fantasmal y sin exagerar tanto con el *kohl*. Incluso compró pintalabios en el drugstore, Maybelline Wet Shine Lip Color en el tono rosa que llaman *malvavilloso*, un nombre que la anima. Se ha quitado los muchos anillos de tienda de segunda mano que acostumbra a llevar y se ha puesto el collar de amuletos de su padre en lugar de la habitual colección de crucifijos y calaveras de plata. Sigue llevando el cabello negro, con una franja blanca a cada lado de la cara, y las uñas también negras; pero está claro que ha hecho un esfuerzo por parecer, como ha subrayado Dina, «más semejante a un ser humano normal».

Después de la intervención a la desesperada de Jack, Dina accedió a regañadientes a concederle otra oportunidad.

—¿Limpiar el desván de una anciana? —Resopló—. Sí, claro. Le doy una semana.

Molly tampoco esperaba un mayor voto de confianza por parte de Dina, puesto que ella misma tiene sus dudas. ¿De verdad va a consagrar cincuenta horas de su vida a una matrona cascarrabias en un desván con corrientes de aire, abriendo cajas llenas de polillas y ácaros del polvo y a saber qué más? En el centro de menores pasaría el mismo tiempo en terapia de grupo (siempre interesante) y viendo *The View* (suficientemente interesante). Habría otras chicas con las que estar. Tal como están las cosas, va a tener a Dina en casa y a esta vieja dama aquí observando todos sus movimientos.

Molly mira el reloj. Llegan con cinco minutos de adelanto, gracias a Jack, que la apremió para que saliera.

—Recuerda: contacto visual —dice él—. Y no te olvides de sonreír.

—Eres una mamá.

—¿Sabes cuál es el problema?

—¿Que mi novio está actuando como una mamá?

—No. Tu problema es que parece que no te das cuenta de que tu cuello está en el filo de la navaja.

—¿Qué navaja? ¿Dónde? —Mira alrededor, meneando el trasero en el asiento.

—Escucha. —Jack se frota la barbilla—. Mi madre no le habló a Vivian del centro de menores y todo eso. Ella cree que estás haciendo un proyecto de servicio a la comunidad para el instituto.

—¿Entonces no sabe de mi pasado delictivo? Vaya, vaya.

—Ay, diablos —dice Jack en español, abriendo la puerta y saliendo.

—¿Vas a venir conmigo?

Él cierra de un portazo, luego rodea la parte posterior del coche hasta el lado del pasajero y le abre la puerta.

—No; voy a acompañarte hasta la entrada.

—Vaya, qué caballero. —Molly baja del coche—. ¿O es que no te fías de que no eche a correr?

—Sinceramente, las dos cosas.

De pie ante la gran puerta de nogal, con su formidable aldaba de latón, Molly vacila. Se vuelve para mirar a Jack, que ya está otra vez en el coche y con los auriculares puestos, escuchando lo que ella sabe que es una colección de cuentos de Junot Díaz que guarda en la guantera. Molly se endereza, echando los hombros hacia atrás, se recoge el pelo detrás de las orejas, juguetea con el cuello de su blusa (¿cuándo fue la última vez que llevó una blusa con cuello? Un collar de perro es lo más parecido a un cuello que ha llevado) y llama con la aldaba. Sin respuesta. Llama otra vez, un poco más fuerte. Entonces se fija en un timbre a la izquierda de la puerta y lo pulsa. El timbre suena ruidosamente en la casa, y al cabo de unos segundos ve a la madre de Jack, Terry, saliendo presurosa hacia ella con expresión preocupada. Siempre se sobresalta al ver los grandes ojos castaños de Jack en la cara ancha y de rasgos suaves de su madre.

Aunque Jack le ha asegurado que su madre está de acuerdo —«No tienes idea del tiempo que hace que ese maldito proyecto del desván ha estado pendiendo sobre su cabeza»—, ella sabe que la realidad es más complicada. Terry adora a su único hijo y haría cualquier cosa por verlo feliz. Por más que Jack quiera creer que Terry está encantada con este plan, Molly sabe que se ha visto obligada a aceptarlo.

Cuando Terry abre la puerta, repasa a Molly de la cabeza a los pies.

—Bueno, te has puesto decente.

—Gracias. Supongo.

No sabe si el vestuario de Terry es un uniforme o simplemente es tan aburrido que lo parece: pantalones negros, zapatos negros anticuados con suelas de goma y una camiseta de matrona de color melocotón.

Molly la sigue por un largo pasillo donde se suceden pinturas al óleo y grabados en marcos dorados, y donde una alfombrilla oriental silencia sus pisadas. Al final del pasillo hay una puerta cerrada.

Terry apoya la oreja en ella un momento y llama con suavidad.

—¿Vivian? —Entreabre un poco la puerta—. La chica está aquí. Molly Ayer. Sí, vale.

Terry abre la puerta a una sala de estar grande y soleada con vistas a la bahía, llena del suelo al techo de estanterías y muebles antiguos. Una dama anciana, vestida con un jersey de cuello alto de cachemir, está sentada junto a una ventana en saliente en un sillón de orejas rojo desgastado, con las manos venosas cruzadas sobre el regazo y una manta de lana a cuadros escoceses cubriéndole las rodillas.

Cuando llegan delante de ella, Terry dice:

—Molly, te presento a la señora Daly.

—Hola —responde la joven, tendiendo la mano como le enseñó su padre.

—Hola. —La mano de la anciana, cuando Molly la agarra, es seca y fría.

Es una mujer vivaz y delgada, con una nariz estrecha y ojos penetrantes color avellana, brillantes y sagaces como los de un pájaro. Tiene la piel fina, casi translúcida, y lleva el cabello plateado y ondulado recogido en un moño en la nuca. Pecas claras —o son manchas de la edad— le salpican la cara. Un mapa topográfico de venas le recorre las manos y continúa por encima de las muñecas, y tiene decenas de minúsculas arrugas en torno a los ojos. A Molly le recuerda a las monjas de la escuela católica a la que asistió brevemente en Augusta (una estancia fugaz con una familia de acogida inadecuada), que parecían viejas en ciertos aspectos y sobrenaturalmente jóvenes en otros. Como las monjas, esta mujer tiene un aire ligeramente imperioso, como si estuviera acostumbrada a salirse con la suya. ¿Y por qué no iba a ser así?, piensa Molly. Está acostumbrada a conseguir lo que quiere.

—Muy bien, pues. Estaré en la cocina si me necesitas —dice Terry, y sale por otra puerta.

La anciana se inclina hacia Molly, ligeramente ceñuda.

—¿Cómo demonios consigues ese efecto? La cinta de mofeta —dice, levantando la mano y acariciando su propia sien.

—Umm... —Molly está sorprendida; nadie le ha preguntado nunca eso antes—. Es una combinación de lejía y tinte.

—¿Cómo aprendiste a hacerlo?

—Vi un vídeo en YouTube.

—¿YouTube?

—En internet.

—Ah. —Levanta la barbilla—. El ordenador. Soy demasiado vieja para aprender esas modas.

—No creo que pueda llamarse moda si ha cambiado la forma en que vivimos —dice Molly, y sonríe con contrición, consciente de que ya se ha metido en un desacuerdo con su jefa potencial.

—No la forma en que yo vivo —replica la anciana—. Ha de consumir mucho tiempo.

—¿Qué?

—Hacerte eso en el pelo.

—Oh. No es tanto. Ya hace mucho que lo hago.

—¿Cuál es tu color natural, si no te importa que lo pregunte?

—No me importa. Es castaño oscuro.

—Bueno, mi color natural es rojo.

Molly tarda un momento en darse cuenta de que está haciendo un chiste, porque tiene el pelo gris.

—Me gusta lo que se ha hecho —dice Molly siguiendo la broma—. Le queda bien.

La anciana asiente y se acomoda en su silla. Parece aprobarlo. Molly siente que parte de la tensión abandona sus hombros.

—Disculpa mi rudeza, pero a mi edad no tiene sentido andarse con rodeos. Tu aspecto es muy estilizado. ¿Eres una de esas, cómo se llaman, góticas?

Molly no puede evitar sonreír.

—Más o menos.

—Supongo que te han prestado esa blusa.

—Eh...

—No tendrías que haberte molestado. No te queda bien. —Hace un gesto para que Molly se siente frente a ella—. Puedes llamarme Vivian. Nunca me ha gustado que me llamen señora Daly. Mi marido ya no vive, ya sabes.

—Lo siento.

—No hace falta que lo sientas. Murió hace ocho años. De todos modos, tengo noventa y un años. No mucha gente que he conocido sigue viva.

Molly no está segura de cómo responder. ¿No es educado decirle a la gente que no aparenta la edad que tiene? No habría supuesto que esa mujer tuviera noventa y uno, pero no tiene mucha base para la comparación. Los padres de su padre murieron cuando él era joven; los padres de su madre nunca se casaron y ella no conoció a su abuelo. La única abuela que Molly recuerda, la madre de su madre, murió de cáncer cuando ella tenía tres años.

—Terry me dice que estás en una casa de acogida —dice Vivian—. ¿Eres huérfana?

—Mi madre está viva, pero... Sí, me considero huérfana.

—Pero técnicamente no lo eres.

—Creo que si no tienes padres que se ocupen de ti, puedes considerarte como quieras.

Vivian la mira, como si considerara esa idea.

—Me parece justo —dice la anciana—. Háblame de ti, pues.

Molly ha vivido toda su vida en Maine. Ni siquiera ha cruzado nunca la frontera del estado. Recuerda retazos de su infancia en la reserva de Indian Island, antes de ir a una casa de acogida: la caravana donde vivía con sus padres, el centro de la comunidad con furgonetas aparcadas por todas partes. Sockalexis Bingo Palace y la iglesia de St. Anne. Recuerda una muñeca india de hoja de maíz y un traje tradicional nativo que conservaba en un estante de su habitación, aunque ella prefería las Barbies donadas por centros benéficos y entregadas al centro comunitario en Navidad. Nunca eran las populares, por supuesto, jamás la Barbie Cenicienta o la Barbie Supermodelo, sino algún modelo raro que los cazadores de gangas encontraban en liquidaciones: Hot Rod Barbie, Jungle Barbie. Daba igual. Por más peculiar que fuera el vestido de la muñeca, sus características físicas siempre eran las mismas: los pies listos para ponerse tacones, la cintura de avispa, la nariz con forma de pendiente de esquí y el pelo de plástico brillante...

Pero eso no es lo que Vivian quiere oír. ¿Por dónde empezar? ¿Qué revelar? Ese es el problema. No es una historia feliz, y Molly ha aprendido por propia experiencia que la gente o bien retrocedía o no la creía, o peor, sentía lástima por ella. Así que ha aprendido a contar una versión abreviada.

—Bueno —dice—, soy india penobscot por parte de padre. De pequeña vivía en una reserva cerca de Old Town.

—Ah, por eso el pelo negro y el maquillaje tribal.

Molly se sobresalta. Nunca había pensado en establecer esa conexión. ¿Es cierta?

Una vez, en octavo grado, durante un año particularmente duro —padres de acogida malhumorados y chillones; «hermanastros» celosos; un grupo de niñas amenazadoras en la escuela—, cogió un tinte de pelo L'Oreal diez minutos y perfilador de ojos negro ébano Cover Girl y se transformó en el cuarto de baño familiar. Una amiga que había trabajado en la tienda Claire's del centro comercial le hizo los *piercings* el fin de semana siguiente: una serie de orificios en cada oreja, a través del cartílago, un arete en la nariz y un pendiente en la ceja (aunque este no duró: enseguida se le infectó y tuvo que quitárselo, dejando una cicatriz como una telaraña). Los *piercings* fueron la gota que colmó el vaso y la sacó de esa casa de acogida. Misión cumplida.

Molly continúa su historia, que su padre murió y su madre no pudo ocuparse de ella, cómo acabó con Ralph y Dina.

—Bueno, Terry me dice que estás asignada a alguna clase de proyecto de servicio a la comunidad. Y a ella se le ocurrió la brillante idea de que me ayudes a vaciar mi desván —señala Vivian—. Parece un trato desventajoso para ti, pero, ¿quién soy yo para decirlo?

—Soy un poco rara, lo crea o no. Me gusta organizar cosas.

—Entonces eres aún más rara de lo que aparentas. —Vivian se echa hacia atrás en el sillón, uniendo las manos—. Te diré una cosa. Según tu definición, yo también me quedé huérfana, casi a la misma edad. Así que tenemos eso en común.

Molly no está segura de cómo responder. ¿Vivian quiere que pregunte por eso o solo lo está exponiendo? Difícil de saber.

—Sus padres... —se aventura— ¿no cuidaron de usted?

—Lo intentaron. Hubo un incendio... —Vivian se encoge de hombros—. Fue hace tanto tiempo que apenas lo recuerdo. Bueno, ¿cuándo quieres empezar?

Nueva York, 1929

Maisie lo notó primero. No paraba de llorar. Como tenía un mes cuando nuestra madre enfermó, Maisie dormía conmigo en mi catre estrecho de la pequeña sala sin ventanas que compartíamos con nuestros hermanos. Estaba tan oscuro que me pregunté, como había hecho muchas veces antes, si era así como se sentía la ceguera, ese vacío envolvente. Yo apenas podía distinguir, o quizá solo sentir, las formas de los niños agitándose de manera irregular, pero sin despertarse todavía: Dominick y James, gemelos de seis años, acurrucados juntos para entrar en calor en un jergón en el suelo.

Sentada en el catre con la espalda contra la pared, sostuve a Maisie como mamá me había enseñado, colocada sobre mi hombro. Intenté todo lo que se me ocurrió para tranquilizarla, todas las cosas que habían funcionado antes: acariciarle la espalda, pasarle dos dedos por el puente de la nariz, tararearle la canción favorita de nuestro padre, *My Singing Bird*, con suavidad al oído: «He oído al mirlo entonar su nota;/al tordo y el pardillo también, / pero ninguno puede cantar con tanta dulzura /como tú, mi pájaro cantor.» Sin embargo, Maisie solo chilló más alto y su cuerpo se convulsionó en espasmos.

Maisie tenía dieciocho meses, pero no pesaba más que un puñado de trapos. Solo unas semanas después de nacer, mamá cayó enferma de fiebres y ya no pudo alimentarla, así que lo hacíamos con agua edulcorada, avena triturada cocida a fuego lento y leche cuando podíamos permitírnoslo. Todos estábamos delgados. La comida escaseaba; a veces solo teníamos patatas gomosas en un caldo ligero. Mamá no era una gran cocinera ni cuando estaba sana, y algunos días no se molestaba en intentarlo. Más de una vez, hasta que aprendí a cocinar, comíamos patatas crudas del cubo.

Habían pasado dos años desde que salimos de nuestro hogar en la costa occidental de Irlanda. La vida también era dura allí; nuestro padre tuvo y perdió una serie de trabajos, ninguno de los cuales bastaba para mantenernos. Vivíamos en una casita de piedra sin calefacción en Kinvara, un pueblecito del condado de Galway. La gente que nos rodeaba estaba emigrando a América: se hablaba de naranjas del tamaño de patatas cocidas; campos donde el grano se mecía bajo cielos soleados; casas limpias de madera seca con cañerías y electricidad interior. Los trabajos abundaban como la fruta en los árboles. Como acto final de amabilidad hacia nosotros —o quizá para desembarazarse del incordio de la preocupación constante—, los padres y las hermanas de papá reunieron el dinero de los pasajes transoceánicos para nuestra familia de cinco, y en un día caluroso de primavera subimos a bordo del *Agnes Pauline*, con rumbo a Ellis Island. El único vínculo que teníamos con nuestro futuro era un nombre garabateado en un trozo de papel que mi padre llevaba en el bolsillo de la camisa al subir a bordo: un hombre que había emigrado diez años antes y que, según los parientes de Kinvara, era propietario de un respetable establecimiento de comidas en Nueva York.

A pesar de que habíamos vivido siempre en un pueblo costero, ninguno había estado nunca en un barco, y mucho menos en un transatlántico en medio del océano. Salvo mi hermano Dom, bendecido con la constitución de un toro, estuvimos enfermos durante la mayor parte del viaje. Fue peor para mamá, que descubrió en el barco que estaba embarazada otra vez y apenas podía tragar bocado. Pero aun así, cuando salía a la cubierta inferior, fuera de nuestro oscuro y atestado camarote de tercera clase, y observaba el agua revuelta bajo el *Agnes Pauline*, me sentía animada. Seguramente, pensaba, encontraríamos un lugar para nosotros en América.

La mañana que llegamos al puerto de Nueva York había tanta niebla y el cielo estaba tan cubierto que —aunque mis hermanos y yo estábamos en la barandilla, mirando con ojos entornados en la llovizna— apenas pudimos distinguir la silueta de la estatua de la Libertad, a escasa distancia de los muelles. Nos metieron como ganado en largas filas para que nos inspeccionaran, interrogaran, inscribieran y luego nos dejaran entre otros centenares de inmigrantes, que hablaban idiomas que a mis oídos sonaban como bramidos de animales de granja.

No se veían campos de grano meciéndose al sol, ni naranjas enormes. Tomamos un transbordador a la isla de Manhattan y caminamos por las calles: mamá y yo tambaleándonos bajo el peso de nuestras posesiones, los gemelos gimoteando para que los llevaran en brazos, papá con una maleta bajo cada brazo, sosteniendo un plano en una mano y en la otra el papel destrozado donde se leía «Mark Flannery, The Irish Rose, Delancey Street», escrito en la letra apretada de su madre. Después de perdernos varias veces, papá renunció al plano y empezó a preguntar a la gente de la calle. La mayoría se volvían sin responder; un hombre escupió en el suelo, con cara de desprecio. Pero finalmente encontramos el sitio, un pub irlandés tan sórdido como los peores del barrio pobre de Galway.

Mamá, los niños y yo esperamos en la acera mientras papá entraba. Había parado de llover; se elevaba vapor de la calle mojada en el aire húmedo. Nos quedamos de pie con nuestra ropa empapada y rígida por el sudor y la tierra incrustada, rascándonos las cabezas llenas de picaduras (de los piojos del barco, tan omnipresentes como el mareo), con ampollas en los pies por los zapatos nuevos que la abuela nos había comprado antes de zarpar pero que mamá no nos dejó calzar hasta que pisamos suelo americano, y nos preguntamos dónde nos habíamos metido. Salvo por la lamentable reproducción de un bar irlandés que teníamos delante, nada en esa nueva tierra mostraba la más leve semejanza con el mundo que conocíamos.

Mark Flannery había recibido una carta de su hermana y nos estaba esperando. Contrató a papá como lavaplatos y nos llevó a un barrio que no se parecía a ningún sitio que hubiera visto antes: edificios altos de ladrillo apiñados en calles estrechas y repletas de gente. Flannery conocía un apartamento en alquiler, diez dólares al mes, en la tercera planta de un edificio de cinco pisos en Elizabeth Street. Después de que nos dejara en la puerta, seguimos al casero polaco, el señor Kaminski, por el pasillo de azulejos y por la escalera, afanándonos con nuestras bolsas en el calor y la penumbra mientras él nos sermoneaba sobre las virtudes de la limpieza, la urbanidad y la laboriosidad, de todo lo cual sospechaba que carecíamos.

—No tengo problemas con los irlandeses, siempre que no se metan en problemas —nos dijo con su voz tronante.

Papá compuso una expresión que no le había visto nunca antes, pero la comprendí al instante: el asombro de darse cuenta de que allí, en ese lugar extranjero, sería juzgado con severidad en cuanto abriera la boca.

El casero dijo de nuestra nueva casa que era un apartamento de ferrocarril: cada habitación conducía a la siguiente, como vagones de tren. El pequeño dormitorio de mis padres, con una ventana que daba a la parte posterior de otro edificio, estaba en un extremo; la habitación que yo compartía con los chicos y Maisie iba a continuación, luego la cocina, y después la sala, con dos ventanas que daban a la bulliciosa calle. El señor Kaminski tiró de una cadenita que colgaba del techo de panel metálico de la cocina y se encendió una bombilla que proyectó un brillo tenue sobre una mesa de madera rayada, un pequeño fregadero manchado con un grifo del que salía agua fría y una cocina de gas. En el pasillo, fuera del apartamento, había un lavabo que compartiríamos con nuestros vecinos: los Schatzman, una pareja alemana sin hijos, según nos contó el casero.

—No hacen ruido y esperan lo mismo de ustedes —dijo, mirando con mala cara a mis hermanos, que, impacientes e inquietos, jugaban a empujarse el uno al otro.

A pesar de la desaprobación del casero, el calor sofocante, las habitaciones en penumbra y la algarabía de ruidos extraños, tan poco familiares para mis oídos de campo, sentí otra oleada de esperanza. Al mirar las cuatro estancias del apartamento, me pareció que estábamos en un nuevo comienzo, después de haber dejado atrás las muchas penurias de la vida en Kinvara; la humedad que nos calaba hasta los huesos, la cabaña miserable y atestada, la afición a la bebida de nuestro padre —¿había mencionado eso?— que ponía en peligro cada pequeña ganancia. Aquí, nuestro padre tenía la promesa de un trabajo. Teníamos luz con solo tirar de una cadenita; un grifo nos daba agua corriente. Justo al otro lado de la puerta, en un pasillo seco, había un váter y una bañera. Aunque modesta, era una oportunidad para un nuevo comienzo.

No sé qué parte de mi recuerdo de esta época está afectado por mi edad actual y cuánto es resultado de la edad que tenía entonces, siete años cuando salimos de Kinvara, nueve esa noche en que Maisie no dejaba de llorar, esa noche que, todavía más que la marcha de Irlanda, cambió el curso de mi vida para siempre. Ochenta y dos años después, el sonido del llanto de Maisie todavía me acosa. Si hubiera prestado más atención a por qué estaba llorando en lugar de simplemente tratar de calmarla... Si al menos hubiera prestado más atención...

Tenía tanto miedo de que nuestras vidas se derrumbaran otra vez que trataba de no hacer caso de las cosas que más miedo me daban: la pertinaz historia de amor de papá con la bebida, que el cambio de país no cambió; el terrible mal humor y arrebatos de rabia de mamá; las incesantes peleas entre ellos. Quería que todo fuera bien. Sostuve a Maisie en mi pecho y le susurré al oído —«pero ninguno puede cantar con tanta dulzura como tú, mi pájaro cantor»— tratando de silenciarla. Cuando se calló por fin, solo me sentí aliviada, sin darme cuenta de que Maisie era como un canario en una mina, advirtiéndonos del peligro, pero era demasiado tarde.

Nueva York, 1929

Tres días después del incendio, el señor Schatzman me despierta para decirme que él y la señora Schatzman han encontrado una solución perfecta (sí, dice «perfecta», *perrfecta* con su acento alemán; en ese instante descubro el terrible poder de las hipérboles). Me llevarán a la Sociedad de Socorro a la Infancia, un lugar regido por amables trabajadores sociales que mantienen a los niños a su cuidado calientes, secos y alimentados.

—No puedo ir —digo—. Mi madre me necesitará cuando salga del hospital.

Sé que mi padre y mis hermanos están muertos. Los vi en el pasillo, cubiertos con sábanas. Pero a mamá se la llevaron en una camilla, y vi a Maisie moviéndose y gimoteando cuando un hombre de uniforme se la llevaba en brazos por el pasillo.

Él niega con la cabeza.

—Tu madre no volverá.

—Pero Maisie, entonces...

—Tu hermana Margaret no sobrevivió —dice, volviéndose.

Mi madre y mi padre, dos hermanos y una hermana... no hay palabras para explicar mi pérdida. E incluso si encontrara las palabras para describir lo que siento, no tengo nadie a quien contárselo. Todos aquellos con los que mantenía un vínculo en el mundo —este nuevo mundo— están muertos o desaparecidos.

La noche del incendio, la noche que me llevaron, oí a la señora Schatzman en su dormitorio, preocupándose con su marido sobre qué hacer conmigo.

—¡Qué desgracia! —susurró con palabras tan claras a mis oídos como si hubiéramos estado en la misma sala—. ¡Esos irlandeses! Demasiados niños en un espacio tan pequeño. Lo único que me sorprende es que esta clase de cosas no ocurran más.

Al escuchar a través de la pared se abrió un agujero en mi interior. «¡Qué desgracia!» Solo unas horas antes, mi papá había vuelto del bar y se había cambiado de ropa, como siempre hacía después de trabajar, desembarazándose de olores rancios. Mamá remendaba una pila de ropa para ganar algo de dinero. Dominick pelaba patatas. James jugaba en un rincón. Yo dibujaba en un trozo de papel con Maisie, enseñándole las letras, notando el peso de ella en mi regazo, el calor como de una bolsa de agua caliente, sus dedos pegajosos en mi cabello.

Trato de olvidar el horror de lo ocurrido. O quizás «olvidar» no es la palabra correcta. ¿Cómo puedo olvidarlo? Sin embargo, ¿cómo puedo dar siquiera un paso adelante sin sofocar la desesperación que siento? Cuando cierro los ojos, oigo los gritos de Maisie y los gritos de mamá, huelo el humo acre, siento el calor del fuego en mi piel y jadeo boca arriba en mi camastro en el salón de los Schatzman, empapada en sudor frío.

Los padres de mi madre están muertos; sus hermanos, en Europa, uno siguió al otro para servir en el ejército y no conozco ninguna forma de encontrarlos. Pero se me ocurre, y se lo cuento al señor Schatzman, que alguien podría tratar de localizar a la madre de mi padre y a su hermana en Irlanda, aunque no hemos tenido contacto con ellos desde que llegamos a este país. Nunca vi una carta de mi abuela, ni nunca a mi padre escribir una. Nuestra vida en Nueva York era tan deprimente, y nos aferrábamos a ella con tanta inseguridad, que dudo que mi padre tuviera mucho que quisiera explicar. No sé mucho más que el nombre de nuestro pueblo y el apellido de mi padre, aunque quizá con esta información bastaría.

Pero el señor Schatzman tuerce el gesto y niega con la cabeza, y es entonces cuando me doy cuenta de lo sola que estoy. No hay ningún adulto en este lado del Atlántico que tenga un motivo para interesarse por mí, nadie para que me lleve a un barco o me pague un pasaje. Soy una carga para la sociedad, y nadie tiene responsabilidad sobre mí.

—Tú, la niña irlandesa, ven aquí.

Una matrona delgada y malhumorada de sombrero blanco me llama con un dedo huesudo. Debe saber que soy irlandesa por los papeles que el señor Schatzman rellenó cuando me trajo al Socorro a la Infancia hace varias semanas, o quizás es mi acento, todavía tan grueso como turba.

—Uf —dice la mujer, apretando los labios cuando me quedo de pie delante de ella—. Pelirroja.

—Una pena —añade la señora gorda que está a su lado, y suspira—. Y esas pecas. Será muy difícil colocarla a su edad.

La huesuda se chupa el pulgar y me aparta el pelo de la cara.

—No quieres asustarlos, ¿verdad? Has de llevarlo recogido. Si eres limpia y con buenos modales, puede que tarden más en preguntarse cosas.

Abotona mis mangas, y, cuando se agacha para volverme a atar cada uno de mis zapatos negros, un olor mohoso sube de su sombrero.

—Es obligatorio que tengas un aspecto presentable. La

clase de chica que una mujer querría en casa. Limpia y bien hablada. Pero no demasiado... —Lanza una mirada a la otra.

—¿Demasiado qué? —pregunto.

—A algunas mujeres no les gusta una chica bonita bajo el mismo techo —dice—. No eres tan... pero aun así. —Señala mi collar—. ¿Qué es eso?

Levanto la mano y toco la pequeña cruz celta de Claddagh hecha de peltre que llevo desde los seis años, tocando la silueta grabada del corazón con el dedo.

—Una cruz irlandesa.

—No puedes llevar recuerdos contigo en el tren.

Mi corazón late tan fuerte que creo oírlo.

—Era de mi abuela.

Las dos mujeres miran la cruz, y puedo verlas dudando, tratando de decidir qué hacer.

—Me la regaló en Irlanda, antes de que viniéramos. Es... es lo único que me queda. —Esto es cierto, pero también es verdad que lo digo porque creo que las convencerá. Y así es.

Oímos el tren antes de verlo. Un estruendo grave, un rugido bajo los pies, un zumbido profundo, tenue al principio y luego más alto a medida que el convoy se acerca. Estiramos los cuellos para mirar la vía (pese a que una de nuestras acompañantes, la señora Scatcherd, grita con su voz atiplada: «¡Niños! ¡A vuestro sitio, niños!»), y de repente ahí está: una locomotora negra que se alza sobre nosotros, ensombreciendo el andén, soltando un silbido de vapor como el jadeo de un animal inmenso.

Yo voy con un grupo de veinte niños, de todas las edades. Vamos todos bien aseados y con nuestra ropa donada: las niñas con vestidos, delantales blancos y medias gruesas; los chicos con pantalones que se abrochan por debajo de la rodilla, camisa blanca, corbata y abrigo de lana grueso. Es un octubre más cálido de lo normal para la estación, «veranillo de San Martín» lo llama la señora Scatcherd, y estamos sofocándonos de calor en el andén. Tengo el pelo húmedo y se me pega al cuello, y el delantal almidonado es incómodo. En una mano sostengo una maletita marrón que, salvo la cruz, contiene todo lo que tengo en el mundo, todo recién adquirido: una biblia, dos mudas de ropa, un sombrero, un abrigo negro de talla pequeña y unos zapatos. Dentro del abrigo está mi nombre, bordado por una voluntaria en la Sociedad de Socorro a la Infancia: Niamh Power.

Sí, Niamh. Pronunciado Niv. Es un nombre bastante común en el condado de Galway, y no es raro en el barrio irlandés de Nueva York, pero desde luego no resulta aceptable en ningún sitio al que el tren pueda llevarme. La dama que cosió esas letras hace varios días también hacía ruiditos de desaprobación durante la tarea.

—Espero que no le tengas mucho cariño a este nombre, señorita, porque puedo prometerte que, si tienes la suerte de ser elegida, tus nuevos padres te lo cambiarán en un tris.

«Mi Niamh», me llamaba papá. Pero no estoy tan apegada al nombre. Sé que es difícil de pronunciar, extranjero, desagradable para quienes no lo entienden, un lío peculiar de consonantes.

Nadie siente pena por mí ni por el hecho de que haya perdido a mi familia. Cada uno tiene una historia triste; no podría ser de otra manera. La sensación general es que conviene no hablar del pasado, que el alivio más rápido vendrá del olvido. El Socorro a la Infancia nos trata como si hubiéramos nacido en el momento en que llegamos allí, como si, igual que las polillas se liberan de sus capullos, hubiéramos dejado atrás nuestras vidas y, Dios mediante, pronto fuéramos a tener otras nuevas.

La señora Scatcherd y el señor Curran, un enclenque con bigote castaño, nos alinean por altura, del más alto al más bajo, que generalmente significa de mayor a menor, con los bebés en brazos de niñas de más de ocho años. La señora Scatcherd me coloca un bebé en mis brazos antes de que pueda protestar, un niño de piel aceitunada y ojos bizcos de catorce meses llamado Carmine (quien, puedo adivinarlo, pronto responderá a otro nombre). Se aferra a mí como un gatito asustado. Maleta marrón en una mano, sosteniendo a Carmine con la otra, subo los altos escalones que conducen al tren de manera vacilante antes de que el señor Curran se acerque a coger mi maleta.

—Usa el sentido común, niña —me regaña—. Si te caes te partirás la crisma, y entonces tendremos que dejaros aquí a los dos.

Todos los asientos de madera del vagón están encarados hacia el frente salvo dos grupos de asientos enfrentados en la parte delantera, separados por un espacio estrecho. Encuentro un banco de tres asientos para Carmine y para mí, y el señor Curran se esfuerza por subir mi maleta al portaequipajes que tengo encima de la cabeza. Carmine enseguida quiere bajar del asiento, y yo estoy tan ocupada tratando de distraerlo para que no escape que apenas presto atención cuando otros chicos suben al tren y el vagón se llena.

La señora Scatcherd se queda delante del vagón, apoyada en dos asientos de piel, con los brazos de su capa negra plegados como alas de cuervo.

—A este tren lo llaman «el tren de los huérfanos», niños, y tenéis suerte de estar en él —empieza su perorata—. Estáis dejando atrás un lugar malvado, lleno de ignorancia, pobreza y vicio, y os dirigís a la nobleza de la vida rural. Mientras estéis en este tren seguiréis unas reglas sencillas. Cooperaréis y estaréis atentos a las instrucciones. Seréis educados con vuestros acompañantes. Trataréis el vagón con respeto y no lo dañaréis en modo alguno. Alentaréis a vuestros compañeros de asiento a comportarse adecuadamente. En resumen, haréis que el señor Curran y yo nos sintamos orgullosos de vuestra conducta. —Su voz se eleva cuando nos acomodamos en nuestros asientos—. Cuando se os permita bajar del tren, os quedaréis en la zona que designemos. No estaréis solos en ningún momento. Y si vuestra conducta se convierte en un problema, si no podéis cumplir con estas reglas sencillas de decencia común, seréis enviados directamente al lugar del que veníais y descargados en la calle, librados a vosotros mismos.

Los niños más pequeños parecen desconcertados por este sermón, pero los que tenemos más de seis o siete años ya habíamos oído una versión del mismo varias veces en el orfanato antes de irnos. Las palabras me resbalan. La preocupación inmediata es que Carmine tiene hambre, igual que yo. Solo hemos tomado un trozo de pan duro y una taza de leche para desayunar, hace horas, antes del amanecer. Carmine está dando la lata y mordiéndose la mano, una costumbre que debe de ser reconfortante para él. (Maisie se chupaba el pulgar.) Pero sé que no he de preguntar cuándo llegará la comida. Llegará cuando nuestros cuidadores estén listos para repartirla, y ningún ruego cambiará eso.

Coloco a Carmine en mi regazo. Esta mañana, en el desayuno, al echar azúcar en mi té, me he guardado dos terrones en el bolsillo. Ahora froto uno entre mis dedos, desgranándolo, luego me chupo el dedo índice y lo aprieto contra el azúcar antes de meterlo en la boca de Carmine. Su expresión de asombro, el deleite al darse cuenta de su buena suerte, me hace sonreír. Me agarra la mano con las suyas regordetas, apretando con fuerza al quedarse dormido.

Finalmente, también yo me quedo adormilada por el traqueteo constante. Cuando despierto, con Carmine moviéndose y frotándose los ojos, la señora Scatcherd está a mi lado. Está lo bastante cerca para que pueda ver sus venillas rosadas, como costuras en una hoja delicada, extendiéndose por sus mejillas, la piel suave de sus mandíbulas, sus cejas negras hirsutas.

Me mira con intensidad a través de sus gafitas redondas.

—Había pequeños en casa, supongo.

Asiento con la cabeza.

—Parece que sabes tratarlo.

Como si fuera una señal, Carmine se queja en mi regazo.

—Creo que tiene hambre —le digo. Palpo su pañal, que está seco por fuera pero esponjoso—. Y listo para cambiarse.

Ella se vuelve hacia la parte delantera del vagón, haciendo un gesto hacia mí por encima de su hombro.

—Vamos, pues.

Sosteniendo al bebé contra mi pecho, me levanto con inseguridad del asiento y la sigo tambaleándome por el pasillo. Los niños sentados por parejas y tríos levantan sus miradas compungidas a mi paso. Ninguno sabe adónde nos dirigimos y creo que, salvo los más pequeños, todos estamos inquietos y temerosos. Nuestros acompañantes nos han contado poco; sabemos solo que vamos a una tierra donde las manzanas crecen en abundancia en ramas que cuelgan bajas y donde vacas, cerdos y ovejas deambulan con libertad en el fresco aire campestre. Una tierra donde hay buena gente —familias— ansiosa por acogernos. No he visto una vaca, ni para el caso ningún animal, salvo algún perro callejero o un ocasional pájaro, desde que salimos del condado de Galway, y tengo ganas de verlos otra vez. Pero soy escéptica. Conozco demasiado bien lo que se siente cuando las hermosas visiones que has estado alimentando no coinciden con la realidad.

Muchos de los chicos de este tren han estado en el Socorro a la Infancia durante tanto tiempo que no tienen recuerdos de sus madres. Pueden empezar de nuevo, bienvenidos en los brazos de las únicas familias que recordarán haber conocido. Yo recuerdo demasiado: el pecho amplio de mi abuela, sus manitas secas, la cabaña oscura con una pared de piedra que se desmenuza al lado del estrecho jardín. La niebla densa que se asienta sobre la bahía a primera hora de la mañana y al final de la tarde, el cordero con patatas que la abuela llevaba a casa cuando mamá estaba demasiado cansada para cocinar o no tenía dinero para los ingredientes. Comprar leche y pan en la tienda de la esquina en Phantom Street —«*Sráid a'Phúca*», decía papá en gaélico—, llamada así porque las casas de piedra en esa parte del pueblo estaban construidas en los terrenos del cementerio. Los labios agrietados y la sonrisa fugaz de mamá, la melancolía que llenaba nuestra casa en Kinvara y viajó con nosotros por el océano para instalar su residencia permanente en los rincones oscuros de nuestro apartamento en una casa de vecinos de Nueva York.

Y ahora estoy aquí en este tren, limpiando el trasero de Carmine con la señora Scatcherd al lado, tapándome con una manta para que el señor Curran no vea el procedimiento, dándome instrucciones que no necesito. Una vez que el niño está limpio y seco, me lo echo al hombro y vuelvo a mi asiento mientras el señor Curran distribuye fiambreras con pan, queso y fruta y tacitas de leche. Dar de comer a Carmine pan empapado en leche me recuerda el plato irlandés llamado *champ*, que preparaba para Maisie y los niños: un puré de patatas, leche, cebollas verdes (en las raras ocasiones en que las teníamos) y sal. Por las noches, cuando nos acostábamos con hambre, todos soñábamos con ese *champ*.

Después de distribuir la comida y una manta de lana a cada uno, el señor Curran anuncia que hay un cubo y un cucharón para el agua, y si levantamos la mano podemos volver a beber. Hay un lavabo en el tren, nos informa (aunque enseguida descubrimos que se trata de un aterrador agujero sobre las vías).

Carmine, ahíto de leche dulce y pan, se estira en mi regazo, acomodando su cabecita oscura en la cara interior de mi brazo. Envuelvo la manta áspera en torno a nosotros. En el traqueteo rítmico del tren y el conmovedor silencio poblado del vagón me siento protegida. Carmine huele tan bien como unas natillas y su peso es tan reconfortante que me dan ganas de llorar. Su piel esponjosa, miembros maleables, pestañas oscuras, incluso sus suspiros me hacen pensar naturalmente en Maisie. La idea de que muriera sola en el hospital, sufriendo dolorosas quemaduras, es demasiado insoportable. ¿Por qué estoy viva y ella está muerta?

En nuestra casa de vecinos había familias que entraban y salían de los apartamentos, compartiendo cuidado infantil y estofados. Los hombres trabajaban juntos en tiendas de comestibles y herrerías. Las mujeres obtenían dinero del trabajo artesanal, haciendo puntillas y remendando calcetines. Cuando pasaba por sus apartamentos y las veía sentadas juntas en un círculo, encorvadas sobre su trabajo, hablando en un idioma que no entendía, sentía un dolor agudo.

Mis padres se fueron de Irlanda con la esperanza de un futuro mejor, todos creíamos que íbamos de camino a la tierra de la abundancia. El caso es que fracasaron en esta nueva tierra, fracasaron en prácticamente todo. Es posible que fueran personas débiles, mal adaptadas a los rigores de la emigración, a sus humillaciones y compromisos, a sus exigencias de autodisciplina y aventura. Sin embargo, me pregunto cuántas cosas podrían haber sido diferentes si mi padre hubiera formado parte de un negocio familiar que le hubiera dado una rutina y una nómina regular en lugar de trabajar en un bar, el peor sitio para un hombre como él; o si mi madre hubiera estado rodeada por mujeres, hermanas y sobrinas, que hubieran podido proporcionarle alivio de la miseria y la soledad, un refugio de los extraños.

En Kinvara, pobres como éramos, y en situación precaria, al menos teníamos familia cerca, gente que nos conocía. Compartíamos tradiciones y una forma de ver el mundo. Hasta que nos marchamos, no supimos lo mucho que dábamos todo eso por sentado.

Tren central de Nueva York, 1929

Con el paso de las horas me voy acostumbrando al movimiento del tren: las ruedas pesadas traqueteando en los raíles, el zumbido bajo mi asiento. El atardecer suaviza los contornos afilados de los árboles al otro lado de mi ventana; el cielo se oscurece lentamente, luego se ennegrece en torno a un orbe de luna. Horas después, un tinte azul tenue deja paso a los suaves tonos pastel del alba, y enseguida entra suficiente sol y la secuencia de paradas y arranques del tren hace que todo parezca una serie de fotogramas, muchas imágenes que juntas crean una ilusión de movimiento.

Pasamos el tiempo mirando los cambios en el paisaje, hablando, entretenidos con juegos. La señora Scatcherd tiene una tablero de damas y una biblia, y yo la hojeo buscando el salmo 121, el favorito de mamá: «Alzo mis ojos a los montes: ¿De dónde me vendrá el auxilio? Mi auxilio viene del Señor que hizo el cielo y la tierra.»

Soy uno de los pocos niños del tren que sabe leer. Mamá me enseñó las letras hace años, en Irlanda, luego me enseñó a formar las sílabas. Cuando fuimos a Nueva York, me decía que leyera para ella cualquier cosa que tuviera palabras: cajas y botellas que encontraba en la calle.

—Donner, bebida carbo...

—Carbonatada.

—Carbonatada. LemonKist soda. Colorante arfiticial...

—Artificial.

—Artificial. Colorante artificial. Ácido crítico. Cítrico. Ácido cítrico añadido.

—Bien.

Cuando aprendí más, mamá abrió el viejo arcón que tenía al lado de la cama y sacó un libro de poemas en tapa dura, azul con borde dorado. Francis Fahy era un poeta nacido en Kinvara en una familia de diecisiete hijos. A los quince años se convirtió en maestro auxiliar en la escuela local de chicos antes de dirigirse a Inglaterra («como cualquier poeta irlandés», dijo mamá), donde se mezcló con gente como Yeats y Shaw. Mamá pasaba las páginas con atención, siguiendo con el dedo las líneas negras en el delgado papel, leyendo para sus adentros, hasta que encontraba el que quería.

—«Bahía de Galway» —decía—. Mi favorito. Léemelo.

Y así lo hacía:

Si tuviera sangre joven y ánimo optimista y corazón de
[fuego una vez más,
por más dinero que pueda haber en el mundo nunca me
[alejaría de tu costa,
viviría satisfecho con lo que Dios me enviara con vecinos
[viejos y entrecanos,
y mis huesos reposarían bajo piedras del camposanto, a tu
[lado, bahía de Galway.

Una vez levanté la mirada de una lectura entrecortada y chapucera y vi dos líneas de lágrimas resbalando por las mejillas de mamá.

—Jesús, María y José —dijo ella—. Nunca deberíamos habernos ido de allí.

En ocasiones, en el tren, cantamos. El señor Curran nos enseñó una canción antes de irnos, y al menos una vez al día se pone de pie para cantarla y que todos le sigamos.

Desde la oscuridad de la ciudad al campo que florece.
Donde suspiran las brisas fragantes.
Desde la plaga de la ciudad a la floresta brillante.
Como vuelan los pájaros en verano,
oh, niños, queridos niños,
jóvenes, felices, puros...

Paramos en una estación y aprovechamos para comprar fruta fresca, leche y algo para preparar sándwiches, pero solo baja el señor Curran. Lo veo por la ventanilla con sus mocasines blancos, hablando con granjeros en el andén. Uno sostiene una cesta de manzanas, otro un saco lleno de pan. Un hombre con un delantal negro busca en una caja, y, cuando desenvuelve un paquete de papel marrón, veo un grueso trozo de queso y me cruje el estómago. No nos han alimentado mucho, algunos mendrugos de pan y leche y una manzana en las últimas veinticuatro horas, y no sé si es porque tienen miedo de quedarse sin comida o creen que es por nuestro bien moral.

La señora Scatcherd se pasea pasillo arriba, pasillo abajo, dejando que dos grupos de niños cada vez se levanten para estirar las piernas mientras el tren está detenido.

—Agitar cada pierna —ordena—. Es bueno para la circulación.

Los niños más pequeños están inquietos, y los mayores alborotan siempre que pueden. No quiero saber nada con estos chicos que parecen tan salvajes como una jauría de perros. Nuestro casero, el señor Kaminski, llamaba a estos chicos «árabes callejeros», bandas de vagabundos, carteristas y cosas peores.

Cuando el tren parte, uno de estos chicos enciende una cerilla, despertando la ira del señor Curran, que le da un sopapo en la cabeza y grita, para que todo el vagón pueda oírle, que es un zopenco inútil que no sirve para nada en el vergel del Señor y que nunca llegará a nada. Este arrebato no hace nada más que potenciar el estatus del chico a ojos de sus amigos, que piensan en formas ingeniosas de irritar al señor Curran sin delatarse. Avioncitos de papel, regüeldos ruidosos, agudos gemidos fantasmales seguidos de risitas ahogadas. Al señor Curran le enfurece no poder saber qué chico ha sido para castigarlo. Pero qué puede hacer que no sea hacerlos bajar a todos en la siguiente parada. Así que, al fin, los amenaza con eso, plantándose en el pasillo junto a los asientos de dos chicos particularmente alborotadores. Sin embargo, solo consigue que el mayor le responda que estará encantado de arreglárselas por sí solo, que lo ha hecho durante años sin que le pasara nada grave, apuesta a que podrá lustrar zapatos en cualquier ciudad de Estados Unidos y probablemente eso es mucho mejor que ser enviado a vivir en un establo con animales, comiendo solo restos de comida para cerdos o ser secuestrado por los indios.

Los niños murmuran en sus asientos. ¿Qué replicará el señor Curran?

El señor Curran mira alrededor con inquietud.

—Estás asustando a un vagón lleno de niños. ¿Te parece correcto? —dice.

—Pero es cierto, ¿no?

—Por supuesto que no. Niños, calmaos.

—He oído que nos venderán al mejor postor en una subasta —susurra otro chico.

El vagón queda en silencio. La señora Scatcherd se levanta, exhibiendo su habitual ceño de labios finos y su sombrero de ala ancha. Con su capa pesada negra y gafas brillantes de montura metálica impone más de lo que el señor Curran impondrá nunca.

—Ya he oído bastante —dice con su voz estridente—. Estoy tentada de echaros a todos de este tren. Pero eso no sería... —Nos mira lentamente, deteniéndose en cada rostro triste— cristiano. El señor Curran y yo estamos aquí para escoltaros hasta una vida mejor. Cualquier insinuación de lo contrario es ignorante y ultrajante. Tenemos la ferviente esperanza de que cada uno de vosotros encontrará un camino para salir de la depravación de vuestras vidas anteriores, y con orientación firme y trabajo duro os transformaréis en ciudadanos respetables capaces de valerse en sociedad. Ahora bien, no soy tan ingenua para creer que así será para todos. —Proyecta una mirada marchita a un chico mayor de pelo rubio, uno de los alborotadores—. Pero tengo la esperanza de que la mayoría veréis esto como una oportunidad. Quizá la única oportunidad que tendréis de convertiros en algo. —Se ajusta la capa en torno a los hombros—. Señor Curran, quizás, el joven que habló con usted tan impúdicamente debería trasladarse a un asiento donde sus discutibles encantos no sean recibidos con tanto agrado. —Levanta la barbilla, mirando desde su sombrero como una tortuga desde su caparazón—. Ah, hay un sitio al lado de Niamh —añade, señalando con un dedo curvado en mi dirección—. Con el añadido de un bebé inquieto.

Siento un cosquilleo. Oh, no. Pero me doy cuenta de que la señora Scatcherd no está de humor para reconsiderarlo. Así que me acerco todo lo que puedo a la ventanilla y pongo a Carmine en su manta a mi lado, en medio del asiento.

Varias filas por delante, al otro lado del pasillo, el chico se levanta, suspira ruidosamente y se encasqueta bien su gorra de franela azul brillante en la cabeza. Convierte en un espectáculo el hecho de salir de su asiento, luego arrastra los pies por el pasillo como un condenado que se acerca al patíbulo. Cuando llega a mi fila, me mira entornando los ojos, luego mira a Carmine y después hace una mueca a sus amigos.

—Será divertido —dice burlonamente.

—No hablarás, jovencito —trina la señora Scatcherd—. Te sentarás y te comportarás como un caballero.

Él se deja caer en el asiento, dejando las piernas en el pasillo; luego se quita la gorra y la golpea contra el asiento de delante, levantando una nubecilla de polvo. Los chicos de ese asiento se vuelven y miran.

—Menuda cascarrabias —murmura sin dirigirse a nadie.

Estira un dedo hacia Carmine, que lo estudia y mira la cara del chico. El chico mueve el dedo y Carmine hunde la cabeza en mi regazo.

—No llegas a ninguna parte siendo tímido —dice el chico.

Me mira y su atención se entretiene en mi cara y mi cuerpo de una manera que me hace ruborizar. Tiene cabello liso rubio rojizo y ojos azul pálido y unos doce o trece años, o eso calculo, aunque por sus maneras parece mayor.

—Pelirroja. Eso es peor que ser limpiabotas. ¿Quién va a quererte?

Siento el escozor de la verdad en sus palabras, pero levanto la barbilla.

—Al menos no soy ninguna delincuente.

Ríe.

—¿Eso es lo que soy yo?

—Tú me dirás.

—¿Me creerías?

—Probablemente no.

—Entonces no tiene sentido.

No respondo y los tres nos quedamos en silencio, Carmine quieto porque le intimida la presencia del chico. Miro hacia el paisaje severo y solitario que pasa por la ventanilla. Ha estado lloviendo de manera intermitente todo el día. Nubes grises penden bajas en el cielo acuoso.

—Me lo quitaron todo —dice el chico al cabo de un rato.

Me vuelvo a mirarlo.

—¿Qué?

—Mi caja de limpiabotas. Todo mi betún y cepillos. ¿Cómo esperan que me gane la vida?

—No lo esperan. Van a encontrarte una familia.

—Sí, claro —replica con una risa seca—. Una mamá para arroparme por la noche y un papá que me enseñe un oficio. No creo que funcione así. ¿Tú lo crees?

—No lo sé. No he pensado en eso —digo, aunque por supuesto sí lo he hecho.

He captado fragmentos de conversaciones: que los bebés son los primeros que eligen, luego chicos mayores, valorados por los granjeros por sus huesos y músculos fuertes. Las últimas son las chicas como yo, demasiado mayores para convertirse en damas, demasiado jóvenes para que sirvan de buena ayuda en la casa, de escaso uso en el campo. Si no nos eligen nos devolverán al orfanato.

—De todos modos —añado—, ¿qué podemos hacer nosotros?

Buscando en su bolsillo, saca un centavo. Lo hace rodar en sus dedos, lo sostiene entre el pulgar y el índice y toca con él la nariz de Carmine, luego lo agarra en su puño cerrado. Cuando abre la mano, el centavo no está allí. Busca detrás de la oreja de Carmine y...

—*Voilà!* —señala pasándole el centavo.

Carmine lo mira, asombrado.

—Puedes aguantarlo —dice el chico—. O puedes huir. O quizá tendrás suerte y serás feliz para siempre. Solo el buen Dios sabe lo que va a ocurrir, pero no va a contarlo.

Union Station, Chicago, 1929

Nos convertimos en una pequeña y extraña familia: el chico—de nombre Hans, descubro, apodado Dutchy en la calle—, Carmine y yo, en nuestra morada de tres asientos. Dutchy me cuenta que nació en Nueva York, de padres alemanes, que su madre murió de neumonía y su padre lo envió a las calles a ganar dinero de limpiabotas y que le pegaba con el cinturón si no traía lo suficiente. Así que un día no volvió a casa. Se juntó con un grupo de chicos que dormían en cualquier escalón o callejón durante el verano y en los meses de invierno en toneles y umbrales, en cajas descartadas sobre rejillas de hierro en un rincón de Printing House Square, donde sube aire caliente y vapor de los motores de abajo. Aprendió piano de oído en la sala de atrás de un bar clandestino, aporreaba las teclas de noche para los clientes borrachos y vio cosas que ningún niño de doce años debería ver. Los chicos trataban de cuidarse unos a otros, aunque si uno enfermaba o terminaba mutilado —pillando neumonía o cayendo de un tranvía o bajo las ruedas de un camión—, no había mucho que nadie pudiera hacer.

Algunos chicos de la banda de Dutchy están en el tren con nosotros. Señala a Jack *el Baboso*, que tiene el hábito de escupirse encima, y a Whitey, un chico de piel translúcida. Los sacaron de la calle con la promesa de una comida caliente y han terminado aquí.

—¿Qué hay de la comida caliente? ¿La recibiste?

—La recibimos siempre. Rosbif y patatas. Y una cama limpia. Pero no me fío. Calculo que les pagan por cabeza, igual que los indios arrancan cabelleras.

—Es caridad —digo—. ¿No has oído lo que ha dicho la señora Scatcherd? Es su deber cristiano.

—Lo único que sé es que nadie ha hecho nunca nada por mí por deber cristiano. Me doy cuenta por la forma en que hablan de que voy a dejarme la piel trabajando y a cambio no veré ni un centavo. Tú eres una chica. Puede que te vaya bien, haciendo pasteles en la cocina o cuidando de un bebé. —Me mira de reojo—. Salvo por el pelo y las pecas, tienes buen aspecto. Estarás mejor que bien sentada a la mesa con una servilleta en el regazo. Yo no. Soy demasiado mayor para que me enseñen modales o para seguir las reglas de otro. La única cosa para la que sirvo es para el trabajo duro. Lo mismo ocurre con todos nosotros: vendedores de diarios y mercachifles, carteleros y limpiabotas. —Señala con la cabeza a un chico tras otro en el vagón.

Al tercer día cruzamos la frontera del estado de Illinois. Cerca de Chicago, la señora Scatcherd se levanta para dar otro sermón.

—Dentro de unos minutos llegaremos a la Union Station, donde cambiaremos de tren para el siguiente tramo de viaje —nos cuenta—. Si dependiera de mí, os enviaría en línea recta por el andén hasta el otro tren, sin preocuparme de que os metiérais en problemas. Pero no se nos permite subir al otro tren hasta dentro de una hora. Jóvenes, llevaréis vuestros abrigos. Jovencitas, poneros vuestros delantales. Cuidad de no mancharlos.

»Chicago es una ciudad noble y orgullosa, a orillas de un gran lago. El lago la hace ventosa, de ahí su apodo: la Ciudad del Viento. Llevaréis vuestras maletas, por supuesto, y vuestra manta de lana para envolveros, porque estaremos en el andén al menos una hora.

»Sin duda, los buenos ciudadanos de Chicago os verán como rufianes, ladrones y mendigos, pecadores incorregibles sin ninguna oportunidad de ser redimidos en este mundo. Tienen motivos para sospechar de vuestro carácter. Vuestra labor consiste en demostrar que se equivocan: comportaos con modales exquisitos, y actuad como los ciudadanos modelos en que la Sociedad de Socorro a la Infancia cree que podéis convertiros.

El viento en el andén ruge a través de mi vestido. Envuelvo mi manta en torno a los hombros, manteniendo un ojo vigilante en Carmine, que se tambalea, al parecer ajeno al frío. Quiere saber los nombres de todo: «tren», «rueda», «señora Scatcherd», que está poniendo ceño al revisor. «Señor Curran», que está revisando unos papeles con un funcionario de la estación. «Luces», que para asombro de Carmine se encienden cuando las está mirando, como por arte de magia.

Al contrario de las expectativas de la señora Scatcherd —o quizás en respuesta a su reprimenda—, somos un grupo muy tranquilo, incluso los chicos mayores. Nos apiñamos juntos, complacientes como ganado, golpeando el suelo con los pies para mantener el calor.

Salvo Dutchy. ¿Adónde ha ido?

—Eh, Niamh.

Oigo mi nombre y me vuelvo. Atisbo fugazmente su pelo rubio en una escalera. Miro a los adultos, ocupados con documentos y formularios. Una rata enorme corretea por la pared de ladrillo del fondo, y cuando el resto de los niños la señalan y chillan, yo levanto a Carmine, dejando nuestra pequeña pila de maletas, y me deslizo detrás de una columna y un montón de cajones de madera.

En la escalera, fuera del alcance visual del andén, Dutchy está apoyado contra una pared curva. Cuando me ve, se vuelve impertérrito y se dirige escaleras arriba hasta desaparecer tras una esquina. Echo una mirada atrás y, al no ver a nadie, sujeto a Carmine y lo sigo, manteniendo la mirada en los escalones anchos para no caer. Carmine se recuesta en mis brazos, flácido como un saco de arroz.

—*Jip* —murmura, señalando.

Mi mirada sigue su dedo regordete y veo el enorme techo abovedado de la estación, salpicado de claraboyas.

Entramos en la enorme terminal, abarrotada de gente de toda clase: mujeres ricas con pieles seguidas de criados, hombres con sombreros de copa y levita, vendedoras con vestidos brillantes. Es demasiado para asimilarlo de una vez: estatuas y columnas, balcones y escaleras, bancos de madera descomunales. Dutchy está de pie en medio, mirando al cielo a través del techo de cristal, y entonces se quita la gorra y la lanza al aire. Carmine pugna por liberarse, y en cuanto lo dejo en el suelo corre hacia Dutchy y se agarra a sus piernas. El chico se agacha y se lo sube a hombros. Me acerco y oigo que le dice:

—Aférrate, jovencito, y te haré girar.

Agarra las piernas de Carmine y empieza a dar vueltas; Carmine se coge de la frente de Dutchy y echa la cabeza atrás, levantando la mirada a las claraboyas, chillando alborozado al girar, y, en ese momento, por primera vez desde el incendio, mis preocupaciones desaparecen. Siento una alegría tan intensa que es casi dolorosa: una punzada de alegría.

Y de repente un silbato cuartea el aire. Tres policías con uniformes oscuros corren hacia Dutchy porras en mano, y todo ocurre demasiado deprisa: veo a la señora Scatcherd en lo alto de la escalera señalando con su ala de cuervo, al señor Curran corriendo con sus ridículos mocasines blancos, a Carmine agarrándose a Dutchy aterrorizado cuando un policía gordo grita:

—¡Al suelo!

Tengo el brazo retorcido a la espalda y un hombre me espeta a la oreja:

—Tratando de escapar, ¿eh? —Su aliento huele a regaliz.

Es inútil responder, así que mantengo la boca cerrada cuando él me obliga a arrodillarme.

Un susurro se extiende en ese espacio enorme. Con el rabillo del ojo veo a Dutchy en el suelo, bajo la porra de un policía. Carmine está berreando y sus chillidos resuenan. Y cada vez que Dutchy se mueve, le dan en el costado. Luego está esposado y el policía gordo tira de él para levantarlo y lo empuja con tanta brusquedad que Dutchy tropieza cayendo hacia delante.

En ese momento me doy cuenta de que ha pasado por situaciones similares antes. Su rostro está inexpresivo; ni siquiera protesta. Sé lo que piensan los transeúntes: es un delincuente que ha infringido la ley, seguramente más de una. La policía está protegiendo a los buenos ciudadanos de Chicago, y gracias a Dios que están ahí.

El policía gordo arrastra a Dutchy hacia la señora Scatcherd y Aliento de Regaliz lo sigue, tirando violentamente de mi brazo.

La señora Scatcherd tiene cara de haber mordido un limón. Sus labios están arrugados en una O temblorosa, y da la impresión de estar temblando.

—Puse a este jovencito contigo —me dice en voz baja y temible— con la esperanza de que podrías ser una influencia civilizadora. Parece que me he equivocado gravemente.

La cabeza me va muy deprisa. Si al menos pudiera convencerla de que él no pretendía nada malo...

—No, señora, yo...

—No interrumpas.

Bajo la mirada.

—Bueno, ¿qué tienes que decir en tu defensa?

Sé que nada de lo que pueda decir cambiará la opinión que se ha formado de mí. Y darme cuenta de eso me hace sentir extrañamente libre. Lo máximo que puedo esperar es evitar que envíen a Dutchy otra vez a las calles.

—Es culpa mía —digo—. Le pedí a Dutchy, quiero decir Hans, que nos acompañara a mí y al bebé arriba. —Miro a Carmine, tratando de zafarse del policía que lo sujeta—. Quería... echar un vistazo a ese lago. Pensaba que al niño le gustaría.

La señora Scatcherd me fulmina con la mirada. Dutchy me mira con sorpresa.

—*Jago* —añade Carmine.

—Y entonces... Carmine vio las luces.

Señalo arriba y miro a Carmine, que inclina la cabeza atrás y grita:

—¡*Jip*!

Los policías no están seguros de qué hacer. Aliento de Regaliz me suelta el brazo, aparentemente convencido de que no voy a huir.

El señor Curran mira a la señora Scatcherd, cuya expresión se ha suavizado un poco.

—Eres una niña estúpida y cabezota —dice, pero su voz ya no es tan brusca, y me doy cuenta de que no está tan enfadada como quiere aparentar—. Desobedeciste mis instrucciones de quedarte en el andén. Has puesto a todo el grupo en peligro y te has avergonzado a ti misma. Peor, me has avergonzado a mí. Y al señor Curran —añade, volviéndose hacia él.

Él hace una mueca como diciendo: «No me meta en esto.»

—Pero supongo —continúa ella— que esto no es un asunto para la policía. Es una cuestión civil —aclara.

De inmediato, el policía gordo quita las esposas de Dutchy y se las sujeta al cinturón.

—¿Seguro que no quiere que lo llevemos a comisaría, señora?

—Gracias, oficial, pero el señor Curran y yo le daremos suficiente castigo.

—Como quiera. —Se toca el borde de la gorra, retrocede y da media vuelta.

—No os equivoquéis —dice con gravedad la señora Scatcherd, mirándonos desde el puente de la nariz—. Seréis castigados.

La señora Scatcherd golpea varias veces a Dutchy en los nudillos con una regla larga de madera, aunque me parece un castigo a desgana. Él apenas hace un gesto de dolor, luego sacude las manos dos veces en el aire y me hace un guiño. En realidad, no hay mucho más que ella pueda hacer. Despojados de familia e identidad, con magras raciones de comida, confinados en duros asientos de madera hasta que seamos, como sugirió Jack el Baboso, vendidos como esclavos, nuestra mera existencia ya es castigo suficiente. Aun así, la señora Scatcherd amenaza con separarnos, pero al final nos deja juntos, porque no quiere contagiar a otros con la delincuencia de Dutchy, dice, y aparentemente ha decidido que ocuparse de Carmine sería un castigo para ella misma. Añade que no podemos hablarnos ni mirarnos.

—Si escucho el más mínimo murmullo, entonces sí que...

—dice, con la amenaza perdiendo fuelle sobre nuestras cabezas como un globo pinchado.

Para cuando salimos de Chicago, es de noche. Carmine va sentado en mi regazo con las manos en la ventanilla, la cara apretada contra el cristal, mirando las calles y los edificios, todo iluminado.

—*Jip* —dice con suavidad cuando la ciudad retrocede en la distancia.

Yo también miro por la ventanilla. Pronto todo está oscuro; es imposible distinguir dónde termina la tierra y comienza el cielo.

—Que tengáis una buena noche de descanso —dice la señora Scatcherd desde la parte delantera del vagón—. Por la mañana necesitaréis tener vuestro mejor aspecto. Es muy importante que causéis una buena impresión. Vuestra somnolencia bien podría interpretarse como pereza.

—¿Y si nadie me quiere? —pregunta un chico, y todo el vagón parece contener la respiración.

Es la pregunta que está en la cabeza de todo el mundo, la pregunta cuya respuesta probablemente nadie quiere conocer.

La señora Scatcherd baja la mirada al señor Curran como si estuviera esperando esto.

—Si ocurre que no eres elegido en la primera parada, tendrás muchas oportunidades más. No recuerdo ningún caso... —Hace una pausa y frunce los labios—. Es muy raro que un chico regrese con nosotros en el viaje de vuelta a Nueva York.

—Perdón, señora —interviene una niña que está casi delante—. ¿Y si no quiero ir con la gente que me elige?

—¿Y si nos pegan? —grita un niño.

—¡Niños! —Las pequeñas gafas de la señora Scatcherd destellan cuando vuelve la cabeza de un lado a otro—. ¡No podéis interrumpir a los mayores! —Parece decidida a sentarse sin responder a estas preguntas, pero entonces cambia de opinión—. Os diré algo: no hay forma de calcular el gusto y las personalidades. Algunos padres buscan un chico sano que trabaje en la granja (como sabéis, el trabajo duro es bueno para los niños, y deberíais estar agradecidos si os toca una familia de granjeros temerosos de Dios, todos vosotros, niños), y otra gente quiere bebés. La gente cree que quiere una cosa, pero después cambia de opinión. Aunque esperamos encarecidamente que todos encontréis hogares adecuados en la primera parada, no siempre ocurre eso. Así que, además de ser respetables y educados, debéis mantener vuestra fe en Dios para que os guíe adelante si el camino no resulta claro. Ya sea vuestro camino largo o corto, el Señor os ayudará siempre que pongáis vuestra fe en Él.

Miro a Dutchy y él me mira. La señora Scatcherd sabe tan poco como nosotros respecto a si seremos elegidos por personas que nos tratarán con amabilidad. Nos dirigimos hacia lo desconocido y no tenemos más alternativa que quedarnos en silencio en nuestros asientos duros y dejar que nos lleven allí.

Spruce Harbor, Maine, 2011

Volviendo al coche, Molly ve a Jack a través del parabrisas, con los ojos cerrados, escuchando una canción que ella no puede oír.

—Hola —dice en voz alta, abriendo la puerta del pasajero.

Él abre los ojos y se quita los auriculares.

—¿Cómo ha ido?

Molly sacude la cabeza y sube al coche. Cuesta creer que solo ha estado allí dentro veinte minutos.

—Vivian es muy rara. ¡Cincuenta horas! Dios mío.

—Pero ¿va a funcionar?

—Supongo. Hemos hecho un plan para empezar el lunes.

Jack le da una palmadita en la pierna.

—Impresionante. Acabarás con esas horas en un santiamén.

—No vendamos la piel del oso antes de cazarlo.

Ella siempre está haciendo eso, contrarrestando el entusiasmo de Jack, refunfuñando, pero se ha convertido en una especie de rutina.

—Yo no soy como tú, Jack —le dice—. Tengo mala leche y soy rencorosa.

Pero se siente secretamente aliviada cuando él se ríe. Jack tiene una certeza optimista de que ella en el fondo es buena persona. Y si él tiene esa fe en ella, entonces ella no ha de preocuparse, ¿no?

—Tú no dejes de repetirte que es mejor que el centro de menores —dice él.

—¿Estás seguro? Probablemente sería más fácil cumplir mi condena y terminar de una vez.

—Salvo por el pequeño problema de tener antecedentes.

Molly se encoge de hombros.

—Aunque eso sería un puntazo. ¿Qué opinas?

—¿En serio, Moll? —dice él con un suspiro, dándole al contacto.

Ella le sonríe para que sepa que está bromeando. Más o menos.

—«Mejor que el centro de menores». Sería un buen tatuaje. —Señala su brazo—. Justo aquí en mi bíceps, en letra cursiva de veinte puntos.

—Ni de broma —dice él.

Dina deposita la sartén con la comida Hamburger Helper en el salvamanteles en medio de la mesa y se sienta pesadamente en su silla.

—Uf. Estoy agotada.

—Un día duro en el trabajo, ¿eh, nena? —dice Ralph como siempre, aunque Dina nunca le pregunta a él por su jornada. Quizá la fontanería no es tan excitante como ser telefonista en la comisaría de la emocionante Spruce Harbor—. Molly, dame tu plato.

—La espalda me está matando por esa silla horrible en que me hacen sentar —explica Dina—. Juro que si he de ir al quiropráctico los demandaré.

Molly le da su plato a Ralph y él le sirve el guiso. Molly ha aprendido a apartar la carne —incluso en un plato como ese, donde apenas puedes distinguirla porque está todo mezclado—, porque Dina se niega a reconocer que es vegetariana.

Dina escucha una radio conservadora, pertenece a una Iglesia cristiana fundamentalista y tiene una pegatina en el coche que reza: «Las armas no matan a la gente, las clínicas abortistas sí.» Ella y Molly están en las antípodas, lo cual no importaría si Dina no se tomara las decisiones de Molly como una afrenta personal. Dina está continuamente poniendo los ojos en blanco, murmurando entre dientes sobre las diversas infracciones de Molly —no guarda su ropa limpia, deja los platos en el fregadero, no se le puede insistir en que haga la cama—, todo lo cual forma parte del programa liberal que está arruinando este país. Molly sabe que debería ignorar esos comentarios —«entran por una oreja y salen por la otra», dice Ralph—, pero la irritan. Es extremadamente sensible a ellos, como un diapasón demasiado agudo. Todo forma parte del mensaje inquebrantable de Dina: da gracias, viste como una persona normal, no tengas opiniones, come lo que te ponen en el plato.

Molly no sabe muy bien cómo encaja Ralph en todo esto. Sabe que él y Dina se conocieron en el instituto, tuvieron una historia previsible de jugador de fútbol y animadora, y llevan juntos desde entonces, pero no sabe si Ralph realmente comulga con la línea del partido de Dina o simplemente se adapta para que su vida resulte más fácil. En ocasiones ve un brillo de independencia: una ceja enarcada, una observación pronunciada con cuidado, posiblemente irónica como: «Bueno, no podemos tomar una decisión sobre eso hasta que la jefa llegue a casa.»

Aun así, teniendo en cuenta todo esto, Molly sabe que es afortunada: tiene su propia habitación en una casa ordenada, padres de acogida con trabajo y sobrios, un instituto decente, un novio guapo. No se espera de ella que se ocupe de un montón de niños, como le pasaba en una de las casas en que ha vivido, ni que limpie lo que manchan quince gatos sucios, como le ocurrió en otra. En los últimos nueve años ha estado en más de una docena de casas de acogida, en algunas durante menos de una semana. Le han pegado con una espátula, abofeteado en la cara, hecho dormir en un porche sin calefacción en invierno, incluso un padre de acogida le enseñó a liar porros y mentir al trabajador social. Se hizo su tatuaje ilegalmente a los dieciséis con un amigo de veintitrés años de la familia Bangor, un «experto tatuador en formación» como se autodenominaba, en realidad un principiante que se lo hizo gratis; o, bueno... más o menos. De todos modos no le tenía tanto apego a su virginidad.

Con los dientes del tenedor, Molly aplasta la hamburguesa en su plato, esperando reducirla al olvido. Da un mordisco y sonríe a Dina.

—Qué bueno. Gracias.

Dina aprieta los labios y ladea la cabeza, tratando de calibrar si el aprecio de Molly es sincero. Bueno, Dina, piensa Molly, lo es y no lo es. Gracias por acogerme y alimentarme. Pero si crees que puedes aplastar mis ideales, obligarme a comer carne cuando te digo que no, esperar que me preocupe por tu espalda dolorida cuando no te muestras nada interesada en mi vida, ya puedes olvidarte. Jugaré a tu maldito juego, pero no según tus reglas.

Spruce Harbor, Maine, 2011

Terry sube la primera al último piso, afanándose por la escalera, con Vivian moviéndose más despacio detrás de ella y Molly en último lugar. La casa es grande y con corrientes de aire, demasiado grande, piensa Molly, para una anciana que vive sola. Tiene catorce habitaciones, la mayoría de las cuales están cerradas los meses de invierno. Terry le ha contado la historia: Vivian y su marido eran propietarios y dirigían unos grandes almacenes en Minnesota, y cuando vendieron el negocio hace veinte años, hicieron un viaje a vela por la Costa Este para celebrar su jubilación. Vieron desde el puerto esta casa, que había sido propiedad del capitán del barco, y en un impulso decidieron comprarla. Y eso era todo: hicieron las maletas y se trasladaron a Maine. Desde que murió Jim, hace ocho años, Vivian ha vivido aquí sola.

En un rellano en lo alto de la escalera, Terry, jadeando un poco, se lleva la mano a la cadera y mira alrededor.

—Caray. ¿Por dónde empezamos, Vivi?

Vivian alcanza el escalón superior, agarrándose al pasamanos. Lleva otro jersey de cachemira, gris esta vez, y un collar de plata con un extraño amuleto.

—Bueno, veamos.

Mirando alrededor, Molly ve que la planta superior de la casa consiste en una sección cerrada—dos dormitorios metidos bajo la pendiente del tejado y un cuarto de baño a la antigua con una bañera con patas— y una gran parte de desván abierto con un suelo de tablones ásperos medio cubierto con trozos de linóleo antiguo. Tiene traviesas a la vista con aislamiento entre las vigas. Aunque las traviesas y el suelo son oscuros, el espacio es sorprendentemente luminoso. Varias ventanas proporcionan una clara panorámica de la bahía y, detrás, el puerto deportivo.

El desván está tan lleno de cajas y muebles que resulta difícil moverse. En una esquina se halla una gran percha de ropa cubierta con envoltorios de plástico con cremalleras. Hay varios arcones de cedro, tan grandes que Molly se pregunta cómo los subieron, alineados contra una pared al lado de una pila de baúles. En el techo, varias bombillas desnudas brillan como pequeñas lunas.

Caminando entre cajas de cartón, Vivian pasa la yema de los dedos por las partes superiores, mirando sus etiquetas crípticas: «La tienda, 1960-», «Los Nielsen», «Valioso».

—Supongo que por eso la gente tiene hijos, ¿no? —murmura—. Así alguien se ocupa de las cosas que quedan cuando ellos ya no están.

Molly mira a Terry, que está negando con la cabeza con adusta resignación. Se le ocurre que quizá la reticencia de Terry a retomar este proyecto tiene tanto que ver con evitar esta clase de momento sensiblero como con rehuir el trabajo en sí.

Molly ve en su teléfono que son las cuatro y cuarto, solo han pasado quince minutos desde su llegada. Se supone que hoy ha de quedarse hasta las seis, y después acudir durante dos horas cuatro días por semana, y cuatro horas cada fin de semana hasta, bueno, hasta que termine su tiempo o Vivian se muera, lo que ocurra primero. Según sus cálculos, tardará alrededor de un mes. En terminar las horas, no en matar a Vivian.

Aunque si las siguientes cuarenta y nueve horas y cuarenta y cinco minutos son así de tediosas, no sabe si podrá soportarlo.

En Historia Americana han estado estudiando cómo Estados Unidos se cimentó en esa clase de trabajo. El profesor, el señor Reed, dijo que en el siglo XVIII casi dos tercios de los colonos ingleses llegaron de ese modo, vendiendo años de su libertad por la promesa de una eventual vida mejor. La mayoría de ellos no habían cumplido los veintiún años.

Molly ha decidido pensar en este trabajo como si fuera un pasaporte: cada hora que trabaja es una hora más cerca de la libertad.

—Estaría bien vaciar todo esto, Vivi —está diciendo Terry—. Bueno, voy a empezar a lavar ropa. Llámame si me necesitas. —Señala a Molly como diciendo «toda tuya» y retrocede bajando la escalera.

Molly conoce bien la rutina de trabajo de Terry.

—Tú eres como yo en el gimnasio, ¿eh, mamá? —le dice a veces Jack, provocándola al respecto—. Un día bíceps, al siguiente cuádriceps.

Terry raramente se desvía de su horario autoimpuesto; «con una casa de este tamaño», dice, «has de abordar una sección diferente cada día: dormitorios y lavado de ropa el lunes; cuartos de baño y plantas el martes; cocina y compras el miércoles; otras salas el jueves, cocinar para el fin de semana el viernes».

Molly sortea pilas de cajas selladas con cinta de embalar para llegar a la ventana, y la abre una rendija. Incluso aquí arriba, en lo más alto de esta gran casa vieja, puede oler el aire salado.

—¿No están en ningún orden particular? —pregunta a Vivian, volviéndose—. ¿Cuánto tiempo llevan aquí?

—No las he tocado desde que nos trasladamos aquí. Así que deben de llevar...

—Veinte años.

Vivian le ofrece una sonrisa despiadada y dice:

—Estabas escuchando.

—¿Alguna vez ha estado tentada de tirarlo todo sin más al contenedor?

Vivian arruga los labios.

—No quería decir... lo siento. —Molly hace una mueca de dolor, dándose cuenta de que se ha pasado un poco.

Está bien, es oficial, necesita un cambio de actitud. ¿Por qué es tan hostil? Vivian no le ha hecho nada. Debería estarle agradecida. Sin Vivian, estaría cayendo por una oscura rampa hacia ningún sitio bueno. Pero de algún modo le sienta bien cultivar su resentimiento, acogerlo. Es algo que puede saborear y controlar, esa sensación de haber sido tratada injustamente por el mundo. La idea de que ha cumplido con su papel de ladronzuela de clase baja, ahora obligada a trabajar para una gentil dama blanca del Medio Oeste, es demasiado perfecta para expresarla en palabras.

Respira profundamente y sonríe, como siempre le aconseja Lori, la asistente social asignada por el tribunal a la que visita cada dos semanas. Luego decide hacer una lista mental de todas las cosas positivas de su situación. Veamos. Uno, si puede aguantar, todo este incidente será eliminado de sus antecedentes. Dos, tiene un lugar para vivir; por más que en este momento sea tenso y endeble. Tres, si tiene que pasar cincuenta horas en un desván sin aislamiento en Maine, la primavera es probablemente la mejor época del año. Cuatro, Vivian es vieja, pero no parece senil. Cinco, quién sabe, quizá resulte que hay algo interesante en estas cajas.

Doblándose, Molly examina las etiquetas que la rodean.

—Creo que deberíamos examinarlas por orden cronológico. Veamos, esta dice: «Segunda Guerra.» ¿Hay algo antes de eso?

—Sí. —Vivian se aprieta entre dos pilas y se dirige a los arcones de cedro—. Las cosas más antiguas que tengo están ahí, creo. Pero estas cajas son demasiado pesadas para moverlas. Así que empezaremos en esta esquina. ¿Te parece bien?

Molly asiente. En el piso de abajo, Terry le ha dado un cuchillo de sierra barato con mango de plástico, una pila de bolsas de basura y una libreta de espiral con un boli enganchado para llevar a cabo un «inventario», como ella lo ha llamado. Ahora Molly coge el cuchillo y rasga la cinta de la caja que Vivian ha elegido: 1929-1930. Vivian, sentada en un arcón de madera, espera pacientemente. Después de abrir las solapas, Molly levanta un abrigo de color mostaza y Vivian pone mala cara.

—Por el amor de Dios —dice—. No puedo creer que guardara ese abrigo. Siempre lo odié.

Molly sostiene el abrigo en alto, inspeccionándolo. Es interesante, de hecho, de un estilo como militar con botones negros gruesos. El forro de seda gris se está desintegrando. Examinando los bolsillos, encuentra un papel pautado doblado, casi gastado en los bordes. Lo despliega para revelar la cuidadosa cursiva infantil en lápiz tenue, practicando la misma frase una y otra vez: «Derecho y bien hecho. Derecho y bien hecho. Derecho y bien hecho...»

Vivian coge el papel y lo extiende sobre su rodilla.

—Esto lo recuerdo. La señorita Larsen tenía la caligrafía más hermosa.

—¿Su maestra?

Vivian asiente.

—Por más que lo intenté, nunca conseguí una caligrafía como la suya.

Molly mira los trazos verticales que tocan las rayas exactamente en el mismo sitio.

—A mí me parece muy bien. Debería ver mi letra.

—He oído que ya casi no enseñan a escribir.

—Sí, todo se hace por ordenador. —A Molly de repente le impacta el hecho de que Vivian escribió esas palabras en esta hoja más de ochenta años antes: «Derecho y bien hecho.»—. Las cosas han cambiado mucho desde que usted tenía mi edad, ¿eh?

Vivian ladea la cabeza.

—Supongo. La mayoría no me afecta mucho. Todavía duermo en una cama. Me siento en una silla. Lavo platos en un fregadero.

Para ser exactos, Terry lava los platos en un fregadero, piensa Molly.

—No veo demasiada televisión —continúa Vivian—. Sabes que no tengo ordenador. En muchos sentidos mi vida es igual que hace veinte o cuarenta años.

—Eso es un poco triste —espeta Molly, y lo lamenta de inmediato.

Sin embargo, Vivian no parece ofendida. Pone cara de que le importa un pimiento.

—No creo que me haya perdido gran cosa —dice.

—Internet sin cables, fotografías digitales, *smartphones*, Facebook, YouTube... —Molly va enumerando con los dedos de una mano—. El mundo entero ha cambiado en la última década.

—No mi mundo.

—Pero se está perdiendo muchas cosas.

Vivian ríe.

—No creo que FaceTube (sea lo que sea) pudiera mejorar mi calidad de vida.

Molly niega con la cabeza.

—Es Facebook. Y YouTube.

—Como sea —dice Vivian jovialmente—. No me importa. Me gusta mi vida tranquila.

—Pero hay un equilibrio. Sinceramente, no sé cómo puede simplemente existir en esta... burbuja.

Vivian sonríe.

—Veo que no tienes pelos en la lengua.

Eso le han dicho.

—¿Por qué se quedó este abrigo si lo odiaba? —pregunta Molly, cambiando de tema.

Vivian coge la prenda y la sostiene delante de ella.

—Buena pregunta.

—Entonces ¿podríamos ponerlo en la pila para la Beneficencia?

Vivian dobla el abrigo en su regazo.

—Ah... puede ser. Veamos qué más hay en esta caja.

Tren de Milwaukee, 1929

Duermo mal la última noche en el tren. Carmine se levanta varias veces, irritable e inquieto, y aunque trato de calmarlo, tiene prolongados ataques de llanto que molestan a los niños que nos rodean. Cuando despunta el alba en franjas amarillas, finalmente se queda dormido, con la cabeza en la pierna de Dutchy y los pies en mi regazo. Estoy completamente despierta, tan cargada de energía nerviosa que noto la sangre que bombea mi corazón.

He estado llevando el pelo recogido en una torpe coleta, pero ahora desato la vieja cinta y lo dejo caer sobre mis hombros, peinándolo con los dedos y alisando los mechones en torno a la cara. Me lo echo atrás lo más estirado que puedo.

Al volverme pillo a Dutchy mirándome.

—Tu pelo es bonito.

Lo miro entornando los ojos en la penumbra para ver si se está burlando de mí y él me devuelve la mirada, somnoliento.

—No es eso lo que dijiste hace unos días.

—Dije que lo pasarías mal.

Quiero apartar tanto su amabilidad como su sinceridad.

—No puedes evitar ser lo que eres —dice.

Estiro el cuello para ver si la señora Scatcherd puede oírnos, pero no hay movimiento delante.

—Hagamos una promesa —añade—. De encontrarnos el uno al otro.

—¿Cómo podríamos encontrarnos? Probablemente terminemos en lugares diferentes.

—Lo sé.

—Y me cambiarán el nombre.

—Puede que a mí también. Pero podemos intentarlo.

Carmine se da la vuelta, recogiendo las piernas debajo de él y extendiendo los brazos, y los dos nos movemos para acomodarlo.

—¿Crees en el destino? —pregunto.

—¿Qué significa eso?

—Que todo está decidido. Que tú solo, bueno, lo estás viviendo.

—Dios lo tiene todo planeado de antemano.

Asiento.

—No sé. No me gusta mucho el plan hasta ahora.

—A mí tampoco.

Los dos reímos.

—La señora Scatcherd dice que deberíamos hacer borrón y cuenta nueva —digo—. Olvidar el pasado.

—Yo puedo olvidar el pasado, no hay problema. —Coge la manta de lana que ha caído al suelo y arropa a Carmine, cubriendo las partes expuestas—. Pero no quiero olvidarlo todo.

Al otro lado de la ventanilla veo tres conjuntos de vías que discurren en paralelo a la nuestra, marrón y plata, y más allá amplios campos llanos de suelo labrado. El cielo es claro y azul. El vagón huele a pañales de trapo y sudor y leche agria.

Al frente del vagón, la señora Scatcherd se levanta, se inclina para hablar con el señor Curran, y se yergue otra vez. Lleva su sombrero negro.

—Muy bien, niños. ¡Despertad! —ordena mirando alrededor, dando palmadas. Sus gafas brillan a la luz de la mañana.

Alrededor oigo pequeños gruñidos y suspiros cuando quienes tienen la suerte de haber dormido estiran sus miembros agarrotados.

—Es hora de poneros presentables. Cada uno tiene una muda de ropa en la maleta, que como sabéis está en el anaquel de arriba. Los mayores, por favor, ayudad a los pequeños. No puedo recalcar lo suficiente cuán importante es causar una buena primera impresión. Caras limpias, bien peinados, camisas por dentro. Ojos y sonrisas brillantes. Os estaréis quietos y no os tocaréis la cara. ¿Y tú qué dirás, Rebecca?

Estamos familiarizados con el guion.

—Por favor, y gracias —responde Rebecca con voz apenas audible.

—¿«Por favor, y gracias» qué?

—Por favor y gracias, señora.

—Esperarás a hablar cuando te hablen, y entonces dirás «por favor y gracias, señora». ¿Esperarás a hacer qué, Andrew?

—¿A hablar hasta que me hablen?

—Exactamente. ¿Te estarás quieta y qué, Norma?

—Y no me tocaré la cara, seeeñora, seeeeñora. Señora.

Las risas surgen de los asientos. La señora Scatcherd nos fulmina con la mirada.

—Eso os hace gracia, ¿verdad? No creo que sea tan gracioso cuando todos los adultos digan «no, gracias, no quiero un niño maleducado y desaseado», y tengáis que volver al tren hasta la siguiente estación. ¿No cree, señor Curran?

Curran levanta la cabeza al oír su nombre.

—Tiene toda la razón, señora Scatcherd.

El vagón está en silencio. No ser elegido no es algo en lo que queramos pensar. Una niña pequeña en la fila detrás de mí llora, y enseguida oigo otros sollozos ahogados. En la parte delantera del vagón, la señora Scatcherd junta las manos y curva los labios en algo parecido a una sonrisa.

—Bueno, bueno. No hay necesidad de eso. Como con casi todo en la vida, si eres educado y te presentas de forma favorable, es probable que tengas éxito. Los buenos ciudadanos de Minneapolis van a venir hoy a la sala de reuniones con la sincera intención de llevarse a casa a uno de vosotros, posiblemente a más de uno. Así que recordad, chicas, ataos bien las cintas del pelo. Chicos, caras limpias y bien peinados. Camisas bien abotonadas. Cuando nos apeemos, permaneceremos de pie en una fila recta. Hablaréis solo cuando os hablen. En resumen, haréis todo lo que esté en vuestra mano para facilitar que un adulto os elija. ¿Está claro?

El sol es tan brillante que tengo que entornar los ojos, da tanto calor que me muevo hacia el asiento central, lejos del brillo de la ventana, subiendo a Carmine a mi regazo. Cuando pasamos por debajo de puentes y nos acercamos a estaciones, la luz destella y Carmine hace un juego de sombras moviendo la mano por delante de mi delantal blanco.

—Seguro que te irá bien —dice Dutchy en voz baja—. Al menos no te partirás la crisma trabajando en el campo.

—Eso no lo sabes —replico—. Y tampoco sabes qué es lo que te pasará a ti.

Terminal de Milwaukee
Minneapolis, 1929

El tren entra en la estación con un chirrido agudo de frenos y soltando una gran vaharada de vapor. Carmine está callado, mirando boquiabierto los edificios y cables y gente al otro lado de la ventanilla, tras cientos de kilómetros de campos y árboles.

Nos levantamos y empezamos a reunir nuestras pertenencias. Dutchy coge nuestras maletas y las pone en el pasillo. Por la ventanilla veo a la señora Scatcherd y el señor Curran en el andén, hablando con dos hombres de traje y corbata y tocados con sombrero negro, con varios policías tras ellos. El señor Curran estrecha sus manos, luego mueve la mano hacia nosotros cuando bajamos del tren.

Quiero decirle algo a Dutchy, pero no se me ocurre nada. Tengo las manos húmedas. Es una sensación de anticipación terrible no saber en qué nos estamos metiendo. La última vez que me sentí así estaba en las salas de espera de Ellis Island. Estábamos cansados y mamá no se encontraba bien, y no sabíamos adónde íbamos ni qué clase de vida tendríamos. Sin embargo, ahora me doy cuenta de todo lo que daba por hecho: tenía una familia. Creía que, ocurriera lo que ocurriese, estaríamos juntos.

Un policía toca un silbato y extiende el brazo en el aire. Entendemos que hemos de formar una fila. Noto el peso de Carmine en mis brazos y su respiración caliente, ligeramente acre y pegajosa por la leche de esta mañana, en mi mejilla. Dutchy lleva nuestras maletas.

—Deprisa, niños —nos apremia la señora Scatcherd—. En dos filas rectas. Muy bien.

Su tono es más suave que de costumbre, y me pregunto si es porque estamos junto a otros adultos o porque ya sabe lo que ocurrirá a continuación.

—Por aquí.

La seguimos por una amplia escalera de piedra, con nuestros zapatos de suela dura resonando en los peldaños como un redoble de tambor. En lo alto de la escalera enfilamos un pasillo iluminado por lámparas brillantes de gas y entramos en la sala de espera principal de la estación, no tan majestuosa como la de Chicago, pero impresionante de todos modos. Es grande y brillante, con grandes ventanas de múltiples paneles. Delante, el vestido negro de la señora Scatcherd se hincha detrás de ella como una vela.

La gente señala y susurra, y me pregunto si saben por qué estamos aquí. Y entonces localizo un cartel pegado en una columna. En grandes letras mayúsculas sobre papel blanco dice:

SE BUSCAN

CASAS PARA NIÑOS HUÉRFANOS.

UN GRUPO DE NIÑOS SIN HOGAR DEL ESTE LLEGARÁ A LA ESTACIÓN TERMINAL DE MILWAUKEE EL VIERNES 18 DE OCTUBRE.

LA DISTRIBUCIÓN SE EFECTUARÁ A LAS 10 DE LA MAÑANA.

ESTOS NIÑOS SON DE EDADES DIVERSAS Y DE AMBOS SEXOS QUE HAN QUEDADO SOLOS EN EL MUNDO...

—¿Qué te dije? —murmura Dutchy, siguiendo mi mirada—. Bazofia sensiblera.

—¿Sabes leer? —pregunto con sorpresa, y él sonríe.

Como si alguien hubiera girado una manivela en mi espalda, soy propulsada hacia delante, con un pie delante del otro. La algarabía de la estación se convierte en rugido sordo en mis oídos. Huelo algo dulce —¿manzanas caramelizadas?— al pasar un carrito de comida. Tengo el pelo lacio y mustio, y siento un hilillo de sudor en la espalda. Carmine pesa una barbaridad. Qué extraño, pienso, estoy en un lugar donde mis padres nunca han estado y que nunca verán. Qué extraño que esté aquí y ellos ya no estén.

Toco la cruz de Claddagh que llevo al cuello.

Los niños mayores ya no parecen tan duros. Sus máscaras se han caído; veo miedo en sus caras. Algunos están moqueando, pero la mayoría se esfuerzan por permanecer en silencio y comportarse como se espera de ellos.

Por delante de nosotros, la señora Scatcherd está al lado de una gran puerta de roble, con las manos enlazadas. Cuando la alcanzamos, nos reunimos en un semicírculo, las niñas mayores sosteniendo bebés y los niños más pequeños de la mano. Los chicos mayores tienen las manos en los bolsillos.

La señora Scatcherd inclina la cabeza.

—María, Madre de Dios, te suplicamos que proyectes un ojo benevolente sobre estos niños, que los guíes y bendigas mientras hacen su camino en el mundo. Somos tus humildes servidores en Su nombre. Amén.

—Amén —repiten con rapidez unos pocos píos, y el resto los imitamos.

La señora Scatcherd se quita las gafas.

—Hemos llegado a nuestro destino. Desde aquí, el Señor lo quiera, os dispersaréis en familias que os necesitan y os quieren. —Se aclara la garganta—. Ahora recordad: no todos encontraréis una familia enseguida. Es algo que cabe esperar y por lo que no hay que preocuparse. Si no os eligen ahora, simplemente subiréis al tren con el señor Curran y conmigo y viajaremos a otra estación a una hora de aquí. Y si no encontramos sitio allí, seguiréis con nosotros hasta la siguiente ciudad.

Los niños que me rodean se mueven como un rebaño inquieto. Mi estómago está hueco y tembloroso.

La señora Scatcherd asiente.

—Muy bien, señor Curran, ¿estamos listos?

—Lo estamos, señora Scatcherd. —Y se inclina hacia la gran puerta para empujarla con el hombro.

Estamos en la parte posterior de un gran salón con paneles de madera sin ventanas, llena de gente que se agolpa y filas de sillas vacías. Cuando la señora Scatcherd nos conduce al centro del pasillo hacia un estrado bajo situado en el frente, un silencio invade la multitud y luego crece un murmullo. La gente del pasillo se aparta para dejarnos pasar.

Quizá, creo, alguien aquí me querrá. Quizá tendré una vida que nunca me habría atrevido a imaginar, en una casa luminosa y acogedora con mucha comida: pastel caliente y té con leche con tanto azúcar como quiera. Pero estoy temblando cuando subo los peldaños del estrado.

Nos alineamos por altura, del más bajo al más alto, algunas todavía con bebés en brazos. Aunque Dutchy tiene tres años más que yo, yo soy alta para mi edad y solo estamos separados por un niño en la fila.

El señor Curran se aclara la garganta y empieza a dar un discurso. Mirándolo, me fijo en sus mejillas coloradas y en sus ojos de conejo, su bigote castaño caído y las cejas crispadas, el vientre que sobresale de la parte inferior de su chaleco como un globo apenas oculto.

—Una simple cuestión de burocracia —dice a la buena gente de Minnesota— es todo lo que les separa de uno de los niños de esta tarima: fuertes, sanos, buenos para el trabajo de granja y para ayudar en la casa. Tienen ustedes la oportunidad de salvar a un niño de la indigencia y la pobreza, y creo que la señora Scatcherd estará de acuerdo en que no es una exageración añadir del pecado y la depravación.

La señora Scatcherd asiente con la cabeza.

—Así que hoy tienen la oportunidad de hacer una buena obra y obtener algo a cambio —continúa el señor Curran—. Se esperará de ustedes que alimenten, vistan y eduquen al niño o la niña hasta los dieciocho años y le proporcionen también educación religiosa, por supuesto. Tenemos la profunda esperanza de que no solo terminarán sintiendo cariño por ese niño, sino que incluso lo amarán como si fuera suyo.

»El niño que seleccionen será suyo gratis —añade— durante un período de prueba de noventa días. Al término, si así lo deciden, podrán devolverlo.

La niña que tengo a mi lado hace un sonido grave como el gemido de un perro y desliza su mano en la mía. Está tan fría y húmeda como el lomo de un sapo.

—No te preocupes, nos irá bien... —empiezo, pero me mira con tanta desesperación que mis palabras se apagan.

Al mirar a la gente haciendo cola y empezando a subir los escalones del estrado, me siento como una de las vacas en la muestra agraria a la que mi abuelo me llevaba en Kinvara.

Ahora tengo delante de mí a una mujer joven, rubia, delgada y pálida, y un hombre de aspecto sincero con una nuez prominente y tocado con un sombrero de fieltro. La mujer da un paso adelante.

—¿Puedo?

—¿Disculpe? —digo, sin comprender.

Ella estira los brazos. Oh. Quiere a Carmine.

Él mira a la mujer antes de esconder la cara en el hueco de mi cuello.

—Es tímido —explico.

—Hola, niño —dice la rubia—. ¿Cómo te llamas?

Él se niega a levantar la cabeza. Yo le sonrío.

La mujer se vuelve hacia su marido y dice con suavidad:

—Los ojos pueden corregirse, ¿no crees?

—No sé —dice él—, supongo.

Otra pareja nos está observando. Ella es de complexión gruesa, con una ceja arrugada y un delantal manchado, y él tiene delgados mechones de pelo en una cabeza huesuda.

—¿Y esa? —pregunta el hombre, señalándome.

—No me gusta su aspecto —responde la mujer con una mueca.

—A ella tampoco le gusta el suyo —dice Dutchy.

Y todos nos volvemos hacia él, sorprendidos. El chico que está entre nosotros se encoge.

—¿Qué has dicho? —El hombre se acerca y se planta delante de Dutchy.

—Su mujer no tiene derecho a hablar así. —Dutchy habla en voz baja, pero distingo cada palabra.

—Cierra tu bocaza, chaval —dice el hombre, levantando la barbilla de Dutchy con el dedo índice—. Mi mujer puede hablar de vosotros, los huérfanos, como le venga en gana.

Hay un runrún, el destello de una capa negra, y como una serpiente a través del sotobosque tenemos a la señora Scatcherd encima.

—¿Qué pasa aquí? —Su voz es susurrada y forzada.

—Este chico ha respondido a mi marido —dice la mujer.

La señora Scatcherd mira a Dutchy y luego a la pareja.

—Hans es... vehemente —dice—. No siempre piensa antes de hablar. Lo siento, no he escuchado su nombre...

—Barney McCallum. Y ella es mi mujer, Eva.

La señora Scatcherd asiente con la cabeza.

—¿Qué tienes que decir entonces al señor McCallum, Hans?

Dutchy se mira los pies. Sé lo que quiere decir. Creo que todos lo sabemos.

—Me disculpo —murmura sin levantar la cabeza.

Mientras se está desarrollando todo esto, la mujer rubia y delgada delante de mí ha estado acariciando el brazo de Carmine con el índice, y ahora está mirándolo a través de sus pestañas.

—Qué dulzura. —Le da un golpecito en su barriguita suave y él sonríe con timidez.

La mujer mira a su marido.

—Creo que es él.

Puedo sentir los ojos de la señora Scatcherd en nosotros.

—Esta señora amable —susurro al oído de Carmine— quiere ser tu mamá.

—Mamá —dice, con su aliento cálido en mi cara. Sus ojos son redondos y brillantes.

—Se llama Carmine. —Libero sus bracitos de mono de mi cuello y los sujeto en mi mano.

La mujer huele a rosas, como las flores exuberantes en el camino de la casa de mi abuela. Tiene huesos tan finos como un pájaro. Pone la mano en la espalda de Carmine y él me agarra más fuerte.

—No pasa nada... —empiezo, pero las palabras se enredan en mi boca.

—No, no, no —dice Carmine. Creo que podría desmayarme.

—¿Necesita una chica que ayude con él? —suelto—. Yo podría... —pienso con desesperación en qué soy buena— remendar ropa. Y cocinar.

La mujer me lanza una mirada de compasión.

—Oh, niña —dice—. Lo siento. No podemos permitirnos dos. Solo hemos venido por un bebé. Estoy segura de que encontrarás... —Su voz se apaga—. Solo queremos un bebé que complete nuestra familia.

Contengo las lágrimas. Carmine nota el cambio en mí y empieza a lloriquear.

—Has de ir con tu nueva mamá —le digo, y lo aparto de mí.

La mujer lo toma con torpeza en sus brazos. No está acostumbrada a sostener un bebé. Yo me estiro y pongo la piernita de Carmine bajo el brazo de ella.

—Gracias por cuidar de él —dice ella.

La señora Scatcherd se lleva a los tres de la tarima hacia una mesa cubierta de formularios, con la cabeza oscura de Carmine en el hombro de la mujer.

Uno por uno, los niños que me rodean son elegidos. El chico a mi lado se aleja con una mujer baja y gordita que le dice que ya es hora de tener un hombre en la casa. La niña que gime como un perro se va con una elegante pareja con sombreros. Dutchy y yo estamos juntos hablando en voz baja cuando se acerca un hombre de piel tan morena y gastada como un zapato viejo, seguido por una mujer de aspecto rancio. El hombre se queda un momento delante de nosotros, entonces se estira y aprieta el brazo de Dutchy.

—¿Qué hace? —pregunta Dutchy con sorpresa.

—Abre la boca.

Me doy cuenta de que Dutchy quiere apartarse y pegarle, pero el señor Curran nos está observando de cerca y no se atreve. El hombre mete un dedo de aspecto sucio en su boca. Dutchy sacude la cabeza.

—¿Alguna vez has trabajado haciendo pacas de heno? —pregunta el hombre.

Dutchy mira al frente.

—¿Me has oído?

—No.

—¿No me has oído?

Dutchy lo mira.

—Nunca he trabajado haciendo pacas de heno. Ni siquiera sé qué es eso.

—¿Qué opinas? —pregunta el hombre a la mujer—. Es fuerte, no nos vendría mal un chico fornido.

—Creo que encajaría. —Acercándose a Dutchy, la mujer añade—: Domamos caballos. Los chicos no son tan diferentes.

—Nos lo llevamos —decide el hombre—. Tenemos un camino por delante.

—¿Han terminado? —pregunta el señor Curran, viniendo hacia nosotros con una risa nerviosa.

—Sí. Nos lo quedamos.

—Bueno, muy bien. Si me siguen podremos firmar los papeles.

Es como Dutchy había predicho. Gente ordinaria de campo que busca manos para el campo. Ni siquiera lo bajan de la tarima.

—A lo mejor no será tan malo —susurro.

—Si me pone la mano encima...

—Te llevarán a otro sitio.

—Soy mano de obra gratis —dice—. Eso es lo que soy.

—Tendrán que enviarte a la escuela.

Ríe.

—¿Y qué pasará si no lo hacen?

—Harás que lo hagan. Y entonces, dentro de unos años...

—Iré a buscarte —dice.

Tengo que esforzarme por controlar mi voz.

—Nadie me quiere. Volveré al tren.

—Eh, chico, deja de coquetear —advierte el hombre, batiendo palmas tan fuerte que todos se vuelven a mirar.

Dutchy camina por la tarima y baja los escalones. El señor Curran estrecha la mano del hombre, le da un golpecito en el hombro. La señora Scatcherd acompaña a la pareja por la puerta, con Dutchy tras ellos. En el umbral se vuelve a mirarme. Y de pronto ha desaparecido.

Cuesta de creer, pero todavía no es mediodía. Han pasado dos horas desde que llegamos a la estación. Hay unos diez adultos alrededor y quedan media docena de pasajeros del tren: yo, varios adolescentes de aspecto enfermizo y algunos niños melancólicos, desnutridos, estrábicos, de cejas pobladas. Es obvio por qué no nos han elegido.

La señora Scatcherd sube a la tarima.

—Muy bien, chicos. El viaje continúa —dice—. Es imposible saber qué combinación de factores hace que un chico sea adecuado para una determinada familia, pero, para ser sincera, mejor no estar con una familia que no os reciba de buena gana. Así pues, aunque esto podría no parecer el resultado deseado, os digo que es lo mejor. Y si después de varios intentos más queda claro que... —Su voz flaquea—. Por ahora, preocupémonos por nuestro siguiente destino. La buena gente de Albans, Minnesota, está esperando.

Albans, Minnesota, 1929

A primera hora de la tarde llegamos a Albans, que, lo veo al detenernos en la estación, es apenas un pueblo. El alcalde está de pie en el andén al aire libre y en cuanto nos apeamos nos llevan en una fila variopinta a una sala municipal situada a una manzana de la estación. El azul brillante del cielo de la mañana se ha desvaído, como si hubiera pasado demasiado tiempo al sol. El aire se ha enfriado. Ya no estoy nerviosa ni preocupada. Solo quiero acabar con esto.

Hay poca gente aquí, unas cincuenta personas, pero llenan el pequeño edificio de ladrillos. No hay tarima, así que caminamos hasta la parte delantera y nos volvemos a mirar a los reunidos. El señor Curran ofrece una versión menos florida del discurso que dio en Minneapolis y los presentes empiezan a acercarse lentamente. En general, dan la impresión de ser gente más pobre y más amable; las mujeres llevan vestidos de campo y los hombres parecen incómodos con su ropa de domingo.

No esperar nada hace que la experiencia en conjunto resulte más fácil de soportar. Estoy convencida de que terminaremos otra vez en el tren, para ser descargados en la siguiente ciudad, para desfilar con los demás niños y vueltos a meter en el tren. Quienes no seamos elegidos probablemente regresaremos a Nueva York para crecer en un orfanato. Y a lo mejor eso no sería tan malo. Al menos sé qué esperar: colchones duros, sábanas bastas, matronas estrictas. Pero también la amistad con otras niñas, tres comidas al día, escuela. Puedo regresar a esa vida. No necesito encontrar una familia aquí, y quizá sea mejor que no la encuentre.

Cuando estoy pensando en esto, me doy cuenta de que una mujer me está mirando con atención. Tiene más o menos la edad de mi madre, cabello castaño ondulado muy corto y lacio, facciones duras. Viste una blusa de cuello alto con pliegues verticales, bufanda oscura de estampado y falda gris lisa. Lleva zapatos oscuros pesados y un gran relicario oval colgado de una cadenilla dorada. El hombre que está de pie detrás de ella es robusto y rubicundo, de pelo castaño rojizo enmarañado. Los botones de su chaleco se tensan para ceñir un contorno voluminoso como un tambor.

La mujer se acerca a mí.

—¿Cómo te llamas?

—Niamh.

—¿Eve?

—No, Niamh. Es irlandés —digo.

—¿Cómo se escribe?

—Ene, i, a, eme, hache.

Se vuelve a mirar al hombre, que no puede contener una sonrisa.

—Recién desembarcada —dice—. ¿No es así, señorita?

—Bueno, no...

Pero el hombre me interrumpe.

—¿De dónde eres?

—Del condado de Galway.

—Ah, sí. —Asiente, y mi corazón da un brinco. ¡Lo conoce!

—Mi familia era del condado de Cork. Llegaron hace mucho, durante la hambruna.

Son una pareja particular, ella circunspecta y reservada, él no para quieto, cargado de energía.

—Habrá que cambiarle el nombre —dice ella a su marido.

—Lo que quieras, cariño.

Ella inclina la cabeza hacia mí.

—¿Qué edad tienes?

—Nueve, señora.

—¿Sabes coser?

Asiento.

—¿Sabes hacer punto de cruz? ¿Dobladillo? ¿Sabes hacer pespuntes a mano?

—Sí.

Aprendí a coser en nuestro apartamento de Elizabeth Street, ayudando a mamá, que se traía trabajo extra, zurcía y remendaba y de vez en cuando cosía un vestido completo a partir de un corte de tela. La mayor parte de sus encargos procedía de las hermanas Rosenblum, del piso de abajo, que hacían un buen trabajo de acabado y estaban encantadas de pasarle a mamá las tareas más tediosas. Yo me quedaba a su lado mientras ella dibujaba patrones con tiza en cambray y percal, y aprendí a hacer las puntadas simples y anchas en punto de cadeneta para guiar la forma emergente de la prenda.

—¿Quién te enseñó?

—Mi mamá.

—¿Dónde está ahora?

—Falleció.

—¿Y tu padre?

—Soy huérfana. —Mis palabras penden en el aire.

La mujer hace un gesto con la cabeza al hombre, quien pone su mano en la espalda de ella y la conduce a un aparte. Los observo hablar. Él sacude su cabeza desmadejada y se frota la tripa. Ella se toca el corpiño de la blusa con una mano plana, hace un gesto hacia mí. Él me mira con las manos en el cinturón y se inclina hacia su mujer para susurrarle al oído. Ella me repasa de la cabeza a los pies. Entonces vuelven.

—Soy la señora Byrne —se presenta—. Mi marido trabaja de modisto, y empleamos a varias mujeres del pueblo para hacer vestidos bajo pedido. Necesitamos una chica que sea buena con la aguja.

Es tan diferente de lo que estaba esperando que no sé qué decir.

—Seré sincera contigo. No tenemos hijos y no tenemos interés en ser padres suplentes. Pero si eres respetuosa y trabajas duro, serás bien tratada.

Asiento.

La mujer sonríe, sus facciones van cambiando. Por primera vez, parece casi amistosa.

—Bien. Firmaremos los papeles, pues.

Se acerca el señor Curran, que ha estado rondando alrededor, y somos conducidos a la mesa donde se firman y datan los formularios necesarios.

—Creo que descubrirán que Niamh es madura para su edad —les dice la señora Scatcherd—. Si es educada en una casa estricta y temerosa de Dios, no hay razón para pensar que no se convertirá en una mujer de fortuna. —Llevándome aparte, susurra—: Tienes suerte de haber encontrado una casa. No me decepciones ni a mí ni a la Sociedad. No sé si tendrás otra oportunidad.

El señor Byrne se carga al hombro mi maleta marrón. Lo sigo a él y a su esposa y salimos de la sala por una calle silenciosa y doblamos la esquina hasta donde está aparcado su Ford A negro delante de un comercio modesto con carteles escritos a mano: SARDINAS NORUEGAS EN ACEITE 15 CENTAVOS- BISTEC 36 CENTAVOS/LIBRA. El viento sopla entre los altos árboles dispersos que se alinean en la carretera. Después de dejar mi maleta plana en el maletero, el señor Byrne abre la puerta trasera para mí. El interior del coche es negro; los asientos de cuero, fríos y resbaladizos. Me siento muy pequeña en el asiento de atrás. Los Byrne ocupan sus lugares delante y no miran atrás.

Él se estira, toca el hombro de su mujer y le sonríe. Con un rugido el coche cobra vida y partimos. Los Byrne mantienen una conversación animada en el asiento delantero, pero no puedo oír ni una palabra.

Al cabo de unos minutos, aparcamos en el sendero de una modesta casa de estuco beis con molduras marrones. En cuanto él apaga el motor del coche, ella mira atrás y me dice:

—Nos hemos decidido por Dorothy.

—¿Te gusta el nombre? —pregunta el señor Byrne.

—Por el amor de Dios, Raymond, no importa lo que ella piense —suelta su mujer al abrir la puerta del coche—. Dorothy es nuestra elección y Dorothy será.

Le doy vueltas al nombre en mi mente: Dorothy. Muy bien. Ahora soy Dorothy.

El estuco está desconchado y la pintura de la moldura se pela. Sin embargo, las ventanas destellan de limpias, y el césped está corto y bien cuidado. Hay un tiesto de crisantemos de color óxido a cada lado de los escalones.

—Una de tus tareas será barrer el porche delantero, los escalones y el sendero cada día hasta que llegue la nieve. Llueva o truene —dice la señora Byrne cuando la sigo a la puerta de la casa—. Encontrarás la escoba y el recogedor en el cuartito de la izquierda. —Se vuelve hacia mí y casi choco con ella—. ¿Estás prestando atención? No me gusta repetir las cosas.

—Sí, señora Byrne.

—Llámame señora. Señora bastará.

—Sí, señora.

El pequeño vestíbulo está en penumbra y oscuro. Sombras de cortinas de croché blancas en cada ventana proyectan formas de encaje en el suelo. A la izquierda, a través de una puerta entreabierta, atisbo el empapelado rojo y la mesa de caoba y sillas de un comedor. La señora Byrne aprieta un botón en la pared y la luz del techo se enciende justo cuando su marido entra por la puerta después de sacar mi maleta del coche.

—¿Lista? —dice ella.

Y abre la puerta de la derecha a una habitación que, para mi sorpresa, está llena de gente.

Albans, Minnesota, 1929

Dos mujeres con blusas blancas están sentadas delante de máquinas de coser negras con la palabra «Singer» escrita en dorado a lo largo de la máquina, presionando con un pie el pedal de rejilla que mueve la aguja arriba y abajo. No levantan la cabeza cuando entramos. Siguen mirando la aguja, metiendo el hilo bajo el pie y alisando la tela. Una mujer joven oronda y de pelo encrespado está arrodillada en el suelo delante de un maniquí de tela, cosiendo perlitas en un canesú. Una de cabello gris está sentada en una silla marrón, con la espalda muy recta, enhebrando una falda de percal. Y una chica que parece solo unos años mayor que yo está cortando un patrón de papel fino en una mesa. En la pared, encima de su cabeza, hay una aguja enmarcada que, en pequeñas letras en punto de cruz negras y amarillas, reza: MANTENME OCUPADA COMO UNA ABEJA.

—Fanny, ¿puedes parar un momento? —pide la señora Byrne, tocando a la mujer de cabello gris en el hombro—. Díselo a las demás.

—Descanso —anuncia la mujer mayor.

Todas levantan la mirada, pero la única que cambia de posición es la chica, que baja sus tijeras.

La señora Byrne mira alrededor con la barbilla adelantada.

—Como sabéis, hace tiempo que necesitamos ayuda extra y me alegra informar que la hemos encontrado. Ella es Dorothy. —Me señala—. Dorothy, te presento a Bernice —la mujer de pelo encrespado—, Joan y Sally —las mujeres en las Singer—, Fanny —la única que me sonríe— y Mary. Mary —dice a la más joven—, ayudarás a Dorothy a conocer su entorno. Puede hacer parte de tu trabajo más monótono y liberarte para otras cosas. Y, Fanny, tú supervisarás. Como siempre.

—Muy bien, señora —asiente Fanny.

Mary hace un mohín y me mira con dureza.

—Bueno, pues —dice la señora Byrne—. Volvamos al trabajo. Dorothy, tu maleta está en el vestíbulo. Durante la cena hablaremos de dónde dormirás. —Se vuelve para marcharse y añade—: Tenemos horarios estrictos para las comidas. Desayuno a las ocho, comida a las doce, cena a las seis. No se pica entre comidas. La autodisciplina es una de las cualidades más importantes en una joven dama.

Cuando sale de la habitación, Mary sacude la cabeza hacia mí y dice:

—Vamos, date prisa. ¿Crees que tengo todo el día?

Obedientemente, me acerco y me quedo detrás de ella.

—¿Qué sabes de coser?

—Ayudaba a mi madre a zurcir.

—¿Has usado alguna vez una máquina de coser?

—No.

Ella tuerce el gesto.

—¿La señora Byrne lo sabe?

—No me lo ha preguntado.

Mary suspira, claramente molesta.

—No esperaba tener que enseñar lo básico.

—Aprendo deprisa.

—Eso espero. —Mary sostiene una hoja tenue de papel de seda—. Esto es un patrón. ¿Lo has oído nombrar antes?

Asiento y Mary continúa, describiendo las diversas características del trabajo que tendré que hacer. Las siguientes horas las paso haciendo tareas que nadie más quiere hacer: cortando los puntos, hilvanando, barriendo, recogiendo agujas y poniéndolas en alfileteros. Me pincho varias veces y he de prestar atención de no sangrar sobre la tela.

A lo largo de la tarde, las mujeres pasan el tiempo charlando y tarareando de vez en cuando. Pero sobre todo están en silencio. Al cabo de un rato, digo:

—Disculpa, necesito ir al lavabo. ¿Sabes dónde está?

Fanny levanta la mirada.

—Yo la llevaré. Mis dedos necesitan un descanso.

Levantándose con cierta dificultad, Fanny señala hacia la puerta. La sigo por un pasillo a una cocina limpia e impecable y salimos por la puerta de atrás.

—Este es nuestro lavabo. Que la señora Byrne no te pille nunca usando el de la casa. —Pronuncia de manera peculiar.

En la parte de atrás del patio, con penachos de hierba como pelo escaso en una cabeza calva, hay un cobertizo gris castigado por los elementos con una raja en la puerta. Fanny lo señala con la cabeza.

—Esperaré.

—No hace falta.

—Cuanto más tiempo estés ahí, más tiempo descansarán mis dedos.

El cobertizo es ventoso y veo una rendija de luz a través de la raja de la puerta. Hay un asiento de váter negro, la pintura desconchada deja entrever la madera en algunos puntos, en medio de un banco tallado. Tiras de papel de periódico cuelgan en un rollo en la pared. Recuerdo el retrete que había detrás de nuestra casita en Kinvara, así que el olor no me sorprende, aunque el asiento es frío. ¿Cómo será estar aquí fuera durante una tormenta de nieve? Así, supongo, solo que peor.

Cuando he terminado, abro la puerta, bajándome el vestido.

—Eres lamentablemente delgada —dice Fanny—. Apuesto a que tienes hambre.

Tiene razón. Siento que mi estómago es una caverna.

—Un poco —reconozco.

El cutis de Fanny está arrugado, pero sus ojos son brillantes. Es difícil saber si tiene setenta años o cien. Lleva un vestido de flores violeta bonito con un canesú fruncido y me pregunto si lo habrá cosido ella.

—La señora Byrne no nos da mucha comida, pero probablemente hemos comido más que tú. —Busca en el bolsillo de su vestido y saca una manzanita brillante—. Siempre guardo algo para después por si acaso. Ella cierra con llave la nevera entre comidas.

—¿De verdad? —me asombro.

—Pues sí que lo hace. Dice que no quiere que andemos rondando por allí sin su permiso. Pero por lo general consigo guardar algo. —Me tiende la manzana.

—No puedo...

—Adelante. Has de aprender a coger lo que la gente está dispuesta a darte.

La manzana huele tan fresca y dulce que se me hace la boca agua.

—Mejor que te la comas aquí antes de que volvamos dentro. —Fanny mira la puerta de la casa, luego levanta la mirada a las ventanas del piso de arriba—. ¿Por qué no te la llevas al retrete?

Por poco apetecible que suene, tengo tanta hambre que no me importa. Vuelvo a meterme en el pequeño cobertizo y devoro la manzana hasta el corazón. El jugo resbala por mi barbilla y me lo limpio con el dorso de la mano. Mi padre solía comerse el corazón y todo, «donde están todos los nutrientes; es de ignorantes tirarlo», decía. Pero para mí el cartílago duro es como comer espinas de pescado.

Cuando abro la puerta, Fanny me mira y se acaricia la barbilla. La miro desconcertada.

—No hay que dejar pruebas —dice, y me señala la mandíbula pegajosa.

Me la limpio.

Mary me mira con ceño cuando vuelvo al taller de costura. Apila ropa delante de mí y dice:

—Prende esto con alfileres.

Paso la siguiente hora poniendo alfileres de punta a punta con la máxima atención, pero, cada vez que dejo una pieza completada, ella la coge, la inspecciona a toda prisa y me la vuelve a tirar.

—Menuda porquería. Hazlo otra vez.

—Pero...

—No discutas, deberías avergonzarte de este resultado.

Las otras mujeres levantan la mirada y vuelven silenciosamente a su costura.

Saco los alfileres con manos temblorosas. Luego lentamente repito la tarea, midiendo la separación entre alfileres con un calibre de coser metálico. En la repisa de la chimenea un adornado reloj dorado con una cúpula de cristal hace tic-tac ruidosamente. Contengo la respiración mientras Mary inspecciona mi trabajo.

—Tiene alguna irregularidad —dice finalmente, levantándolo.

—¿Qué tiene de malo?

—Es desigual. —No me mira a los ojos—. A lo mejor solo eres... —Su voz se apaga.

—¿Qué?

—A lo mejor no estás hecha para esta clase de trabajo.

Me tiembla el labio inferior y aprieto los labios. No dejo de pensar en que alguien (quizá Fanny) intervendrá, pero nadie lo hace.

—Aprendí a coser con mi madre.

—No estás remendando un agujero en los pantalones de tu padre. La gente paga mucho dinero...

—Sé coser —espeto—, puede que mejor que tú.

Mary se queda boquiabierta.

—Tú... tú no eres nada —me espeta—. Ni siquiera tienes familia.

Me zumban los oídos. Lo único que se me ocurre replicar es:

—Y tú no tienes modales.

Me levanto y me voy de la habitación, cerrando la puerta detrás de mí. En el pasillo oscuro contemplo mis opciones. Podría escapar, pero ¿adónde iría?

Al cabo de un momento se abre la puerta y sale Fanny.

—Dios, niña —susurra—. ¿Por qué has de ser tan respondona?

—Esa chica es mala. ¿Qué le he hecho?

Fanny me pone una mano en el brazo. Sus dedos son bastos, callosos.

—No te hará ningún bien reñir.

—Pero mis pespuntes están rectos.

Fanny suspira.

—Mary solo se hace daño ella misma al hacerte repetir el trabajo. A ella le pagan por pieza, así que no sé qué pretende. Pero tú, bueno, deja que te pregunte esto: ¿te pagan?

—¿Pagarme?

—¡Fanny! —atruena una voz por encima de nosotras.

Levantamos la cabeza para ver a la señora Byrne en lo alto de la escalera. Está sonrojada.

—¿Qué demonios está pasando?

No sé si nos ha oído.

—Nada de lo que preocuparse, señora —dice Fanny con rapidez—. Una pequeña disputa entre las chicas, nada más.

—¿Sobre qué?

—Para ser sincera, señora, no creo que quiera saberlo.

—Oh, pero sí quiero.

Fanny me mira y niega con la cabeza.

—Bueno... ¿Ha visto al chico que reparte el periódico de la tarde? Estaban discutiendo sobre si es un encanto. Ya sabe cómo son las chicas.

Suelto aire lentamente.

—Qué estupidez, Fanny —añade la señora Byrne.

—No quería contárselo.

—Volved a entrar. Dorothy, no quiero oír ni una palabra más de esa estupidez, ¿entendido?

—Sí, señora.

—Hay trabajo que hacer.

—Sí, señora.

Fanny abre la puerta y entra delante de mí en el taller de costura. Mary y yo no hablamos durante el resto de la tarde.

Esa noche en la cena, la señora Byrne sirve carne picada, ensalada de patatas teñidas de rosa por la remolacha y col correosa. El señor Byrne masca ruidosamente. Puedo oír cada clic de su mandíbula. Sé poner mi servilleta en mi regazo, la abuela me enseñó eso. Sé usar cuchillo y tenedor. La carne tiene tan poco gusto y es tan seca como cartón, pero estoy tan hambrienta que no me importa. «Pequeños mordiscos de señorita», decía la abuela.

Al cabo de unos minutos, la señora Byrne deja el tenedor en la mesa.

—Dorothy —dice—, es hora de discutir las reglas de la casa. Como ya sabes, has de usar el retrete de atrás. Una vez por semana, los domingos por la tarde, sacaré una bañera para que te bañes en el lavadero junto a la cocina. El domingo también es día de limpieza, y esperamos que ayudes con ella. La hora de acostarse es a las nueve y se apagan las luces. Hay un camastro para ti en el armario del vestíbulo. Lo sacarás por las noches y lo guardarás con cuidado por la mañana, antes de que lleguen las chicas a las ocho y media.

—¿Dormiré en el pasillo? —pregunto sorprendida.

—Cielo santo, ¿no esperarás dormir en el piso de arriba con nosotros? —dice riendo—. Dios no lo quiera.

Cuando termina la cena, el señor Byrne anuncia que se va a dar un paseo.

—Y yo tengo trabajo que hacer —observa la señora Byrne—. Dorothy, tú lavarás los platos. Presta mucha atención a dónde va cada cosa. La mejor manera de que aprendas es que observes con atención y que te enseñes a ti misma. ¿Dónde guardamos las cucharas de madera? ¿Los vasos de zumo? Será pan comido para ti. —Se vuelve para marcharse—. No has de molestar ni al señor Byrne ni a mí después de cenar. Te irás a dormir a la hora apropiada y apagarás la luz. —Con una sonrisa cortante, añade—: Esperamos tener una experiencia positiva contigo. No hagas nada que traicione nuestra confianza.

Miro los platos apilados en el fregadero, las tiras de pieles de remolacha que tiñen la tabla de cortar de madera, un cazo medio lleno de col traslúcida, una sartén quemada y llena de grasa. Mirando a la puerta para asegurarme de que los Byrne se han ido, pincho un pedazo de la col insulsa en un tenedor y la trago con avidez, sin apenas masticar. Me acabo la col de este modo, escuchando las pisadas de la señora Byrne en la escalera.

Mientras lavo los platos, miro por la ventana encima del fregadero hacia el patio trasero, oscuro ahora en la luz cada vez menor del atardecer; hay unos pocos árboles enclenques, con troncos tan finos que parecen ramas. Cuando he terminado de lavar la cazuela, el cielo está oscuro y el patio ya no se ve. El reloj de encima de la cocina marca las siete y media.

Me sirvo un vaso de agua del grifo y me siento a la mesa. Me da la impresión de que es demasiado pronto para irme a acostar, pero no sé qué más hacer. No tengo un libro para leer y no he visto ninguno en la casa. Tampoco teníamos muchos libros en mi apartamento de Elizabeth Street, pero los gemelos siempre conseguían periódicos viejos de los vendedores de diarios. En la escuela tenía mis poemas favoritos: de Wordsworth, Keats y Shelley. Nuestra maestra nos hacía memorizar los versos de *Oda a una urna griega* y sola en la cocina cierro los ojos y susurro: «Tú, todavía virgen esposa de la calma, criatura nutrida de silencio y de tiempo», pero es todo lo que puedo recordar.

Necesito mirar el lado positivo, como siempre decía la abuela. No se está tan mal aquí. La casa es austera, pero no incómoda. La luz encima de la mesa de la cocina es cálida y alegre. Los Byrne no quieren tratarme como una hija, y yo no estoy segura de quererlo. El trabajo que mantiene mis manos y mi mente ocupados probablemente es lo que necesito. Y pronto iré a la escuela.

Pienso en mi propia casa en Elizabeth Street, tan diferente, pero en realidad no mejor que esta. Mamá en la cama a media tarde en el calor sofocante, tumbada en su habitación después de anochecer, con los chicos gimiendo por comida y Maisie sollozando, y yo pensando que me volvería loca con el calor y el hambre y el ruido. Papá fuera; «en el trabajo», decía, aunque cada semana traía menos dinero a casa y llegaba dando tumbos después de medianoche apestando a cerveza. Lo oíamos subir la escalera, entonando a gritos el himno nacional de Irlanda: «Somos hijos de una raza luchadora que nunca todavía ha conocido la desgracia / y cuando marchamos para enfrentarnos al enemigo / entonaremos la canción de un soldado», y luego entrando en el apartamento con mamá pidiéndole que callara y regañándolo. Él se quedaba de pie silueteado a la luz veteada del dormitorio, y aunque se suponía que todos estábamos durmiendo, y simulábamos estarlo, en realidad estábamos anonadados, embelesados por su alegría y bravuconería.

En el armario del pasillo encuentro mi maleta y una pila de ropa de cama. Desenrollo un camastro de crin de caballo y pongo una almohada fina y amarillenta encima. Hay una sábana blanca, que extiendo sobre el colchón y meto en los bordes, y una colcha comida por las polillas.

Antes de irme a dormir abro la puerta de atrás y me encamino al retrete. La luz de la cocina proyecta un brillo apagado por la ventana de aproximadamente un metro y medio; más allá está oscuro.

La hierba es quebradiza bajo mis pies. Conozco el camino, pero es diferente por la noche, la silueta del cobertizo apenas es visible. Levanto la mirada al cielo sin estrellas. Mi corazón late. Esta negrura silenciosa me asusta más que la noche en la ciudad con su ruido y luz.

Abro el pasador y me meto en el cobertizo. Después, temblando, me subo las bragas y echo a correr, con la puerta resonando detrás de mí mientras troto por el patio y subo los tres escalones hasta la cocina. Cierro la puerta como me han enseñado y me apoyo contra ella, jadeando. Y entonces me fijo en el candado en la nevera. ¿Cuándo ha pasado? El señor o la señora Byrne tienen que haber bajado mientras yo estaba fuera.

Spruce Harbor, Maine, 2011

En algún momento de la segunda semana queda claro para Molly que «vaciar el desván» significa sacar cosas, preocuparse por ellas durante unos minutos y devolverlas al lugar donde estaban en una pila ligeramente más ordenada. De las dos docenas de cajas que ella y Vivian han repasado hasta ahora, solo una pequeña de libros mohosos y un poco de ropa amarillenta fueron considerados demasiado estropeados para conservar.

—No creo que la esté ayudando mucho —dice Molly.

—Bueno, eso es cierto —dice Vivian—, pero yo te estoy ayudando a ti, ¿no?

—¿Así que se le ocurrió un proyecto falso para hacerme un favor? ¿O supongo que fue Terry? —replica Molly, siguiendo la corriente.

—Cumplo con mi deber cívico.

—Es muy noble de su parte.

Sentada en el suelo del desván, Molly saca objetos de un arcón de cedro uno por uno. Vivian está sentada en una silla de madera a su lado. Guantes de lana marrón. Un vestido de terciopelo verde con una cinta ancha. Un cárdigan de un blanco desvaído. *Ana, la de Tejas Verdes.*

—Pásame ese libro —pide Vivian.

Coge el volumen de tapa dura encuadernado en verde con letras doradas y el dibujo de una niña pelirroja con un rodete en la cubierta. Lo abre.

—Ah, sí, me acuerdo —dice—. Yo tenía casi exactamente la edad de la protagonista cuando lo leí por primera vez. Me lo dio una profesora, mi profesora favorita. Ya sabes, la señorita Larsen. —Hojea el libro lentamente, deteniéndose en una página aquí y allá—. Ana habla demasiado, ¿verdad? Yo era mucho más tímida. —Levanta la mirada—. ¿Y tú?

—Lo siento, no lo he leído.

—No, no. Me refiero a si eras tímida de niña. ¿Qué estoy diciendo? Sigues siendo una niña. Pero me refiero a cuando eras pequeña.

—No exactamente tímida. Era... callada.

—Circunspecta —dice Vivian—. Atenta.

Molly examina estas palabras en su mente. ¿Circunspecta? ¿Atenta? ¿Lo es? Hubo un tiempo, después de la muerte de su padre y después de que se la llevaran o se llevaran a su madre —es difícil decir qué ocurrió primero o si ocurrió al mismo tiempo—, en que dejó de hablar por completo. Todo el mundo opinaba sobre ella, pero nadie le preguntaba su parecer ni escuchaba cuando ella lo expresaba. Así que dejó de intentarlo. Fue durante ese período cuando despertaba por la noche y se levantaba para ir a la habitación de sus padres, solo para darse cuenta, de pie en el pasillo, de que no tenía padres.

—Bueno, no eres exactamente eufórica, ¿verdad? —dice Vivian—. Pero te vi antes fuera, cuando te ha dejado Jack, y tu cara estaba... —levanta sus manos nudosas separando los dedos— toda iluminada. Estabas hablando con mucha energía.

—¿Me estaba espiando?

—¡Por supuesto! ¿Cómo, si no, voy a descubrir algo de ti?

Molly ha estado sacando cosas del arcón y poniéndolas en pilas: ropa, libros, adornitos envueltos en papel de periódico viejo. Pero ahora se acuclilla y mira a la anciana.

—Es divertida —dice.

—Me han llamado muchas cosas en mi vida, querida, pero no estoy segura de que me hayan llamado nunca divertida.

—Apuesto a que sí.

—A mis espaldas, quizá. —Vivian cierra el libro—. Me pareces una lectora. ¿Me equivoco?

Molly se encoge de hombros. La parte de la lectura la siente como una cuestión privada, entre ella y los personajes de un libro.

—Entonces, ¿cuál es tu novela favorita?

—No lo sé. No tengo ninguna.

—Oh, creo que probablemente la tienes. Eres de este tipo.

—¿Qué se supone que significa eso?

Vivian extiende una mano sobre su pecho, con sus uñas pintadas de rosa tan delicadas como las de un bebé.

—Estoy segura de que sientes cosas. Profundamente.

Molly hace una mueca.

Vivian le entrega el libro.

—Seguro que este te parecerá pasado de moda y sentimental, pero quiero que te lo quedes.

—¿Me lo está regalando?

—¿Por qué no?

Para su sorpresa, Molly siente un nudo en la garganta. Traga saliva. Qué ridículo, una vieja le da un libro mohoso que no le servirá de nada y se atraganta. Debe de tener la regla.

Se esfuerza por mantener una expresión neutral.

—Bueno, gracias —dice con naturalidad—. Pero ¿eso significa que tengo que leerlo?

—Por supuesto. Te someteré a un examen —dice Vivian.

Durante un rato trabajan casi en silencio. Molly va levantando cosas —un cárdigan azul celeste con flores manchadas y amarillentas, un vestido marrón al que le faltan varios botones, una bufanda de color violeta y un mitón a juego— y Vivian suspira.

—Supongo que no hay razón para guardar eso. —E inevitablemente añade—: Pongámoslo en la pila de las dudas.

En cierto momento, sin que venga a cuento, Vivian dice:

—Entonces, ¿dónde está esa madre tuya?

Molly se ha acostumbrado a esa clase de incongruencia. La anciana tiende a retomar discusiones que empezaron días atrás en el punto donde las dejaron, como si hacerlo fuera algo perfectamente natural.

—Oh, a saber. —Acaba de abrir una caja que, para su deleite, parece fácil de tirar: decenas de libros de contabilidad llenos de polvo de las décadas de 1940 y 1950. Seguro que Vivian no tiene ninguna razón para quedárselos—. Estos se pueden tirar, ¿no cree? —dice, sosteniendo un libro negro y delgado.

Vivian los coge y los hojea.

—Bueno... —Su voz se apaga. Levanta la mirada—. ¿La has buscado?

—No.

—¿Por qué no?

Molly le lanza una mirada cortante. No está acostumbrada a que la gente le plantee preguntas tan bruscas; en realidad, no está acostumbrada a que le pregunten nada. La única otra persona que habla con esa brusquedad con ella es Lori, la asistente social, y ella conoce los detalles de su historia. (Y, de todos modos, Lori no hace preguntas de por qué, solo está interesada en causa, efecto y soltar un sermón.) Pero Molly no puede ser brusca con Vivian, quien de hecho le ha dado una tarjeta de «queda libre de la cárcel», como en el Monopoly. Aunque «libre» signifique cincuenta horas de preguntas insidiosas. Se aparta el pelo de los ojos.

—No la he buscado, porque no me importa.

—¿En serio?

—En serio.

—¿No tienes ninguna curiosidad?

—No.

—No estoy segura de creerlo.

Molly se encoge de hombros.

—Umm. En realidad, pareces bastante... enfadada.

—No estoy enfadada. No me importa. —Molly levanta una pila de libros de contabilidad de la caja y los suelta en el suelo—. ¿Podemos reciclar esto?

Vivian le da un golpecito en la mano.

—Creo que quizá me quedaré esta caja —dice, como si no hubiera dicho lo mismo de todo lo que han revisado hasta entonces.

—¡Se mete en mis asuntos! —dice Molly, hundiendo la cara en el cuello de Jack. Están en su Saturn, y ella se ha puesto a horcajadas de él en el asiento trasero recostado.

Riendo, con su incipiente barba rozando la mejilla de Molly, Jack pregunta:

—¿Qué quieres decir? —Desliza la mano bajo la blusa de ella y le acaricia las costillas con los dedos.

—Eso hace cosquillas —dice Molly, retorciéndose.

—Me gusta cuando te mueves así.

Ella le besa el cuello, la mancha oscura en su barbilla, la comisura de los labios, una ceja gruesa, y él la acerca, pasando sus manos por los costados de ella y bajo sus pechos pequeños.

—No sé nada de su vida, ni me importa. Pero ella espera que yo le cuente todo de la mía.

—Oh, vamos, ¿qué daño puede hacerte? Si ella sabe un poco más de ti, a lo mejor es más amable. A lo mejor las horas pasan un poco más rápido. Probablemente se siente sola. Solo quiere alguien con quien hablar.

Molly pone mala cara.

—Inténtalo con un poco de ternura —dice Jack con voz suave.

Ella suspira.

—No necesito entretenerla con historias sobre mi vida de mierda. No todos podemos ser más ricos que el copón y vivir en una mansión.

Él la besa en el hombro.

—Pues dale la vuelta. Hazle preguntas.

—¿Me importa? —Ella suspira, acariciando con un dedo la oreja de Jack, hasta que él vuelve la cabeza y le muerde el dedo, tomándolo en su boca.

Jack se estira para accionar la palanca y el asiento cae hacia atrás con brusquedad. Molly aterriza torpemente encima de él y ambos se echan a reír. Deslizándose para dejar sitio para ella en el asiento envolvente, Jack dice:

—Solo haz lo que haga falta para terminar con esas horas, ¿vale? —Poniéndose de costado, el chico pasa los dedos por la cinturilla de los *leggings* negros de ella—. Si no encuentras una forma de aguantarlo, podría tener que averiguar una forma de ir al centro de menores contigo. Y eso sería una mierda para los dos.

—A mí no me suena tan mal.

Bajándole la cinturilla de los *leggins*, Jack dice:

—Esto es lo que estoy buscando. —Sigue las líneas de tinta negra de la tortuga tatuada en la cadera de Molly. Su caparazón es un óvalo puntiagudo, bisecado en un ángulo, como un escudo con una amapola en un lado y una floritura tribal en el otro, con sus aletas extendiéndose en arcos en punta—. ¿Cómo me has dicho que se llama?

—No tiene nombre.

—Voy a llamarla *Carlos* —dice Jack inclinándose para besarle la cadera.

—¿Por qué?

—Parece un *Carlos*. ¿Sí? Mira su cabecita. Está un poco ondulante como «¿Qué pasa? Hola, Carlos» —pronuncia con un *falsetto* de acento dominicano, tocando la tortuga con su dedo índice—. ¿Qué pasa, tío?

—No es *Carlos*. Es un símbolo indio —dice ella, un poco irritada, apartándole la mano.

—Oh, vamos, reconócelo, te emborrachaste y te llevaste esta tortuga de mierda. Lo mismo podría haber sido un corazón que gotea sangre o algunas palabras chinas falsas.

—¡Eso no es verdad! Las tortugas significan algo muy específico en mi cultura.

—¿Ah, sí, princesa guerrera? ¿Como qué?

—Las tortugas llevan su casa a cuestas. —Pasando el dedo sobre el tatuaje, le cuenta lo que le dijo su padre—: Están expuestas y escondidas al mismo tiempo. Son un símbolo de fuerza y perseverancia.

—Eso es muy profundo.

—¿Sabes por qué? Porque yo soy muy profunda.

—¿Ah, sí?

—Sí —confirma ella, besándolo en la boca—. En realidad, me lo hice porque cuando vivíamos en Indian Island teníamos una tortuga llamada *Shelly*.

—Ja, *Shelly*. Ya lo pillo.

—Sí. Da igual, no sé qué le pasó.

Jack curva su mano en torno a la cadera de ella.

—Estoy seguro de que está bien —dice—. ¿No viven como cien años las tortugas?

—No sin nadie que las alimente.

Él no responde, solo pone sus brazos en torno al hombro de ella y le besa el cabello.

Ella se acomoda a su lado en el asiento. El parabrisas está empañado y es noche cerrada, y en el pequeño Saturn de capota dura de Jack, Molly se siente en un capullo, protegida. Sí, eso es. Como una tortuga en su caparazón.

Spruce Harbor, Maine, 2011

Nadie acude a la puerta cuando Molly llama al timbre. La casa está en silencio. Ella mira su teléfono: 9.45. Es día de formación del profesorado y no hay escuela, así que ha pensado hacer unas horas extra.

Se frota los brazos y trata de decidir qué hacer. Es una mañana inusualmente fría y neblinosa, y ha olvidado traerse un jersey. Ha tomado el Island Explorer, el autobús gratuito que hace una ruta circular por la isla, y ha bajado en la parada más cercana a la casa de Vivian, desde donde hay que dar un paseo de diez minutos. Si no hay nadie en casa, tendrá que volver a la parada y esperar al siguiente autobús, que podría tardar un rato. Pero, a pesar de la piel de gallina, a Molly siempre le han gustado los días así. Siente que el cielo gris severo y los árboles de ramas desnudas se adecuan más a ella que la sencilla promesa de días soleados de primavera.

En la libretita que lleva, Molly ha anotado las horas: cuatro un día, dos el siguiente. Veintitrés hasta el momento. Preparó una hoja de cálculo Excel en su portátil donde sale todo. Jack se reiría si lo supiera, pero ella lleva suficiente tiempo en el sistema de menores para comprender que todo se reduce a documentación. Ordenas tus papeles, con las firmas y registro adecuados, y los cargos se retirarán, aflojarán el dinero, lo que sea. Si eres desorganizado, te arriesgas a perderlo todo.

Molly supone que puede cumplir al menos cinco horas hoy. Eso serán veintiocho, más de la mitad.

Vuelve a tocar el timbre, pone las manos contra el cristal para mirar en el pasillo oscuro. Prueba a girar el pomo y descubre que la puerta está abierta.

—¿Hola? —dice al entrar, y, al no recibir respuesta, lo intenta otra vez, un poco más fuerte, mientras avanza por el pasillo.

Ayer, antes de irse, Molly le dijo a Vivian que llegaría temprano hoy, pero no especificó la hora. Ahora, de pie en el salón con las cortinas corridas, se pregunta si no debería marcharse. La casa vieja está llena de ruidos. Los suelos de pino crujen, las ventanas traquetean, las moscas zumban cerca del techo, las cortinas ondean. Sin la distracción de voces humanas, Molly imagina que oye sonidos en otras estancias: muelles de cama que protestan, grifos que gotean, luces fluorescentes que zumban, cadenas que rechinan.

Se toma un momento para mirar alrededor: la adornada repisa de la chimenea, las molduras decoradas de roble y la araña de luces de bronce. Por las cuatro grandes ventanas que dan a la bahía ve la curva de la costa, los abetos serrados en la distancia, el mar brillante color amatista. La sala huele a libros viejos y al fuego de anoche y, tenuemente, a algo sabroso procedente de la cocina: es viernes; Terry debe de estar cocinando para el fin de semana.

Molly está mirando los libros viejos de tapa dura en los altos estantes cuando se abre la puerta de la cocina y aparece Terry.

La chica se vuelve.

—Hola.

—¡Ah! —grita Terry, llevándose al pecho el trapo que sostiene—. ¡Me has dado un susto de muerte! ¿Qué estás haciendo aquí?

—Eh... bueno... —balbucea Molly, empezando a preguntarse lo mismo—. He llamado al timbre varias veces y luego he entrado.

—¿Vivian sabía que venías?

¿Lo sabía?

—No estoy segura de que quedáramos en una hora...

Terry entorna los ojos y tuerce el gesto.

—No puedes simplemente aparecer cuando te apetece. Vivian no está disponible en cualquier momento.

—Lo sé —dice Molly, sintiendo que se le calienta la cara—. Lo siento.

—Vivian nunca habría accedido a empezar tan temprano. Tiene una rutina. Se levanta a las ocho o las nueve y baja a las diez.

—Pensaba que la gente mayor se levantaba temprano —murmura Molly.

—No toda la gente mayor. —Terry pone los brazos en jarras—. Pero esa no es la cuestión. Has entrado sin permiso.

—Bueno, yo no...

Suspirando, Terry dice:

—Puede que Jack te haya contado que no me entusiasma esta idea. De que cumplas con tus horas así.

Molly asiente. Ahí va el sermón.

—Se la ha jugado por ti, no me preguntes por qué.

—Lo sé, y lo agradezco. —Molly es consciente de que cuando está a la defensiva es cuando se mete en problemas, pero no puede resistirse a decir—: Y espero demostrar ser merecedora de esa confianza.

—Pues apareciendo así, sin avisar, no lo haces.

Muy bien, se lo merecía. ¿Qué le había dicho el maestro en la clase de Derecho el otro día? Nunca saques un tema del que no tengas respuesta.

—Y otra cosa —continúa Terry—. He estado en el desván esta mañana, y no sé lo que estás haciendo ahí arriba.

Molly rebota en los dedos de los pies, cabreada de que le griten por algo que no puede controlar, y más cabreada todavía consigo misma por no convencer a Vivian de que se deshaga de cosas viejas. Por supuesto, a Terry le parece que Molly solo está pasando el rato, dejando que el tiempo transcurra como un funcionario que tiene que fichar.

—Vivian no quiere desprenderse de nada —dice—. Estoy limpiando las cajas y etiquetándolas.

—Deja que te dé un consejo —replica Terry—. Vivian está dividida entre su corazón —y aquí otra vez se lleva el trapo acolchado a su corazón— y su cabeza. —Como si Molly no pudiera establecer la conexión, Terry se toca la cabeza—. Desprenderse de sus cosas es como decir adiós a su vida. Y eso es duro para cualquiera. Así que tu trabajo consiste en convencerla. Porque te prometo esto: no estaré contenta de que pases cincuenta horas allí arriba moviendo cosas sin ningún resultado. Quiero a Jack, pero... —Niega con la cabeza—. Sinceramente, ya basta.

En este punto, Terry parece estar hablando consigo misma, o posiblemente con Jack, y hay poco que Molly pueda hacer salvo morderse el labio y asentir para demostrar que lo entiende.

Después de reconocer a regañadientes que podría ser buena idea que haya llegado más temprano hoy, y que si Vivian no aparece en media hora quizá subirá y la despertará, Terry le dice a Molly que se ponga cómoda; ella tiene trabajo que hacer.

—Tienes algo en que ocuparte, ¿verdad? —pregunta antes de dirigirse otra vez hacia la cocina.

El libro que Vivian le dio a Molly está en su mochila. No se ha molestado en abrirlo todavía, sobre todo porque le parece que son como deberes escolares de un trabajo que ya es un castigo en sí, pero también porque está releyendo *Jane Eyre* para la clase de Literatura (irónicamente, la profesora, la señora Tate, le entregó ejemplares prestados por la escuela la semana siguiente de que Molly tratara de robarlo) y ese libro es fabuloso. Siempre es un *shock* volver a entrar en él; solo con leer un capítulo ya siente que tiene que refrenar su respiración y entrar en trance, como un oso que hiberna. Todos sus compañeros de clase se quejan de ello: las prolongadas digresiones de Brönte sobre la naturaleza humana, las subtramas sobre las amigas de Jane en Lowood School, el diálogo «no realista» e interminable.

—¿Por qué no puede simplemente contar esa maldita historia? —gruñó Tyler Baldwin en clase—. Me quedo dormido cada vez que empiezo a leer. ¿Cómo se llama eso? ¿Narcolepsia?

Esta queja provocó un coro de acuerdo, pero Molly se quedó en silencio. Y la señora Tate —sin duda, alerta a la más leve chispa en la pila de leña húmeda de su clase— se fijó.

—Entonces, ¿tú qué opinas, Molly?

Molly se encogió de hombros, sin querer parecer demasiado ansiosa.

—Me gusta el libro.

—¿Qué te gusta de él?

—No lo sé. Simplemente me gusta.

—¿Cuál es tu parte favorita?

Sintiendo los ojos de la clase clavados en ella, Molly se encogió un poco en su silla.

—No lo sé.

—Es solo una novela romántica aburrida —dijo Tyler.

—No, no lo es —espetó ella.

—¿Por qué no? —insistió la señora Tate.

—Porque... —Pensó un momento—. Jane es una especie de forajida. Es apasionada y decidida y dice exactamente lo que piensa.

—¿De dónde sacas eso? Porque yo no lo veo así —replicó Tyler.

—Vale, bueno, por ejemplo este fragmento —dijo Molly. Hojeando el libro, encontró la escena en que estaba pensando—: «Le aseguré que mi carácter era duro como el pedernal, y que estaba dispuesta a mostrarle todos los aspectos malos de mi modo de ser [...] a fin de que supiese qué clase de compromiso iba a contraer mientras estuviese aún a tiempo de rescindirlo.»

La señora Tate enarcó las cejas y sonrió.

—Suena como alguien que conozco.

Ahora, sentada sola en un sillón de orejas rojo, esperando a que baje Vivian, Molly saca *Ana, la de Tejas Verdes*.

Lo abre por la primera página:

La señora Rachel Lynde vivía justo donde la calle principal de Avonlea se hundía en una pequeña hondonada, bordeada de alisos y fucsias y atravesado por un arroyo que tenía su fuente lejos, en los bosques del viejo Cuthbert...

Es claramente un libro destinado a niñas y al principio Molly no está segura de que pueda engancharse. Pero mientras lee se descubre atrapada por la historia. El sol se eleva en el cielo; ella tiene que inclinar el libro para apartarlo del brillo intenso y luego, después de varios minutos, cambiarse al otro sillón de orejas para no tener que entornar los ojos.

Después de más o menos una hora, oye que la puerta se

abre en el pasillo y levanta la mirada. Vivian entra en la sala, mira alrededor, se concentra en Molly y sonríe, aparentemente sin sorprenderse de verla.

—¡De buena mañana! —dice—. Me gusta tu entusiasmo. Quizá te deje vaciar una caja hoy. O dos si tienes suerte.

Albans, Minnesota, 1929

El lunes por la mañana me levanto temprano y me lavo la cara en el fregadero de la cocina antes de que se pongan en marcha el señor y la señora Byrne, luego me hago una trenza en el pelo y me ato dos cintas que encontré en la pila de restos del taller de costura. Me pongo mi vestido más limpio y el delantal, que colgué de una rama al lado de la casa para que se secara después de que hiciéramos la colada el domingo.

En el desayuno —avena grumosa y sin azúcar—, cuando pregunto cómo se va a la escuela y a qué hora he de llegar, la señora Byrne mira a su marido y luego otra vez a mí. Se ajusta la bufanda oscura estampada en torno a los hombros.

—Dorothy, el señor Byrne y yo creemos que no estás preparada para la escuela.

La avena sabe como grasa animal solidificada en mi boca. Miro al señor Byrne, que se está inclinando para atarse los cordones. Sus rizos le caen sobre la frente, ocultando su rostro.

—¿Qué quiere decir? —pregunto—. El Socorro a la Infancia...

La señora Byrne junta las manos y me ofrece una sonrisa de labios apretados.

—Ya no estás bajo custodia de la Sociedad de Socorro a la Infancia, ¿verdad? Ahora somos nosotros los que determinamos qué es mejor para ti.

El corazón me da un vuelco.

—Pero se supone que he de ir.

—Veremos cómo progresas en las próximas semanas, pero por ahora pensamos que es mejor que te tomes un tiempo para adaptarte a tu nuevo hogar.

—Estoy... adaptada. —El calor me sube a las mejillas—. He hecho todo lo que me han pedido. Si le preocupa que no tenga tiempo para coser...

La señor Byrne me fulmina con la mirada y me falla la voz.

—El curso empezó hace más de un mes —dice—. Estás irremediablemente retrasada, sin ninguna oportunidad de coger el ritmo este año. Y solo el Señor sabe cómo fue tu educación en los barrios bajos.

Me cosquillea la piel. Incluso el señor Byrne se sobresalta con esto.

—Vamos, vamos, Lois —masculla entre dientes.

—Yo no estaba en los barrios bajos —espeto. Y luego, como no ha preguntado, como ninguno de los dos ha preguntado, añado—: Estaba en cuarto grado. Mi profesora era la señorita Uhrig. Estaba en el coro y actué en una opereta, *Guijarros pulidos*.

Ambos me miran.

—Me gusta la escuela —añado.

La señora Byrne se levanta y empieza a apilar los platos. Se lleva el mío aunque no me he acabado la tostada. Sus movimientos son entrecortados y la cubertería tintinea contra la porcelana. Deja correr agua en el fregadero y deposita los platos y cubiertos con estrépito. Luego se vuelve, secándose las manos en el delantal.

—Niña insolente. No quiero oír ni una palabra más. Somos nosotros los que decidimos qué es lo mejor para ti, ¿está claro?

Y ese es el final. La cuestión de la escuela no surge nunca más.

Varias veces al día la señora Byrne se materializa en el taller de costura como un fantasma, pero nunca coge una aguja. Sus tareas, por lo que puedo ver, consisten en controlar los pedidos, entregar la lista de tareas a Fanny, que a su vez las distribuye entre nosotras, y recoger los vestidos acabados. Pregunta a Fanny por informes de progreso, sin dejar de examinar el taller para asegurarse de que el resto estamos trabajando.

Tengo un montón de preguntas sobre los Byrne que temo plantear. ¿Cuál es exactamente el trabajo del señor Byrne? ¿Qué hace con la ropa que confeccionan las mujeres? (Podría decir que confeccionamos, pero teniendo en cuenta el trabajo del que me ocupo, hilvanar y hacer dobladillos, sería como pelar patatas y llamarse cocinero.) ¿Adónde va todo el día la señora Byrne, y qué hace ella con su tiempo? Puedo oírla en el piso de arriba de vez en cuando, pero a saber qué pretende.

La señora Byrne tiene muchas reglas. Me reprende delante de las otras chicas por infracciones y errores nimios: no plegar mi ropa de cama tan bien como debería o dejar la puerta de la cocina entornada. Todas las puertas de la casa tienen que estar cerradas a todas horas, a menos que estés entrando o saliendo. La forma en que la casa está cerrada —la puerta al taller de costura, las puertas a la cocina y comedor, incluso la puerta en lo alto de la escalera— la convierte en un lugar prohibido y misterioso. Por la noche, en mi camastro, en el pasillo oscuro al pie de la escalera, frotándome los pies entre sí para entrar en calor, estoy asustada. Nunca me había sentido tan sola. Incluso en la Sociedad de Socorro a la Infancia, en mi cama de hierro, estaba rodeada por otras niñas.

No se me permite ayudar en la cocina; creo que la señora Byrne teme que robe comida. Y, de hecho, como Fanny, he empezado a guardarme una rebanada de pan o una manzana en el bolsillo. La comida que prepara la señora Byrne es insulsa y poco apetecible —guisantes de lata, patatas hervidas, estofados aguados— y nunca hay suficiente. No sé si el señor Byrne realmente no se da cuenta de lo espantosa que es la comida o si no le importa, o si simplemente tiene la cabeza en otra parte.

Cuando su mujer no está, el señor Byrne es amable. Le gusta hablar conmigo de Irlanda. Su propia familia, me cuenta, es de Sallybrook, cerca de la Costa Este. Su tío y primos fueron republicanos en la guerra de Independencia; lucharon con Michael Collins y estuvieron en las Cuatro Cortes de Dublín en abril de 1922, cuando los británicos entraron en el edificio y mataron a los insurgentes, y estuvieron allí cuando Collins fue asesinado unos meses después, cerca de Cork. «Collins fue el héroe más grande de Irlanda, ¿lo sabías?».

«Sí», asiento, «lo sé». Pero soy escéptica respecto a que sus primos estuvieran allí. Mi padre decía a menudo que cada irlandés que encuentras en América jura que tiene un pariente que luchó al lado de Michael Collins.

Mi papá idolatraba a Michael Collins. Cantaba todas las canciones revolucionarias, normalmente en voz alta y desafinando, hasta que mamá le decía que se callara, que los bebés estaban durmiendo. Me contó montones de historias dramáticas, sobre la cárcel de Kilmainham en Dublín, por ejemplo, donde uno de los cabecillas de la sublevación de 1915, Joseph Plunkett, se casó con su amada Grace Gifford en la pequeña capilla solo horas antes de ser ejecutado por el pelotón de fusilamiento. Ese día ejecutaron a quince, entre ellos James Connolly. Como estaba demasiado enfermo para aguantarse de pie, lo ataron a una silla y lo sacaron al patio y acribillaron su cuerpo a balazos.

«Acribillaron su cuerpo a balazos.» Mi padre hablaba así. Mamá siempre le estaba pidiendo que callara, pero él no le hacía caso.

—Es importante que sepan esto —decía—. ¡Es su historia! Puede que nosotros estemos aquí ahora, pero, por Dios, nuestra gente está allí.

Mamá tenía sus razones para querer olvidar. Fue el tratado de 1922, que condujo a la formación del Estado Libre, lo que nos sacó de Kinvara, decía. Las tropas de la Corona, decididas a aplastar a los rebeldes, arrasaron pueblos en el condado de Galway y volaron las líneas de ferrocarril. La economía estaba en ruinas. Poco trabajo quedó. Mi papá no encontró empleo.

Bueno, era eso, decía ella, y la bebida.

—Podrías ser mi hija, ¿sabes? —me dice el señor Byrne—. Tu nombre, Dorothy... Siempre decíamos que algún día le pondríamos ese nombre a nuestra hija, pero, por desgracia, eso no ocurrió. Y aquí estás, pelirroja y todo.

Siempre olvidaba responder por Dorothy. Pero en cierto modo estoy contenta de tener una nueva identidad. Hace más fácil desprenderse de otras cosas. No soy la misma Niamh que dejó a su abuela y tías y tíos en Kinvara y cruzó el océano en el *Agnes Pauline*, que vivió con su familia en Elizabeth Street. No, ahora soy Dorothy.

—Dorothy, tenemos que hablar —dice la señora Byrne una noche durante la cena.

Miro al señor Byrne, que está untando mantequilla con aire concentrado en una patata hervida.

—Mary dice que no eres... ¿cómo lo diría?... que no aprendes muy deprisa. Dice que pareces resistente. ¿Desafiante? No está segura de qué.

—No es cierto.

Los ojos de la señora Byrne arden.

—Escucha con atención. Si fuera por mí, contactaría con el comité inmediatamente y te devolvería para que te cambiaran por otra. Pero el señor Byrne me convenció para que te dé otra oportunidad. Sin embargo, si oigo una queja más sobre tu conducta o tu comportamiento serás devuelta. —Hace una pausa y bebe un sorbo de agua—. Estoy tentada de atribuir esta conducta a tu sangre irlandesa. Sí, es cierto que el señor Byrne es irlandés, y por eso te dimos una oportunidad, pero también señalaré que el señor Byrne, aunque podría haberlo hecho, no se casó con una chica irlandesa, y por una buena razón.

Al día siguiente, la señora Byrne entra en el taller de costura y dice que necesita que vaya a hacer un recado al centro de la ciudad, a un par de kilómetros a pie.

—No es complicado —dice cuando preguntó cómo llegar—. ¿No prestaste atención cuando te trajimos aquí?

—Puedo ir con ella la primera vez, señora —se ofrece Fanny.

La señora Byrne no parece contenta con eso.

—¿No tienes trabajo que hacer, Fanny?

—Acabo de terminar esta pila —dice Fanny, poniendo una mano venosa en una pila de faldas de mujer—. Todas hilvanadas y planchadas. Tengo los dedos doloridos.

—Muy bien, pues. Por esta vez —cede la señora Byrne.

Caminamos despacio, a causa de la cadera de Fanny, a través del vecindario de los Byrne, lleno de casitas en parcelas pegadas unas a otras. En la esquina de Elm Street giramos a la izquierda por Center y cruzamos Maple, Birch y Spruce antes de tomar Main. La mayoría de las casas parecen muy nuevas y son variaciones de unos pocos diseños. Están pintadas en colores diferentes, bien ajardinadas con arbustos y matas. Algunos senderos de entrada van directamente a la puerta y otros siguen una senda curvada. Al acercarnos a la ciudad pasamos viviendas multifamiliares y algunos negocios de la periferia: una gasolinera, una tienda de barrio, un vivero lleno de flores de los colores de las hojas del otoño: óxido, dorado y carmesí.

—No entiendo cómo no memorizaste esta ruta en el camino a casa —dice Fanny—. Vaya, chica, eres lerda.

La miro de soslayo y ella me sonríe pícaramente.

El almacén de Main Street está tenuemente iluminado y bastante caldeado. Mis ojos tardan un momento en adaptarse. Luego veo patas de cerdo curadas colgadas del techo, y estantes y más estantes de artículos textiles. Fanny y yo elegimos varios paquetes de agujas de coser, algunos papeles de patrones y un rollo de estopilla. Después de pagar, Fanny coge un penique del cambio que le dan y lo desliza hacia mí por el mostrador.

—Cómprate un bastón de caramelo para el camino de vuelta.

Las jarras de bastones de caramelo duro alineadas en un estante tienen asombrosas combinaciones de colores y aromas. Después de pensar un buen rato, elijo un tirabuzón de sandía rosa y manzana verde.

Lo desenvuelvo y ofrezco partir un trozo para Fanny, pero ella rehúsa.

—Ya me cansé de lo dulce.

—No entiendo que uno pueda cansarse de esto.

—Es para ti —dice.

A la vuelta caminamos despacio. Ninguna de nosotras, creo, está ansiosa por llegar allí. El caramelo es dulce y ácido, un estallido de sabor tan intenso que casi me desvanezco. Lo chupo tanto que se afila hasta dejarlo puntiagudo. Saboreo cada gusto.

—Tendrás que deshacerte de eso antes de llegar a la casa —dice Fanny.

No hace falta que se explique.

—¿Por qué me odia Mary? —pregunto cuando estamos cerca.

—Bah. No te odia, solo está asustada.

—¿De qué?

—¿Tú qué crees?

No lo sé. ¿Por qué iba a estar Mary asustada de mí?

—Cree que vas a quitarle el trabajo —explica Fanny—. La señora Byrne es de la virgen del puño. ¿Por qué iba a pagar a Mary para hacer un trabajo si puede hacer que te lo enseñe a ti, que le sales gratis?

Trato de no delatar ninguna emoción, pero las palabras de Fanny escuecen.

—Por eso me eligieron.

Ella sonríe con amabilidad.

—Claro. Cualquier chica capaz de sostener una aguja e hilo habría bastado. El trabajo gratis es trabajo gratis. —Al subir los escalones a la casa, ella dice—: No puedes culpar a Mary por tener miedo.

A partir de entonces, en lugar de preocuparme por Mary, me concentro en el trabajo. Me concentro en hacer mis puntadas de idéntico tamaño e igual de espaciadas. Plancho con cuidado cada vestido hasta dejarlo suave y crespo. Cada pieza de ropa que pasa de mi canasta a la de Mary —o a la de otra mujer— me da una sensación de éxito.

Pero mi relación con ella no mejora. Si acaso, a medida que mi trabajo se perfecciona, ella se vuelve más dura y exigente. Coloco una falda hilvanada en mi cesta y Mary la coge, la mira con atención, arranca los pespuntes y me la arroja otra vez.

Las hojas pasan de un tinte rosa al rojo de una manzana caramelizada y luego a un marrón apagado, y yo camino por el exterior de la casa sobre una alfombra esponjosa de olor dulce. Un día la señora Byrne me mira de la cabeza a los pies y pregunta si tengo otra ropa. He estado alternando entre mis dos vestidos, uno azul y blanco a cuadros y otro de guingán.

—No —digo.

—Bueno —dice—, pues te la harás tú misma.

Esa misma tarde me lleva a la ciudad, con un pie vacilante en el acelerador y el otro, a intervalos erráticos, en el freno. Avanzando de manera entrecortada llegamos finalmente al almacén.

—Puedes elegir tres telas diferentes —dice—. Veamos, tres metros de cada.

Asiento.

—La ropa debe ser basta y barata —continúa—, es lo apropiado para una... —hace una pausa— una niña de nueve años.

Me lleva a una sección llena de rollos de tela, dirigiéndome al estante de las más baratas. Yo elijo un algodón a cuadros azul y gris, y dos estampados, uno de un verde delicado y otro rosa. La señora Byrne asiente ante mis dos primeras elecciones y pone mala cara a la tercera.

—Cielo santo, no con ese pelo rojo. —Saca un rollo de cambray azul—. Estaba pensando en un canesú modesto con un volante mínimo. Sencillo y simple. Una falda recogida. Puedes llevar ese delantal encima cuando estés trabajando. ¿Tienes más de un delantal?

Cuando niego con la cabeza, ella dice:

—Tenemos mucha tela de cutí en el taller de costura. Puedes hacerlo con eso. ¿Tienes un abrigo? ¿O un jersey?

—Las monjas me dieron un abrigo, pero es demasiado pequeño.

Después de que la tela está cortada, envuelta en papel marrón y atada con hilo, sigo a la señora Byrne por la calle hasta una tienda de ropa para mujeres. Se dirige directamente al mostrador de ofertas en la parte de atrás y encuentra un abrigo de lana color mostaza, varias tallas grande para mí, con botones negros brillantes. Cuando me lo pongo tuerce el gesto.

—Bueno, es barato —dice—. Y no tiene sentido comprar algo que te quede pequeño en un mes. Creo que está bien.

Odio el abrigo. Ni siquiera abriga mucho. Pero tengo miedo de protestar. Por suerte, hay una gran selección de jerséis de oferta y encuentro uno de punto azul marino y otro color hueso con cuello en uve de mi talla. La señora Byrne añade una voluminosa y demasiado grande falda de pana que tiene un setenta por ciento de descuento.

Esa noche, en la cena, llevo mi jersey y mi falda nuevos.

—¿Qué es eso que llevas al cuello? —pregunta la señora Byrne observando mi collar, que normalmente queda escondido en mis vestidos de cuello alto. Se inclina para verlo mejor.

—Una cruz irlandesa —digo.

—Es muy rara. ¿Qué son eso, manos? ¿Y por qué el corazón tiene una corona? —Se recuesta en su silla—. Me parece sacrílega.

Le cuento la historia de que a mi abuela le regalaron este collar por su primera comunión, y que me fue entregado antes de mi llegada a América.

—Las manos entrelazadas simbolizan amistad. El corazón es amor. Y la corona representa la lealtad —explico.

Ella hace un sonido de desdén y vuelve a plegar la servilleta en su regazo.

—Sigo pensando que es extraño. Creo que debería hacértelo quitar.

—Vamos, Lois —interviene el señor Byrne—. Es un recuerdo de casa. No hace ningún daño.

—Quizás es el momento de guardar todas esas cosas del viejo país.

—No molesta a nadie, ¿no?

Yo lo miro, sorprendida de que dé la cara por mí. Él me hace un guiño como si fuera un juego.

—Me molesta a mí —puntualiza la señora Byrne—. No hay razón para que esta niña tenga que ir anunciando al mundo que es católica.

Su marido ríe.

—Mírale el pelo. Es innegable que es irlandesa.

—Muy poco favorecedor para una niña —murmura entre dientes la señora Byrne.

Después, el señor Byrne me cuenta que a su mujer no le gustan los católicos en general, aunque se casó con uno. Ayuda el hecho de que él nunca va a la iglesia.

—Funciona bien para los dos —dice él.

Albans, Minnesota, 1929-1930

Cuando la señora Byrne aparece en el taller de costura un martes por la tarde a finales de octubre, resulta claro que algo va mal. Parece demacrada y enferma. Su pelo oscuro, normalmente bien peinado, sobresale por todas partes. Bernice se levanta de un brinco, pero la señora Byrne le hace un gesto para que se aparte.

—Chicas —dice, llevándose la mano a la garganta—. ¡Chicas! He de deciros algo. La bolsa se ha derrumbado hoy. Está en caída libre. Muchas vidas están... —Se detiene para recuperar el aliento.

—Señora, ¿quiere sentarse? —pregunta Bernice.

Ella no le hace caso.

—La gente lo pierde todo —murmura, sujetando el respaldo de la silla de Mary. Sus ojos vagan por la habitación como si buscara algo que enfocar—. Si no podemos alimentarnos, difícilmente podremos daros empleo. —Tiene lágrimas en los ojos y sale del taller, negando con la cabeza.

Oímos abrirse la puerta de la casa y el ruido de la señora Byrne al bajar los escalones.

Bernice nos dice que volvamos al trabajo, pero Joan, una de las cosedoras de las Singer, se levanta abruptamente.

—Tengo que ir a casa con mi marido. He de saber qué está pasando. ¿Qué sentido tiene seguir trabajando si no van a pagarnos?

—Vete si has de hacerlo —dice Fanny.

Joan es la única que se va, pero el resto estamos nerviosas durante la tarde. Es difícil coser cuando te tiemblan las manos.

Cuesta saber qué está pasando exactamente, pero a medida que transcurren las semanas empezamos a captar atisbos. Aparentemente, el señor Byrne invirtió mucho en el mercado de valores y el dinero se ha perdido. Los pedidos de nuevos vestidos se han reducido y la gente ha empezado a remendarse la ropa: es algo en lo que pueden recortar gastos con facilidad.

La señora Byrne está todavía más dispersa y ausente. Hemos dejado de cenar juntos. Ella se lleva la comida arriba y deja en la encimera un muslo seco de pollo o una cazuela de pechuga fría en un trozo de grasa marrón y gelatinosa. Tengo instrucciones estrictas de lavar mi plato cuando haya terminado. El Día de Acción de Gracias es como cualquier otro. Nunca lo celebré con mi familia irlandesa, así que no me molesta, pero las chicas murmuran entre dientes todo el día: no es cristiano, no es americano mantenerlas alejadas de sus familias.

Quizá porque la alternativa es tan deprimente, ha llegado a gustarme el taller de costura. Tengo ganas de que lleguen las mujeres cada día: la amable Fanny, la boba Bernice y las calladas Sally y Joan. (Todas salvo Mary, que no parece perdonarme el hecho de que siga viva.) Y me gusta el trabajo. Mis dedos se están haciendo fuertes y rápidos; una pieza que tardaba una hora o más en hacerla, ahora la hago en dos minutos. Tenía miedo de nuevas puntadas y técnicas, pero ahora me gusta cada nuevo desafío: pliegues afilados como la punta de un lápiz, lentejuelas, encaje delicado.

Las demás se dan cuenta de que estoy mejorando, y han empezado a darme más que hacer. Sin decirlo nunca directamente, Fanny ha asumido la responsabilidad de Mary de supervisar mi trabajo.

—Ten cuidado, querida —dice, pasando un dedo ligero sobre mis puntadas—. Tómate tiempo para hacerlas pequeñas e iguales. Recuerda que alguien se pondrá esto, probablemente una y otra vez hasta desgastarlo. Una dama quiere sentirse guapa, sin que importe el dinero que tiene.

Desde que llegué a Minnesota la gente me ha estado advirtiendo del frío extremo que se avecina. Estoy empezando a sentirlo. En Kinvara llueve la mayoría del año y los inviernos irlandeses son fríos y húmedos. Nueva York está cubierto de nieve derretida durante meses y es gris y deprimente. Pero ningún sitio es comparable a esto. Ya hemos tenido dos grandes tormentas de nieve. Cuando el clima se vuelve más frío, mis dedos están tan agarrotados al coser que tengo que parar y frotármelos para poder continuar. Me doy cuenta de que las otras mujeres llevan mitones, y cuando pregunto de dónde los sacan, me dicen que se los tejen ellas mismas.

Yo no sé tejer. Mi madre nunca me enseñó. Pero sé que necesito unos guantes para mis manos entumecidas y frías.

Con varios días de antelación, la señora Byrne anuncia que el día de Navidad, miércoles, será un festivo sin paga. Ella y el señor Byrne pasarán el día visitando parientes fuera de la ciudad. No me pide que la acompañe. Al final de nuestra jornada laboral en Nochebuena, Fanny me pasa un paquetito envuelto en papel marrón.

—Ábrelo después —susurra—. Diles que lo trajiste de casa.

Me lo guardo en el bolsillo y avanzo con nieve hasta la rodilla hasta la letrina, donde lo abro en la semioscuridad, con el viento pasando entre las rendijas de las paredes y la raja de la puerta. Son un par de mitones tejidos con un grueso hilo azul marino, y unas manoplas más gruesas aún, marrones. Cuando me las pongo descubro que Fanny las ha forrado con lana gruesa y ha reforzado la punta del pulgar y otros dedos con acolchado extra.

Igual que me ocurrió con Dutchy y Carmine en el tren, este pequeño grupo de mujeres se ha convertido en una especie de familia para mí. Como un potro abandonado que se acuna contra las vacas en el granero, quizá solo necesito sentir el calor de la pertenencia. Y si no voy a encontrarlo con los Byrne, lo encontraré, aunque sea de manera parcial e ilusoria, con las mujeres del taller de costura.

En enero, estoy perdiendo tanto peso que mis vestidos nuevos, los que me hice yo misma, flotan en mis caderas. El señor Byrne entra y sale a horas extrañas y apenas lo veo. Tenemos cada vez menos trabajo. Fanny me está enseñando a hacer punto, y en ocasiones las chicas se traen trabajo propio para no volverse locas con la inactividad. La calefacción se apaga en cuanto las trabajadoras se van a las cinco. Las luces se apagan a las siete. Paso las noches en mi camastro, despierta y temblando en la oscuridad, escuchando los bramidos de las aparentemente interminables tormentas que rugen en el exterior. Me pregunto por Dutchy: si estará durmiendo en un establo con animales, comiendo solo restos de cerdo. Espero que no tenga frío.

Un día de febrero, la señora Byrne entra en silencio y de manera inesperada en el taller. Al parecer ha dejado de arreglarse. Lleva el mismo vestido toda la semana y tiene el canesú sucio. Su pelo se ve lacio y grasiento y tiene una llaga en el labio.

Le pide a Sally, una de las encargadas de una Singer, que

salga al pasillo. Al cabo de unos minutos Sally vuelve con los ojos enrojecidos. Recoge sus cosas en silencio.

Unas semanas después, la señora Byrne viene por Bernice. Salen al pasillo, y luego Bernice vuelve y recoge sus cosas.

Después de eso solo quedamos Fanny, Mary y yo.

Una tarde ventosa de finales de marzo, la señora Byrne entra en el taller y pregunta por Mary. Siento pena por Mary entonces, a pesar de su maldad, a pesar de todo. Ella recoge lentamente sus pertenencias, se pone el sombrero y el abrigo. Nos mira a Fanny y a mí. Asiente con la cabeza y le devolvemos el gesto.

—Que Dios te bendiga, niña —dice Fanny.

Cuando Mary y la señora Byrne abandonan el taller, Fanny y yo observamos la puerta, tensándonos para oír el murmullo en el pasillo.

—Señor —dice Fanny—, soy demasiado vieja para esto.

Al cabo de una semana, suena el timbre. Fanny y yo nos miramos una a la otra. Esto es extraño. El timbre nunca suena.

Oímos a la señora Byrne trasteando en el piso de abajo, descorriendo los pesados cerrojos, abriendo la puerta, que chirría. La oímos hablando con un hombre en el pasillo.

La puerta del taller se abre y doy un respingo. Entra un hombre corpulento con sombrero de fieltro negro y traje gris. Tiene bigote negro y carrillos como un basset.

—¿Esta es la niña? —pregunta, señalándome con un dedo como una salchicha.

La señora Byrne asiente.

El hombre se quita el sombrero y lo deja en una mesita junto a la puerta. Entonces saca unas gafas del bolsillo de su abrigo y se las pone; le cuelgan un poco bajas en su nariz bulbosa. Saca un papel doblado de otro bolsillo y lo abre con una mano.

—Veamos. Niamh Power. —Lo pronuncia Nem. Mirando

por encima de sus gafas a la señora Byrne, dice—: ¿Le cambió el nombre por Dorothy?

—Pensamos que debería tener un nombre americano. —La señora Byrne hace un sonido estrangulado que interpreto como risa—. No legalmente, por supuesto —añade.

—Pero no le cambió el apellido.

—Por supuesto que no.

—¿No estaban considerando la adopción?

—Por el amor de Dios, no.

Me mira por encima de las gafas y luego otra vez al papel. El reloj resuena sobre la repisa de la chimenea. El hombre dobla el papel y vuelve a guardárselo en el bolsillo.

—Dorothy, soy el señor Sorenson. Soy agente local de la Sociedad de Socorro a la Infancia y superviso la situación de los huérfanos sin hogar del tren. Con frecuencia las situaciones funcionan como deberían, y todos están satisfechos. Pero de vez en cuando, por desgracia... —se quita las gafas y se las guarda en el bolsillo del pecho— las cosas no funcionan. —Mira a la señora Byrne.

Me fijo en que ella tiene una carrera en las medias beis y el maquillaje del ojo corrido.

—Y entonces hemos de buscar nuevos hogares. —Se aclara la garganta—. ¿Entiendes lo que estoy diciendo?

Asiento con la cabeza, aunque no estoy segura de entenderlo.

—Bien. Hay una pareja en Hemingford, bueno, en una granja fuera del pueblo, que ha solicitado una niña de tu edad. Una madre, un padre y cuatro hijos. Wilma y Gerald Grote.

Me vuelvo hacia la señora Byrne. Ella está mirando a algún lugar indefinido. Aunque nunca ha sido particularmente amable conmigo, su disposición a abandonarme me deja anonadada.

—¿Ya no me quiere más?

El señor Sorenson mira adelante y atrás entre nosotros.

—Es una situación complicada.

Mientras estamos hablando, la señora Byrne se aleja hacia la ventana. Descorre la cortina de encaje y mira a la calle, al cielo lechoso.

—Estoy seguro de que has oído que son tiempos difíciles —continúa Sorenson—. No solo para los Byrne, sino para mucha gente. Y, bueno, su negocio está afectado.

Con un movimiento repentino, la señora Byrne suelta la cortina y da media vuelta.

—¡Come demasiado! —espeta—. Tengo que poner un candado en la nevera. Nunca tiene suficiente. —Se tapa los ojos con las manos y se marcha presurosa. Sale al pasillo y sube la escalera. Luego se oye un portazo.

Nos quedamos un momento en silencio.

—Esa mujer no tiene vergüenza —interviene entonces Fanny—. La niña está en la piel y los huesos. Nunca la han enviado a la escuela.

El señor Sorenson se aclara la garganta.

—Bueno —dice—, quizás esto será lo mejor para todos los implicados. —Se fija en mí otra vez—. Los Grote son buena gente de campo, por lo que he oído.

—Cuatro hijos —digo—. ¿Por qué quieren otro?

—Según he entendido, y podría equivocarme (no he tenido el placer de conocerlos todavía y es todo de oídas, ¿entiendes?), la señora Grote está embarazada otra vez y está buscando ayuda para criar el bebé.

Sopeso eso. Pienso en Carmine, en Maisie. En los gemelos, sentados en torno a nuestra mesa desvencijada en Elizabeth Street, esperando pacientemente su puré de manzana. Imagino una casa de campo blanca con postigos negros, un granero rojo en la parte de atrás, una valla de postes, pollos en un gallinero. Cualquier cosa tiene que ser mejor que una nevera con candado y un camastro en el pasillo.

—¿Cuándo me quieren?

—Voy a llevarte allí ahora.

El señor Sorenson dice que me dará unos minutos para recoger mis cosas y sale hacia su coche. En el pasillo, saco la maleta marrón de la parte de atrás del armario. Fanny está en la puerta del taller de costura y me observa. Pliego los tres vestidos que he hecho —uno de los cuales, el de cambray azul, no lo he terminado—, además de mi otro vestido del Socorro a la Infancia. Añado los dos nuevos jerséis y la falda de pana, y las manoplas y los mitones que me regaló Fanny. Estoy pensando en dejar el feo abrigo color mostaza, pero Fanny dice que lo lamentaré, que en esas granjas hace todavía más frío que aquí en la ciudad.

Cuando he terminado, volvemos al taller, y Fanny encuentra unas tijeras pequeñas, dos carretes de hilo, negro y blanco, un alfiletero con alfileres y agujas empaquetadas en celofán. Añade un cartón de botones opalescentes para mis vestidos inacabados. Luego lo envuelve todo en estopilla para que lo meta en la maleta.

—¿No te meterás en líos por darme esto? —le pregunto.

—Bah —dice—. No me importa.

No me despido de los Byrne. Quién sabe dónde está él, y ella se queda arriba. Pero Fanny me da un largo abrazo. Sostiene mi cara con sus manos frías.

—Eres una buena niña, Niamh —dice—. No dejes que nadie te convenza de lo contrario.

El vehículo del señor Sorenson, aparcado en el sendero detrás del FordA, es una camioneta Chrysler verde oscuro. Abre la puerta del pasajero para mí y la rodea para entrar por el otro lado. El interior huele a tabaco y manzanas. Sale marcha atrás por el sendero y dirige el vehículo a la izquierda, alejándose de la ciudad en una dirección para mí desconocida. Seguimos hasta el final de Elm Street, luego doblamos a la derecha por otra calle silenciosa, donde las casas están apartadas de las aceras, hasta un cruce donde enfilamos un camino largo y llano con campos a ambos lados.

Contemplo los campos: un mosaico de colores apagados. Vacas marrones, apiñadas entre sí, levantan las cabezas para observar el paso de la ruidosa camioneta. Los caballos pastan. Herramientas de granja en la distancia parecen juguetes abandonados. La línea del horizonte, plana y baja, está justo delante y el cielo ha adquirido el tono del agua de lavar los platos. Pájaros negros perforan el cielo como estrellas inversas.

Casi siento pena por el señor Sorenson. Me doy cuenta de que esto le pesa. Probablemente, no era lo que pensaba cuando firmó como agente de la Sociedad de Socorro a la Infancia. No deja de preguntarme si estoy cómoda, si la calefacción está demasiado alta o demasiado baja. Cuando descubre que no sé casi nada de Minnesota me habla de ello, de cómo se convirtió en un estado hace poco más de setenta años y ahora es el duodécimo más grande de Estados Unidos. Me explica que su nombre proviene de una palabra de los indios dakota que significa «agua turbia». Que tiene miles de lagos llenos de peces de todas clases: percas, siluros, lubinas negras y lucios.

—El río Misisipí nace en Minnesota, ¿sabías eso? Y estos campos —señala con los dedos hacia la ventanilla— alimentan a todo el país. Veamos, hay grano, la mayor exportación: una trilladora va de granja en granja y los vecinos de reúnen para hacer las gavillas. Hay remolacha y maíz dulce y guisantes. ¿Y esos edificios de allí? Granjas de pavos. Minnesota es el mayor productor de pavos del país. No habría Día de Acción de Gracias sin Minnesota, eso seguro. Y aún no he empezado a hablar de la caza. Tenemos faisanes, codornices, urogallos, venados de cola blanca, lo que quieras. Es un paraíso para los cazadores.

Lo escucho y asiento con educación mientras habla, pero me cuesta concentrarme. Siento que retrocedo a algún lugar interior. Me ha tocado una infancia lamentable, saber que nadie te quiere ni se preocupa por ti, estar siempre fuera de lugar. Siento que tengo diez años más de los que tengo. Conozco demasiado; he visto lo peor de la gente, la gente más desesperada y egoísta, y este conocimiento me hace cauta. Así que estoy aprendiendo a simular, sonreír y asentir, a mostrar una empatía que no siento. Estoy aprendiendo a fingir, a parecer como todos los demás, aunque me siento rota por dentro.

Condado de Hemingford, Minnesota, 1930

Al cabo de una media hora, el señor Sorenson dobla por un camino estrecho y sin pavimentar. Se levanta polvo a nuestro paso, formando una capa sobre el parabrisas y las ventanillas. Pasamos más campos y luego un bosquecillo de abedules esqueléticos, cruzamos un puente cubierto en estado decrépito que atraviesa un arroyo fangoso todavía cubierto de hielo, doblamos por un camino de tierra lleno de baches y bordeado de pinos. El señor Sorenson sostiene una tarjeta que al parecer tiene indicaciones. Aminora, se detiene, mira atrás hacia el puente. Luego otea por el sucio parabrisas hacia los árboles que hay delante.

—Ni una maldita señal —murmura.

Pisa el pedal y avanza un poco.

Por la ventanilla señalo un descolorido trapo rojo atado a un palo que parece indicar un sendero de entrada invadido de malas hierbas.

—Tiene que ser ahí —dice.

Las ramas rayan la camioneta por ambos lados cuando avanzamos por el sendero. Al cabo de poco llegamos a una casita de madera sin pintar —una cabaña, en realidad—, con un porche delantero combado.Todo está lleno de basura. En la parte pelada de delante, un bebé está encima de un perro de pelaje negro apelmazado, y un chico de unos seis años está clavando un palo en el suelo. Lleva el pelo tan corto y está tan delgado que parece un viejo arrugado. A pesar del frío, él y el bebé van descalzos.

El señor Sorenson aparca lo más lejos posible de los niños en el pequeño calvero y baja de la camioneta. Yo salgo por mi lado.

—Hola, chico —dice.

El niño lo mira con la boca abierta, sin responder.

—¿Tu mamá está en casa?

—¿Quién quiere saberlo? —pregunta el niño.

El señor Sorenson sonríe.

—¿Tu mamá te ha dicho que vas a tener una hermana nueva?

—No.

—Bueno, debería estar esperándonos. Ve a decirle que estamos aquí.

El niño clava el palo en el suelo.

—Está durmiendo. No voy a molestarla.

—Sube y despiértala. A lo mejor ha olvidado que veníamos.

El niño dibuja un círculo en el suelo.

—Dile que es el señor Sorenson de la Sociedad de Socorro a la Infancia.

El niño niega con la cabeza.

—No quiero me dé unos azotes.

—No te dará azotes, niño. Estará contenta de saber que estoy aquí.

Cuando está claro que el niño no va a moverse, Sorenson se frota las manos e, indicándome que lo siga, sube con cautela los peldaños crujientes del porche. Está preocupado por lo que podríamos encontrar dentro. Yo también.

Llama con firmeza a la puerta, que se abre por la fuerza de su puño. Hay un agujero donde tendría que estar el pomo. Entra en la penumbra, haciéndome un gesto para que lo acompañe.

La sala está casi vacía. Huele como una cueva. El suelo es de tablones toscos y en algunos puntos se ve con claridad a través del suelo. De las tres ventanas sucias, una tiene un agujero recortado en la esquina superior derecha y otra está resquebrajada como una telaraña. Hay una caja de madera entre dos sillas tapizadas, manchadas de tierra, con el relleno salido por costuras rotas y un sofá dorado raído. En el fondo a la izquierda hay un pasillo oscuro. Justo delante, a través de una puerta abierta, veo la cocina.

—¿Señora Grote? ¿Hola? —Sorenson inclina la cabeza, pero no hay respuesta—. No iré a buscarla al dormitorio, eso seguro —murmura—. ¿Señora Grote? —llama en voz más alta.

Oímos pisadas tenues y una niña de unos tres años, con un vestido rosa sucio, aparece por el pasillo.

—Bueno, hola, niña —dice Sorenson, agachándose sobre los talones—. ¿Tu mamá está allí?

—Estamos durmiendo.

—Eso nos ha dicho tu hermano. ¿Sigue dormida?

Una voz severa sale del pasillo, sobresaltándonos a los dos:

—¿Qué quiere?

El señor Sorenson se levanta lentamente. Una mujer pálida de cabello largo castaño sale de la oscuridad. Tiene los ojos hinchados y los labios cuarteados, y su camisón es tan fino que trasluce los círculos oscuros de sus pezones.

La niña se le acerca sigilosamente como un gato y echa un brazo en torno a sus piernas.

—Soy Chester Sorenson, de la Sociedad de Socorro a la Infancia. Usted debe de ser la señora Grote. Lamento molestarla, señora, pero me habían dicho que sabía que veníamos. Pidió una niña, ¿no?

La mujer se frota los ojos.

—¿Qué día es?

—Viernes, cuatro de abril, señora.

Ella tose. Luego se dobla sobre sí misma y tose otra vez, más fuerte, en su puño.

—¿Querría sentarse? —El señor Sorenson se acerca y la guía del codo hasta una silla—. Bueno, ¿el señor Grote está en casa?

La mujer niega con la cabeza.

—¿Espera que venga pronto?

La mujer se encoge de hombros.

—¿A qué hora termina de trabajar? —insiste Sorenson.

—Ya no trabaja. Perdió su empleo en la tienda de alimentación la semana pasada. —Mira alrededor como si estuviera perdida en algo. Entonces dice—: Ven aquí, Mabel. —La niña pequeña se acerca, sin dejar de mirarnos—. Ve a ver si Gerald Junior está bien. ¿Y dónde está Harold?

—¿Es el niño que está fuera? —pregunta el señor Sorenson.

—¿Está vigilando al bebé? Eso le dije.

—Están los dos fuera —dice, y aunque su voz es neutral, me doy cuenta de que no lo aprueba.

La mujer se muerde el labio. Todavía no me ha dicho ni una palabra. Apenas ha mirado en mi dirección.

—Estoy muy cansada —dice a nadie en particular.

—Bueno, estoy seguro de que lo está, señora. —Está claro que Sorenson está deseando marcharse de aquí—. Estoy adivinando por qué pidió una niña huérfana. Dorothy. Sus papeles dicen que tiene experiencia con niños. Así que debería ser una ayuda para usted.

Ella asiente distraídamente.

—Me voy a dormir cuando ellos duermen —murmura—. Es el único momento que puedo descansar.

—Estoy seguro de que es así.

La señora Grote se cubre la cara con ambas manos. Entonces se recoge el pelo grasiento detrás de las orejas. Estira la barbilla hacia mí.

—Esta es la niña ¿eh?

—Sí, señora. Se llama Dorothy. Está aquí para formar parte de su familia y ser cuidada por usted y recibir ayuda a cambio.

Ella se concentra en mi cara, pero tiene los ojos inexpresivos.

—¿Qué edad tiene?

—Nueve años.

—Ya tengo bastantes niños. Lo que necesito es alguien que pueda ayudarme.

—Todo forma parte del trato —dice el señor Sorenson—. Usted alimenta y viste a Dorothy y se asegura de que vaya a la escuela, y ella se ganará la manutención haciendo tareas en la casa. —Saca las gafas y una hoja de sus varios bolsillos, se las pone e inclina la cabeza otra vez para leer el papel—. Veo que hay una escuela a seis kilómetros. Y hay un vehículo que puede recogerla en la carretera postal a un kilómetro de aquí. —Se quita las gafas—. Es obligatorio que Dorothy asista a la escuela, señora Grote. ¿Está de acuerdo en proporcionar eso?

Ella cruza los brazos y por un momento parece que va a rechazarlo. Quizá no tendré que quedarme aquí, al fin y al cabo.

De pronto, la puerta de la casa se abre ruidosamente. Nos volvemos para ver a un hombre alto, delgado y de pelo negro, vestido con una camisa remangada y un peto mugriento.

—La niña irá a la escuela tanto si quiere como si no —dice—. Me aseguraré de ello.

El señor Sorenson se acerca y tiende la mano.

—Usted debe de ser el señor Grote. Soy Chester Sorenson. Y ella es Dorothy.

—Me alegro de conocerle. —El señor Grote estrecha la mano de Sorenson y me señala con el mentón—. Le irá bien.

—Muy bien, pues —dice Sorenson, claramente aliviado—. Hagámoslo oficial.

Hay burocracia, pero no mucha. Solo pasan unos minutos antes de que el señor Sorenson haya sacado mi maleta de la camioneta y se esté alejando. Lo observo por la ventana delantera rota con el bebé, Nettie, gimoteando en mi cadera.

Condado de Hemingford,
Minnesota, 1930

—¿Dónde dormiré? —pregunto al señor Grote cuando oscurece.

Me mira, con las manos en las caderas, como si no se lo hubiera planteado. Hace un gesto hacia el pasillo.

—Hay una habitación allí —dice—. Si no quieres dormir con los demás, supongo que puedes dormir aquí en el sofá. No estamos para ceremonias. Yo también duermo ahí a veces.

En el dormitorio hay tres viejos colchones sin sábanas dispuestos en el suelo. Mabel, Gerald Jr. y Harold están tendidos en ellos, tironeando de una manta hecha jirones y tres viejas colchas. No quiero dormir aquí, pero es mejor que compartir el sofá con el señor Grote. En mitad de la noche un niño u otro termina bajo el hueco de mi brazo o metido contra mi espalda. Huelen a tierra y a rancio, como animales silvestres.

La desesperación habita esta casa. La señora Grote no quiere todos estos niños, y ni ella ni su marido se ocupan de ellos. Ella duerme todo el tiempo, y los niños vienen y van a su cama. Hay papel marrón pegado sobre las ventanas en esa habitación, de manera que está tan oscura como un agujero en el suelo. Los niños se acomodan al lado de su madre, buscando calor. En ocasiones los deja acercarse y otras veces los echa de un empujón. Cuando se les niega un lugar, los berreos de los niños perforan mis oídos como agujas.

No hay agua corriente, ni electricidad ni cañerías. Los Grote usan luces de gas y velas, hay una bomba de agua y un excusado en el patio, y leña apilada en el porche. Los troncos húmedos de la chimenea hacen que la casa esté llena de humo y reciba un calor tibio.

La señora Grote apenas me mira. Envía un niño fuera para que lo alimente o me llama para que prepare una taza de café. Me pone nerviosa. Hago lo que me dice y me esfuerzo por evitarla. Los niños husmean alrededor, tratando de acostumbrarse a mí, todos salvo Gerald Jr., de dos años, que se pega a mí enseguida y me sigue como un cachorro.

Pregunto al señor Grote cómo me encontraron. Dice que vio un anuncio en la ciudad que decía que se distribuían niños sin hogar. Wilma no se levanta de la cama y él no sabía qué otra cosa hacer.

Me siento abandonada y olvidada, arrojada en una miseria peor que la mía.

El señor Grote dice que nunca tendrá otro empleo si puede evitarlo. Piensa vivir de la tierra. Nació y se educó en el bosque; es la única vida que conoce o que le importa. Construyó esta casa con sus propias manos, dice, y su objetivo es ser autosuficiente. Tiene una cabra vieja en el patio, una mula y media docena de pollos; puede alimentar a su familia con lo que caza y encuentra en el bosque y con algunas semillas y la leche de cabra y los huevos de los pollos, y puede vender cosas en la ciudad si es preciso.

El señor Grote es delgado y está sano de caminar kilómetros cada día. «Como un indio», dice. Tiene un coche, pero está oxidado y roto detrás de la casa. No tiene dinero para arreglarlo, de modo que va a todas partes a pie o a veces en la mula vieja que dice que escapó de un camión de ganado que se estropeó en la carretera hace unos meses. Tiene las uñas llenas de mugre formada por grasa, tierra de plantar, sangre animal y a saber qué más, todo tan incrustado que no se le va. Siempre lo he visto con el mismo peto.

El señor Grote no cree en que el gobierno le explique lo que tiene que hacer. A decir verdad, no cree en el gobierno en absoluto. No ha ido a la escuela ni un solo día en toda su vida y no ve para qué sirve. Pero me enviará a la escuela si eso es lo que necesita para mantenerse a salvo de las autoridades.

El lunes, tres días después de mi llegada, el señor Grote me agita el hombro en la oscuridad para que me prepare para ir a la escuela. La sala está tan fría que veo el vaho de mi respiración. Me pongo uno de mis vestidos nuevos con los dos jerséis arriba. Llevo las manoplas de Fanny, las medias gruesas que me ponía en Nueva York y mis zapatos negros resistentes.

Salgo al pozo y lleno una jarra de agua fría, luego la entro para calentarla en el horno. Después de echar agua caliente en un cazo de latón, cojo un trapo y me froto la cara, el cuello, las uñas. Hay un espejo viejo en la cocina, con manchas de óxido y puntos negros, tan destrozado que es casi imposible verme en él. Divido mi pelo sin lavar en dos trenzas, usando los dedos como peine, y luego hago una trenza firme atando los extremos con hilo del paquete que me preparó Fanny. Entonces estudio mi reflejo con atención. Estoy lo más limpia que puedo estar sin darme un baño. Tengo el semblante pálido y serio.

Apenas desayuno, solo un poco de budín de arroz con leche de cabra y jarabe de arce que el señor Grote preparó el día anterior. Estoy tan aliviada de salir de esta cabaña oscura y fétida durante el día que hago girar a Harold, bromeo con Gerald Jr., y comparto mi budín con Mabel, que acaba de empezar a mirarme a la cara. El señor Grote dibuja un plano en el suelo con un cuchillo: vas hasta el camino, giras a la izquierda, caminas hasta el cruce en T, luego pasas ese puente más allá y continúas hasta la carretera del condado. Media hora, más o menos.

No me ofrece una fiambrera, y yo no se la pido. Me guardo en el bolsillo los dos huevos que herví la noche anterior mientras preparaba la cena. Tengo un papel del señor Sorenson que pone que un hombre llamado señor Post, que lleva a los niños a la escuela en su camión, estará en la esquina a las 8.30 y me devolverá a las 16.30. Son las 7.40, pero estoy lista para irme. Mejor esperar en la esquina que arriesgarme a perder el camión.

Bajo por el sendero, me apresuro por la carretera, me entretengo un momento en el puente contemplando el reflejo del cielo como mercurio en el agua oscura, la espuma blanca cerca de las rocas. El hielo brilla en las ramas y varias telarañas congeladas brillan sobre la hierba seca. Los árboles de hoja perenne están cubiertos de la fina nevada que cayó anoche, como un bosque de abetos de Navidad. Por primera vez, me asombra la belleza de este lugar.

Oigo el camión antes de verlo. A unos veinte metros de mí, reduce hasta frenar con un gran chirrido y tengo que correr por la carretera para subir. Un hombre con cara de manzana y gorra de color habano me mira.

—Vamos, cielo. No tengo todo el día.

El camión tiene una lona sobre la plataforma. Subo en la parte de atrás, donde hay dos planchas planas para que se sienten los pasajeros. Hay mantas de caballo en el rincón y los cuatro chicos allí sentados se las han echado sobre los hombros y están acurrucados envolviéndose también las piernas con ellas. La cubierta de lona da a todos un tinte amarillento. Dos chicos parecen de aproximadamente mi edad. Al avanzar dando botes por los baches, me agarro al banco de madera con mis manoplas para no caerme al suelo. El conductor se detiene dos veces más para recoger pasajeros. La plataforma tiene capacidad para que seis personas vayan sentadas cómodamente, y somos ocho los que nos apretamos en el banco, pero nuestros cuerpos desprenden un calor muy necesario. Nadie habla. Con el camión en marcha, el viento se filtra por los huecos en la lona.

Después de varios kilómetros, giramos con un chirrido de frenos y subimos por una senda empinada antes de frenar ruidosamente. Bajamos de la plataforma y formamos una fila para entrar en la escuela, un pequeño edificio de madera con una campana delante. Una mujer joven con vestido azul aciano y bufanda color lavanda nos espera en la puerta. Su cara es bonita y animada: grandes ojos castaños y una sonrisa amplia. Su cabello castaño brillante está recogido con una cinta blanca.

—Bienvenidos, chicos. Entrad por orden, como siempre. —Su voz es alta y clara—. Buenos días, Michael... Bertha... Darlene —dice, saludando a cada niño por su nombre. Cuando llego a ella dice—: Vaya, a ti no te conozco todavía, pero he oído que venías. Soy la señorita Larsen. Y tú debes de ser...

Digo «Niamh» al mismo tiempo que ella dice «Dorothy».

—¿Me han dicho mal el nombre? —dice al reparar en mi expresión—. ¿O tienes un apodo?

—No, señora. Es solo... —Siento que me ruborizo.

—¿Qué pasa?

—Me llamaba Niamh. A veces olvido cuál es mi nombre. Nadie me llama de ninguna manera en mi nueva casa.

—Bueno, puedo llamarte Niamh si lo prefieres.

—No importa. Dorothy está bien.

Ella sonríe, estudiando mi rostro.

—Como quieras. Lucy Green —dice, volviéndose hacia la chica que está detrás de mí—, ¿te importaría enseñar a Dorothy su pupitre?

Sigo a Lucy a una zona llena de ganchos, donde colgamos los abrigos. Luego entramos en un aula grande y soleada que huele a tiza y leña quemada. Hay una estufa de aceite, un escritorio para la profesora, filas de bancos y espacios de trabajo y pizarras a lo largo de dos paredes, con carteles del alfabeto y las tablas de multiplicar. Las otras paredes están formadas por grandes ventanas. Luces eléctricas brillan en el techo y hay estantes bajos llenos de libros.

Cuando todos están sentados, la señorita Larsen tira de un aro al extremo de una cuerda y un mapamundi en color se despliega sobre la pared. A petición suya me acerco al mapa e identifico Irlanda. Mirándolo de cerca, puedo encontrar el condado de Galway e incluso el centro de la ciudad. El pueblo de Kinvara no aparece, pero yo froto con el dedo el lugar donde se encontraría, justo debajo de Galway, en la línea escarpada de la costa occidental. Ahí está Nueva York, y ahí Chicago. Y aquí Minneapolis. El condado de Hemingford tampoco sale en el mapa.

Conmigo, somos veintitrés alumnos de edades comprendidas entre los seis y los dieciséis años. La mayoría de los chicos son de granjas y otros hogares rurales y están aprendiendo a leer y escribir a todas las edades. Olemos a sucio, y es peor con los mayores que ya han llegado a la pubertad. «Hay un montón de trapos, unas cuantas barras de jabón y una caja de bicarbonato en el lavabo interior», me explica la señorita Larsen, por si quiero refrescarme.

Cuando me lo comenta, se inclina y me mira a los ojos. Al

hacerme preguntas, espera mi respuesta. Huele a limones y vainilla. Y me trata como si yo fuera lista. Después de una prueba para determinar mi nivel de lectura, me da un libro del estante que hay junto a su escritorio, un volumen en tapa dura con pequeñas letras negras titulado *Ana, la de Tejas Verdes*, sin ilustraciones, y me dice que me preguntará qué me ha parecido cuando termine de leerlo.

Uno pensaría que con todos esos niños la situación sería caótica, pero la señorita Larsen rara vez levanta la voz. El conductor del camión, el señor Post, corta leña, cuida la estufa, barre las hojas de la entrada y hace reparaciones mecánicas en el vehículo. También enseña matemáticas hasta geometría, que dice que nunca aprendió porque ese año hubo plaga de langostas y lo necesitaron en la granja.

En el recreo, Lucy me invita a jugar con un grupo de niñas a Annie Annie Over, Picapared, El corro de la patata.

Cuando bajo del camión a las cuatro y media y he de caminar otra vez hacia la cabaña, mis pasos son lentos.

El alimento con que subsiste esta familia no se parece a nada que haya comido antes. El señor Grote se va al amanecer con su rifle y caña de pescar y trae a casa ardillas y pavos salvajes, peces bigotudos, y de vez en cuando un venado de cola blanca. Regresa al caer la noche manchado de resina de pino. Sobre todo vuelve con ardillas rojas, pero no son tan buenas como las zorro y las grises, que llama «colas lanudas». Las ardillas zorro son tan grandes que algunas parecen gatos de color naranja. Hacen ruidos semejantes a chirridos, y él las engaña para que se dejen ver haciendo sonar dos monedas, porque el sonido se parece al que hacen ellas al comunicarse. Las ardillas grises tienen más carne, me cuenta, pero son más difíciles de ver en el bosque. Hacen un brusco ruido de chic-

chic cuando están enfadadas o asustadas. Así es como las encuentra.

El señor Grote desuella y eviscera los animales con movimientos fluidos, luego me pasa pequeños corazones e hígados, tajadas de carne roja oscura. Lo único que yo sé preparar es col hervida y cordero, le digo, pero él dice que no es tan diferente. Me enseña a hacer un estofado de carne a dados, con cebolla y verdura y aderezado con mostaza, jengibre y vinagre. Cocinas la carne en grasa animal a fuego fuerte para desmenuzarla, luego añades patatas, verduras y el resto.

—Es solo un batiburrillo —dice—. Con lo que haya.

Al principio estoy horrorizada por las fantasmales ardillas desolladas, tan rojas y musculosas como cuerpos humanos sin piel en el libro de anatomía de la señorita Larsen, pero el hambre cura mis reparos. El estofado de ardilla enseguida sabe normal.

En la parte de atrás hay un pequeño huerto que incluso ahora, a mediados de abril, tiene raíces vegetales esperando a ser arrancadas, patatas añubladas y ñames, zanahorias y nabos de piel dura. El señor Grote me lleva allí con un pico y me enseña a arrancarlos del suelo y luego lavarlos en el pozo. Pero el suelo sigue parcialmente congelado, y es difícil arrancar las verduras. Pasamos unas cuatro horas en el frío cavando esas verduras duras, plantadas el verano anterior, hasta que tenemos una pila retorcida y fea. Los niños entran y salen de la casa, se sientan y nos observan desde la ventana de la cocina. Me alegro de tener mitones.

El señor Grote me enseña cómo cultiva arroz silvestre junto al arroyo y recoge las semillas. El arroz es nudoso y marrón. Planta las semillas después de la cosecha a finales del verano. Es una planta anual, explica, lo que significa que muere en el otoño. Las semillas que caen en otoño arraigan en primavera bajo el agua y luego dan fruto sobre la superficie. Los tallos parecen hierba alta que ondea en el agua.

En el verano, dice, cultiva hierbas en una parcela detrás de la casa (menta, romero y tomillo) y las cuelga a secar en el cobertizo. Incluso ahora hay una maceta de lavanda en la cocina. Es una imagen extraña en esa sala escuálida, como una rosa en un depósito de chatarra.

En la escuela, a finales de abril, la señorita Larsen me envía al porche a recoger algo de leña, y, cuando vuelvo, toda la clase, dirigida por Lucy Green, está de pie cantándome cumpleaños feliz.

Las lágrimas me escuecen en los ojos.

—¿Cómo lo sabíais?

—La fecha está en tus papeles. —La señorita Larsen sonríe y me pasa una porción de tarta de pasas—. Mi casera la preparó.

La miro, sin comprender del todo.

—¿Para mí?

—Mencioné que tenía una alumna nueva y que se acercaba su cumpleaños. Le gusta cocinar.

La tarta, densa y húmeda, sabe como Irlanda. Un bocado y estoy de vuelta en casa de la abuela, delante de su cocina económica.

—De nueve a diez es un gran salto —dice el señor Post—. De un dígito a dos. Tendrás dos dígitos durante los próximos noventa años.

Desenvolviendo el resto de la tarta de pasas con los Grote esa tarde, les hablo de mi fiesta. El señor Grote resopla.

—Qué ridículo, celebrar un cumpleaños. Yo ni siquiera sé qué día nací, y estoy seguro de que no me acuerdo del cumpleaños de ninguno de ellos —dice, moviendo la mano hacia sus hijos—, pero comamos la tarta.

Spruce Harbor, Maine, 2011

Examinando con atención el expediente de Molly, Lori, la asistente social, se sienta en un taburete.

—Así que por edad vas a salir de la acogida en... veamos... cumpliste diecisiete en enero, así que dentro de nueve meses. ¿Has pensado en lo que harás entonces?

Molly se encoge de hombros.

—La verdad es que no.

Lori garabatea algo en su carpeta. Con sus ojos de botón verde brillante y su narizota aguileña hundidos en los papeles, Lori le recuerda a un hurón. Están en el instituto, sentadas a una mesa de laboratorio en un aula de química vacía durante la hora de comer, como hacen uno de cada dos miércoles.

—¿Algún problema con los Thibodeau?

Molly niega con la cabeza. Dina apenas habla con ella; Ralph es bastante agradable, como siempre.

Lori se toca la nariz con el dedo índice.

—Ya no lo llevas.

—Jack pensaba que podría asustar a la señora.

Se quitó el aro de la nariz por Jack, pero la verdad es que no tiene prisa por volvérselo a poner. Hay cosas del aro que le gustan, en especial la forma en que la señala como rebelde. Los múltiples pendientes no tienen el mismo atractivo *punk*; cada divorciada de cuarenta y tantos de la isla lleva media docena de pendientes en las orejas. Pero el aro de la nariz requiere mucho mantenimiento; siempre hay peligro de infección y tiene que tener cuidado cuando se lava la cara o se maquilla. Es casi un alivio tener una cara exenta de metal.

Pasando lentamente el expediente, Lori dice:

—Has cumplido veintiocho horas hasta el momento. Muy bien. ¿Cómo te va?

—No está mal. Mejor de lo que pensaba.

—¿Qué quieres decir?

A Molly la ha sorprendido descubrir que esa tarea le gusta. Noventa y un años es una larga vida: hay mucha historia en esas cajas, y nunca sabes qué podrías encontrar. El otro día, por ejemplo, abrieron una caja de adornos de Navidad de los años treinta que Vivian había olvidado que conservaba. Estrellas y copos de nieve de cartulina cubiertos de purpurina dorada y plateada; bolas de cristal de adorno, rojas, verdes y doradas. Vivian le explicó cómo decoraban la tienda familiar en vacaciones, poniendo los adornos en un pino de verdad junto a la ventana.

—Me cae bien. Es simpática.

—¿Te refieres a la «señora»?

—Sí.

—Bueno, muy bien. —Lori le ofrece una sonrisa forzada. Una sonrisa de hurón—. ¿Qué te quedan, veintidós horas? Trata de sacar el máximo provecho de la experiencia. Y espero que no tenga que recordarte que estás en período de prueba. Si te pillan bebiendo o consumiendo drogas o infringiendo la ley del modo que sea, vuelves a la casilla número uno. ¿Queda claro?

Molly está tentada de decir: «Joder, ¿te refieres a que debería cerrar el laboratorio de metanfetamina?¿Y borrar esas fotos desnuda que colgué en Facebook?» Pero se limita a sonreír a Lori y decir:

—Estoy limpia.

Lori saca la carpeta de su expediente académico.

—Mira esto —dice—. Tu puntuación para acceso a la universidad está en seiscientos. Y tienes un promedio de tres coma ocho este semestre. Eso está muy bien.

—Es una escuela fácil.

—No, no lo es.

—No es para tanto.

—Pues sí es para tanto. Son notas para acceder a la facultad. ¿Has pensado en eso?

—No.

—¿Por qué no?

El año pasado, cuando la trasladaron desde Bangor High, estuvo a punto de suspender. En Bangor no tenía incentivos para hacer los deberes: sus padres de acogida siempre estaban de fiesta y ella se encontraba con una casa llena de borrachos al volver de la escuela. En Spruce Harbor no hay tantas distracciones. Dina y Ralph no beben ni fuman, y son estrictos. Jack se toma una cerveza de vez en cuando, pero nada más. Y Molly ha descubierto que realmente le gusta estudiar.

Nadie le ha hablado nunca de la facultad, salvo su asesora escolar, que sin mucho entusiasmo le recomendó la escuela de enfermería cuando sacó la máxima nota en el último semestre de Biología. Sus notas han ido mejorando sin que nadie se fijara en ello.

—La verdad es que no creo que tenga madera de universitaria —dice Molly.

—Bueno, aparentemente la tienes. Y como oficialmente serás independiente en cuanto cumplas los dieciocho, no estaría mal que empezaras a indagar. Hay algunas becas decentes para jóvenes salidos del sistema de acogida. —Cierra la carpeta—. O puedes buscar un trabajo de cajera de supermercado. Depende de ti.

—Bueno, ¿cómo va el servicio comunitario? —pregunta Ralph en la cena, sirviéndose un vaso grande de leche.

—Bien —dice Molly—. La mujer es muy vieja. Tiene muchas cosas.

—¿Merece cincuenta horas? —pregunta Dina.

—No lo sé, pero supongo que hay otras cosas que podré hacer cuando termine de vaciar las cajas. La casa es enorme.

—Sí, he trabajado allí. Cañerías viejas —dice Ralph—. ¿Has conocido a Terry, el ama de llaves?

Molly asiente.

—Es la madre de Jack.

Dina estira el cuello.

—Espera un momento. ¿Terry Gallant? ¡Fui con ella al instituto! No sabía que Jack era su hijo.

—Sí —dice Molly.

Moviendo un trozo de salchicha ensartado en su tenedor, Dina dice:

—Quién te ha visto y quién te ve.

Molly lanza a Ralph una mirada de enfado, pero él se limita a devolverle la mirada plácidamente.

—Es triste lo que le ocurre a la gente, la verdad —dice Dina, negando con la cabeza—. Terry Gallant era Miss Popular. La reina del instituto y todo eso. Luego un patán mexicano le hizo un bombo, y mírala ahora, es criada.

—Él era dominicano —murmura Molly.

—Da lo mismo. Esos ilegales son todos iguales, ¿no?

Molly respira profundamente: quédate tranquila, que acabe la cena.

—Si tú lo dices.

—Yo lo digo.

—Eh, vamos, chicas, ya basta. —Ralph está sonriendo, pero es más bien una mueca de preocupación; sabe que Molly está cabreada.

Él siempre está poniendo excusas («No quiere decir nada con eso»; «Te está provocando») cuando Dina suelta cosas como «La tribu ha hablado» después de que Molly exprese una opinión.

—Has de dejar de tomarte tan en serio, niña —comentó una vez Dina cuando Molly le dijo que parara—. Si no puedes reírte de ti misma, vas a tener una vida muy complicada.

Así que ahora Molly mueve los músculos de la boca en una sonrisa, recoge su plato y agradece la cena a Dina. Dice que tiene un montón de deberes y Ralph añade que él limpiará la cocina. Dina comenta que es hora de algo de televisión basura.

—*Mujeres desesperadas de Spruce Harbor* —bromea Ralph—. ¿Cuándo veremos una serie así?

—Quizá Terry Gallant podría participar. Saldría esa foto de anuario en la que está con la tiara y luego aparecería lavando suelos —se burla Dina—. ¡No me lo perdería!

Spruce Harbor, Maine, 2011

Durante las últimas semanas en la clase de Historia Americana de Molly han estado estudiando a los indios wabanaki, una confederación de cinco tribus de lengua algonquina, entre ellos los penobscot, que viven cerca de la costa del Atlántico Norte. Maine, explica el señor Reed, es el único estado que exige que las escuelas enseñen la cultura y la historia de los nativos americanos. Han leído relatos de los nativos y los han contrastado con puntos de vista contemporáneos, y han hecho una excursión a The Abbe, el museo indio de Bar Harbor, y ahora están realizando una investigación sobre el tema que valdrá un tercio de la nota final

Por este trabajo se supone que han de concentrarse en un concepto llamado «acarreo». En tiempos remotos, los wabanakis tenían que llevar sus canoas y el resto de sus pertenencias por tierra desde una masa de agua a la siguiente, de manera que tenían que decidir qué guardar y qué descartar. Aprendieron a viajar ligero. El señor Reed cuenta a los estudiantes que han de entrevistar a alguien —madre, padre o abuelo— sobre sus propios acarreos: los momentos de sus vidas en que tuvieron que emprender un viaje, real o metafórico. Usarán grabadoras y recogerán lo que él llama «historias orales», planteando preguntas personales, transcribiendo las respuestas y ordenándolas cronológicamente como un relato. Las preguntas en la hoja del trabajo son: «¿Qué elegiste llevarte contigo al siguiente lugar? ¿Qué dejaste atrás? ¿Qué aprendiste respecto a lo que es importante?»

Molly está bastante metida en el proyecto, pero no quiere entrevistar a Ralph ni —Dios no lo quiera— a Dina.

¿Jack? Demasiado joven.

¿Terry? Nunca accedería a ello.

¿La asistente social, Lori? Uf, no.

Así que solo queda Vivian. Molly ha averiguado algunas cosas de ella: que es adoptada, que creció en el Medio Oeste y heredó el negocio familiar de unos padres acomodados, que ella y su marido lo expandieron y finalmente lo vendieron a un precio que les permitió retirarse a la mansión de Maine. Más que nada, que ella es muy, muy vieja. A lo mejor será una exageración encontrar drama en el acarreo de Vivian: una vida feliz y estable no es una historia interesante, ¿no? Pero incluso los ricos tienen sus problemas, o eso ha oído Molly. Su trabajo consistirá en sonsacárselos. Eso, claro está, si puede convencer a Vivian de que hable con ella.

Los propios recuerdos de infancia de Molly son sesgados y parciales. Recuerda que la tele en el salón parecía estar permanentemente encendida y que la caravana olía a humo de cigarrillo, al cajón de arena del gato y a humedad. Recuerda a su madre tumbada en el sofá, fumando un cigarrillo tras otro con las cortinas corridas antes de irse al trabajo en el Mini-Mart. Recuerda buscar comida —salchichas frías y tostadas— cuando su madre no estaba en casa y a veces también cuando estaba. Recuerda el charco gigante de nieve fundida justo al salir de la caravana, tan grande que tenía que saltarlo desde el peldaño más alto para llegar a suelo seco.

También hay recuerdos mejores: haciendo huevos fritos con su padre, dándoles la vuelta con una gran espátula de plástico negro.

—No tan deprisa, Molly *Melazas* —decía él—. Tranquila. Si no, los huevos petan.

Ir a la iglesia de St. Anne en Pascua y elegir un azafrán de primavera en flor en una maceta de plástico verde cubierta de papel de aluminio plateado por un lado y amarillo brillante por el otro. Cada Pascua, ella y su madre plantaban esos azafranes de primavera cerca de la valla, al lado del sendero, y pronto hubo un buen macizo de plantas blancas, violetas y rosas, que brotaba anualmente de la tierra pelada como por arte de magia en abril.

Recuerda el tercer curso en la escuela de Indian Island, donde aprendió que el nombre «penobscot» procede de *panawahpskek*, que significa «el lugar donde la roca se extiende» en la cabecera del río tribal, justo donde estaban. Que «wabanaki» significa «tierra del alba», porque las tribus viven en la región donde la primera luz del alba toca el continente americano. Que el pueblo penobscot vive en el territorio que se convirtió en Maine desde hace miles de años, desplazándose de estación en estación, siguiendo el alimento. Ponían trampas y cazaban alces, caribúes, nutrias y castores; pescaban peces, almejas y mejillones. Indian Island, justo por encima de una catarata, se convirtió en su lugar de reunión.

Molly aprendió palabras indias que se han incorporado al inglés, como *moose* y *pecan* y *squash*, y palabras penobscot como *kwai kwai*, una bienvenida amistosa, y *woliwoni*, gracias. Aprendió que vivían en *wigwams* y no en tipis, y que fabricaban canoas con la corteza de un solo abedul paperífero, extraída en una pieza para no matarlo. Aprendió que las cestas de los penobscots todavía se hacen de corteza de abedul, hierocloe y fresno negro, todas especies que crecen en las tierras húmedas de Maine. Guiada por su profesor, incluso fabricó una cesta ella misma.

Sabe que la llaman Molly *Melazas* por la famosa india penobscot nacida el año anterior a que Estados Unidos declarara su independencia de Inglaterra. Molly *Melazas* vivió hasta los noventa y tantos, yendo y viniendo de Indian Island, y se decía que poseía *m'teoulin*, el poder concedido por el Gran Espíritu a unos pocos para beneficio de todos. Aquellos que poseen este poder, decía su padre, podían interpretar los sueños, repeler la enfermedad o la muerte, informar a los cazadores de dónde encontrar caza y enviar a un espíritu colaborador a hacer daño a sus enemigos.

Pero no aprendió hasta este año, en la clase del señor Reed, que había más de treinta mil wabanakis que vivían en la Costa Este en 1600 y que el noventa por ciento de ellos habían muerto en 1629, casi todos como resultado del contacto con los colonos, que trajeron enfermedades y alcohol, agotaron recursos y combatieron las tribus por el control de la tierra. No sabía que las mujeres indias tenían más poder y autoridad que las mujeres blancas, un hecho detallado en historias de cautividad. Que los granjeros indios tenían más habilidad y riqueza y mejores cosechas que la mayoría de europeos que trabajaban la misma tierra. No, no eran «primitivos»: sus redes sociales eran altamente avanzadas. Y aunque los llamaban salvajes, incluso un destacado general inglés, Philip Sheridan, tuvo que reconocerlo: «Les arrebatamos su país y su forma de subsistencia. Fue por eso y contra eso que pelearon. ¿Podía esperarse menos?»

Molly siempre había pensado que los indios se rebelaron como guerrilleros, arrancando cabelleras y dedicándose al pillaje. La enfurece aprender que trataron de negociar con los colonos, vestidos con trajes de estilo europeo y dirigiéndose al Congreso como muestra de buena voluntad, y que repetidamente les mintieron y traicionaron.

En la clase del señor Reed hay un daguerrotipo de Molly *Melazas* realizado casi al final de su vida. En ella está sentada muy tiesa, con un tocado de perlas y en punta y dos grandes broches plateados en torno al cuello. Tiene un rostro oscuro y arrugado y su expresión es intensa. Un día, sentada en el aula vacía después de clase, Molly se queda mirando el rostro durante un buen rato, buscando respuestas a preguntas que no sabe cómo plantear.

En la noche de su octavo cumpleaños, tras tomar helados sándwich y un pastel Sara Lee que su madre trajo del Mini-Mart, después de pedir un deseo ferviente, con los ojos muy cerrados al soplar las velitas de cumpleaños a franjas rosas (por una bicicleta, recuerda, rosa con cintas rosa y blanca como la que la niña de enfrente recibió para su cumpleaños hace varios meses), Molly se sentó en el sofá a esperar a que su papá llegara a casa. Su mamá se paseaba inquieta, pulsando el botón de rellamada en el teléfono inalámbrico, murmurando entre dientes: «¿Cómo has podido olvidarte del cumpleaños de tu única hija?» Pero él no respondió. Al cabo de un rato desistieron y se fueron a dormir.

Al cabo de una hora, más o menos, la despertaron al zarandearla del hombro. Su padre estaba sentado en la silla al lado de su cama, balanceándose un poco, con una bolsa de plástico del supermercado en la mano y susurrando:

—Eh, Molly *Melazas*, ¿estás despierta?

Ella abrió los ojos. Pestañeó.

—¿Estás despierta? —repitió él, estirándose para encender la lámpara de princesa que le había comprado en una venta de garaje.

Ella asintió.

—Estira la mano.

Buscando a tientas en la bolsa, su padre sacó tres cartoncitos planos de joyería, todos de plástico gris, cubiertos de terciopelo gris por un lado y con una pequeño amuleto sujeto con una brida.

—Pez —dijo, pasándole el pececito de perlas azul y verde—. Cuervo. —El ave de peltre—. Oso. —Un pequeño oso pardo—. Se supone que tenía que ser un oso negro de Maine, pero era lo único que había —dice con una disculpa—. Así que este es el regalo; para tu cumpleaños quería darte un regalo que significara algo y no fuera la habitual Barbie. Y estaba pensando que tú y yo somos indios. Tu madre no, pero nosotros sí. Y siempre me han gustado los símbolos indios. ¿Sabes lo que es un símbolo?

Molly negó con la cabeza.

—Cosas que representan otras cosas. Bueno, a ver si puedo recordar esto bien. —Sentándose en la cama, cogió el cartoncito del ave que Molly tenía en la mano y le dio la vuelta—. Vale, este pájaro es mágico. Te protegerá de malos hechizos y otras cosas raras de las que podrías no darte ni cuenta.

Con cuidado, sacó el amuleto de su embalaje, desatando las bridas y colocando el ave en la mesita de noche. A continuación cogió el oso de peluche.

—Este animal feroz es un protector.

Ella rio.

—Podría no parecerlo, pero las apariencias engañan. Es un espíritu audaz. Y con ese espíritu audaz indica el camino a la valentía a aquellos que la necesitan. —Liberó al oso del cartón y lo puso en la mesita al lado del ave.

—Muy bien. Ahora el pez. Es el mejor de todos. Te da el poder de resistir la magia de otra gente. ¿A que es una pasada?

Ella pensó un momento.

—Pero, ¿en qué se diferencia eso de los malos hechizos?

Él sacó la brida del cartoncito y dejó el pez al lado de los otros amuletos, alineándolos con el dedo.

—Buena pregunta. Estás medio dormida y aun así eres más aguda que la mayoría de la gente cuando está bien despierta. Vale, veo que puede parecer lo mismo. Pero la diferencia es importante, así que presta atención.

Molly se sentó más recta.

—La magia de otra persona podría no ser un mal hechizo. Podrían ser cosas que tienen buen aspecto y suenan realmente bien. Podría ser, digamos, alguien tratando de convencerte de que hagas algo que tú sabes que no deberías hacer. Como fumar.

—Puaj. Nunca haré eso.

—Bien. Pero quizá no sea algo tan asqueroso, sino llevarse una chocolatina del Mini-Mart sin pagarla.

—Pero mamá trabaja allí.

—Sí, pero aunque no trabajara sabrías que está mal robar una chocolatina, ¿verdad? Pero a lo mejor esta persona tiene magia y es muy convincente.

»"Oh, vamos, Moll, no te van a pillar", te dice en un susurro bronco, "¿no te gusta la chocolatina, no quieres probarla? Vamos, solo por esta vez".

Cogiendo el pez, el padre de Molly habla en voz más severa y suspicaz.

—«No, gracias. Ya sé lo que tramas. Estás usando tu magia conmigo. No señor, enseguida me alejaré de ti nadando, ¿me oyes? Bueno, adiós.»

Movió el amuleto y dibujó una ola con la mano, arriba y abajo.

Palpando la bolsa, añadió:

—Ah, mierda, quería traerte una cadenita para juntarlos

todos. —Le dio un golpecito en la rodilla—. No te preocupes por eso. Será la segunda parte.

Dos semanas después, una noche que volvía tarde a casa, perdió el control del coche y ahí acabó todo. Seis meses más tarde, Molly vivía en otro sitio. Fue años antes de que ella misma se comprara esa cadenita.

Spruce Harbor, Maine, 2011

—«Acarreo». —Vivian arruga la nariz—. Suena como... oh, no sé... como un canturreo.

¿Canturrear? Vale, puede que esto no funcione.

—¿Llevar mi canoa entre masas de agua? No soy tan buena con las metáforas, cielo —añade Vivian—. ¿Qué significa?

—Bueno —dice Molly—. Creo que la canoa representa lo que llevas contigo de un lugar a otro, las cosas esenciales. Y el agua, bueno, creo que es el sitio al que siempre tratas de llegar. ¿Eso tiene sentido?

—No mucho. Me parece que estoy más confundida que antes.

Molly saca una lista de preguntas.

—Empecemos y a ver qué pasa.

Están sentadas en los sillones de orejas rojos del salón, bajo la luz tenue de última hora de la tarde. Su trabajo del día ha terminado, y Terry se ha ido a casa. Estaba diluviando antes, grandes cortinas de agua, y ahora las nubes al otro lado de la ventana parecen de cristal, como picos de montañas en el cielo, con rayos que emanan hacia abajo igual que en las ilustraciones de una biblia infantil.

Molly pulsa el botón de la pequeña grabadora digital que

ha pedido prestada en la biblioteca de la escuela y verifica que esté funcionando. Entonces respira hondo y se pasa un dedo por la cadenilla que lleva al cuello.

—Mi papá me dio estos amuletos, y cada uno representa algo diferente. El cuervo protege contra la magia negra. El oso inspira valor. El pez significa el rechazo de la magia de otra gente.

—No sabía que esos amuletos tuvieran significado. —Con aire ausente, Vivian sube la mano para tocarse su propio collar.

Mirando con atención el colgante de peltre por primera vez, Molly pregunta:

—¿Su collar tiene significado?

—Bueno, lo tiene para mí. Pero carece de cualidades mágicas. —Sonríe.

—A lo mejor sí las tiene —dice Molly—. Pienso en esas cualidades desde un punto de vista metafórico, ¿sabe? Así que la magia negra es aquello que conduce a la gente al lado oscuro: su propia codicia o inseguridad que los lleva a hacer cosas destructivas. Y el espíritu guerrero del oso nos protege no solo de otros que podrían hacernos daño, sino de nuestros propios demonios internos. Y creo que la magia de otra gente es aquello a lo que somos vulnerables, lo que nos descarría. Así pues... mi primera pregunta para usted es un poco rara. Creo que también la podría considerar metafórica. —Mira la grabadora una vez más y respira profundamente—. Vale, allá va. ¿Cree en los espíritus? ¿O en los fantasmas?

—Vaya, menuda pregunta. —Sujetándose las manos frágiles y venosas sobre el regazo, Vivian mira por la ventana.

Por un momento, Molly cree que no va a responder. Y entonces, en voz tan baja que la obliga a inclinarse para oírla, la anciana añade:

—Sí, creo en fantasmas.

—¿Cree que están presentes en nuestras vidas?

Vivian fija sus ojos de avellana en Molly y asiente.

—Son los que nos acechan —dice—. Los que nos han dejado atrás.

Condado de Hemingford,
Minnesota, 1930

Apenas hay comida en la casa. El señor Grote ha vuelto del bosque con las manos vacías los últimos tres días y estamos subsistiendo a base de huevos y patatas. La situación es tan desesperada que decide matar uno de los pollos y empieza a mirarse la cabra. Estos días vuelve callado. No habla con los niños, que lo llaman a gritos y se le agarran a las piernas. Se los saca de encima como si fueran moscas en la miel.

La tarde del tercer día, noto que me mira. Tiene una expresión curiosa en el rostro, como si estuviera haciendo cálculos. Finalmente pregunta:

—Bueno, ¿qué es eso que llevas al cuello? —Y está claro lo que pretende.

—No tiene ningún valor —digo.

—Parece plata —dice, mirándolo—. Deslustrada.

Mi corazón resuena en mis oídos.

—Es de estaño.

—Déjame ver.

El señor Grote se acerca más, luego toca el corazón levantado, las manos unidas, con su dedo sucio.

—¿Qué es, algún símbolo pagano?

No sé qué es pagano, pero suena malvado.

—Probablemente.

—¿Quién te lo dio?

—Mi abuela. —Es la primera vez que menciono a mi familia, y no me gusta la sensación. Ojalá pudiera retirarlo—. No valía nada para ella. Iba a tirarlo.

Pone ceño.

—Tiene un aspecto extraño. Dudo que pudiera venderlo si lo intentara.

El señor Grote siempre habla conmigo, cuando estoy desplumando el pollo, friendo patatas en la cocina económica, sentada junto al fuego en la sala con un niño en mi regazo. Me habla de su familia, de que hubo alguna clase de disputa y su hermano mató a su padre cuando el señor Grote tenía dieciséis años y él huyó de casa y nunca volvió. Conoció a la señora Grote más o menos entonces, y Harold nació cuando ellos tenían dieciocho. No se casaron hasta que tuvieron la casa llena de niños. Lo único que quiere hacer es cazar y pescar, dice, pero tiene que alimentar y vestir a todos estos niños. A decir verdad, no quería a ninguno de ellos. A decir verdad, teme enloquecer y hacerles daño.

Al pasar las semanas, y a medida que va haciendo más calor, se pone a hacer tallas en el porche delantero hasta el anochecer, con una botella de whisky a su lado, y siempre me pide que lo acompañe. En la oscuridad me cuenta más de lo que quiero saber. Él y la señora Grote ya apenas se dirigen la palabra, dice. A ella no le gusta hablar, pero le encanta el sexo. Pero él no soporta tocarla, ella no se molesta en lavarse y siempre tiene algún niño colgado.

—Debería haberme casado con alguien como tú, Dorothy —dice—. Tú no me habrías atrapado así, ¿verdad?

Le gusta mi pelo rojo.

—¿Sabes lo que dicen? —me cuenta—. Que si quieres problemas te busques una pelirroja.

La primera chica a la que besó era pelirroja, comenta, pero fue hace mucho tiempo, cuando era joven y guapo.

—¿Te sorprende que fuera guapo? Fui un niño, ¿sabes? Solo tengo veinticuatro años.

Dice que nunca ha estado enamorado de su mujer.

«Llámame Gerald», dice.

Sé que el señor Grote no debería estar diciendo todo esto. Yo solo tengo diez años.

Los niños gimen como perros heridos y se reúnen para estar más cómodos. No juegan como niños normales, corriendo y saltando. Siempre tienen las narices llenas de mocos verdes y les lagrimean los ojos. Yo atravieso la casa como un escarabajo blindado, impermeable a la lengua afilada de la señora Grote, el lloriqueo de Harold, los gritos de Gerald Jr., que nunca en su vida verá satisfecha su necesidad de que lo cojan en brazos. Veo a Mabel convirtiéndose en una niña hosca, demasiado consciente de la manera con que han sido agobiados, maltratados, abandonados en este penoso grupo. Sé lo que significa que los niños vivan de esta manera, pero me cuesta amarlos. Su miseria solo me hace más consciente de la mía. Necesito toda mi energía para mantenerme limpia, levantarme y salir por la puerta por la mañana para ir a la escuela.

Tumbada en un jergón por la noche durante una tormenta, apenas arropada, con el agua goteándome en la cara y un agujero en el estómago, recuerdo un día borrascoso en el *Agnes Pauline* en que todos estábamos mareados y mi padre trató de distraernos haciéndonos cerrar los ojos y visualizar un día perfecto. Eso fue hace tres años, cuando yo tenía siete, pero el día que imaginé sigue vívido en mi mente. Es un domingo por la tarde y voy a visitar a la abuela en su acogedora casa a las afueras del pueblo. Caminando hacia su casa —escalando muros de piedra y cruzando los campos de hierba mecida por el viento como olas en el mar— huelo el humo dulce de los fuegos de turba y oigo a tordos y mirlos practicando sus trinos. En la distancia veo la casa con techo de paja y paredes blanqueadas, macetas de geranios rojos floreciendo en la repisa de la ventana, la pesada bicicleta negra de la abuela apoyada en la puerta, cerca del seto donde las moras y endrinas cuelgan en grupos azules apiñados.

Dentro, un ganso se cocina en el horno y el perro blanco y negro, *Monty*, espera los restos bajo la mesa. El abuelo está pescando truchas en el río con una caña hecha a mano, o cazando urogallos y perdices en los campos. Así que la abuela y yo estamos solas durante unas horas.

Ella está estirando masa para hacer tarta de ruibarbo, desplazando el rodillo atrás y adelante, espolvoreando la masa amarilla con puñados de harina, estirándola para que cubra toda la fuente del horno. De vez en cuando da una calada a su Sweet Afton y suelta volutas de humo por encima de su cabeza. Me ofrece un caramelo de los que lleva en el bolsillo de su delantal con media docena de colillas de Afton a medio fumar: una mezcla de olores que nunca olvidaré. En la tapa de la caja de cigarrillos amarilla hay un poema de Robert Burns que a la abuela le gusta cantar en una tonada irlandesa:

> *Fluye suave, dulce Afton entre las aldeas verdes.*
> *Fluye suave, entonaré una canción en tu honor.*

Me siento en un taburete de tres patas a escuchar el crepitar del ganso en el horno mientras la abuela recorta una cinta de masa del borde de la bandeja del pastel, haciendo una cruz en el centro con ese resto y pintando toda la masa con huevo batido antes de terminar pinchándola con el tenedor y espolvoreando con azúcar. Una vez la tarta está a salvo en el horno, vamos al salón, la «sala buena» la llama, para tomar el té de la tarde, fuerte y negro y con mucho azúcar, y rodajas de pan de pasas caliente. La abuela elige dos tazas de té de su colección de porcelana con dibujos de rosas que guarda en la vitrina, junto con platillos a juego, y pone cada trozo en un individual almidonado. Las cortinas de encaje irlandés que cuelgan de las ventanas filtran la luz de la tarde, suavizando las líneas de su cara.

Desde mi puesto elevado en la silla almohadillada veo el reposapiés de madera con su cubierta bordada de flores delante de su mecedora, el pequeño estante de libros —volúmenes de oraciones y poesía sobre todo— junto a la escalera. Veo a la abuela cantando y tarareando al servir el té. Sus manos fuertes y su sonrisa amable. Su amor por mí.

Ahora, dando vueltas y más vueltas en este jergón húmedo de olor rancio, trato de concentrarme en mi día perfecto, pero esos recuerdos conducen a otros pensamientos más oscuros. La señora Grote, gimiendo en su dormitorio, no es tan diferente de mi propia mamá. Las dos sobrecargadas y mal preparadas, débiles por naturaleza o circunstancias, casadas con hombres tenaces y egoístas, adictas al opiáceo del sueño. Mamá esperaba que yo cocinara y limpiara y cuidara de Maisie y los niños, confiaba en mí para que escuchara sus problemas, me llamaba ingenua cuando yo insistía en que las cosas irían mejor, en que estaríamos bien.

—No lo sabes —decía—. No sabes de la misa la mitad.

Una vez, no mucho antes del incendio, estaba acurrucada en su cama en la oscuridad y al oírla llorar entré para reconfortarla. Cuando la rodeé con mis brazos, ella se levantó y me echó.

—No te preocupes por mí —soltó—. No simules que lo haces. Solo quieres tu cena.

Retrocedí encogiéndome, con la cara ardiendo como si me hubieran dado un bofetón. Y en ese momento algo cambió. No confié más en ella. Cuando ella lloraba, me sentía entumecida. Después de eso, ella me llamó desalmada y sin sentimientos. Y quizá tenía razón.

A primeros de junio, todos tenemos piojos, del primero al último, incluida Nettie, que apenas tiene cuatro pelos en la cabeza. Recuerdo los piojos del barco, mamá estaba aterrorizada de que los niños los pilláramos, y nos examinaba la cabeza cada día, poniéndonos como en cuarentena cuando se enteraba de que había piojos en otros camarotes.

—Es lo que más cuesta quitarse de encima —decía.

Y nos hablaba de las epidemias en la escuela de niñas de Kinvara cuando ella estudiaba. Afeitaron la cabeza a todas. Mamá estaba orgullosa de su cabello grueso y oscuro y se negaba a volver a cortárselo. Tuvimos piojos en el barco de todos modos.

Gerald no para de rascarse, y cuando inspecciono su cabeza la encuentro repleta. Miro a los otros dos y encuentro bichos también en ellos. Probablemente había piojos en todas las superficies de la casa: el sofá y las sillas y la señora Grote. Sé lo que supondrá: fin de la escuela, corte de pelo, horas de trabajo, lavar las sábanas...

Siento una abrumadora urgencia de huir.

La señora Grote está tumbada en la cama con el bebé. Apoyada en dos almohadas sucias, con la manta subida hasta la barbilla, simplemente me mira cuando entro. Sus ojos están hundidos en sus cuencas.

—Los niños tienen piojos.

Aprieta los labios.

—¿Y tú?

—Probablemente, porque ellos tienen.

Ella parece pensarlo un momento. Entonces dice:

—Tú trajiste los parásitos a esta casa.

Me ruborizo.

—No, señora, no lo creo.

—Han venido de alguna parte —dice.

—Creo que... —empiezo, pero es difícil pronunciar las palabras—. Creo que debería mirar la cama. Y su pelo.

—¡Tú los trajiste! —espeta, lanzando las mantas atrás—. Has venido aquí dándote aires, como si fueras mejor que nosotros...

Tiene el camisón subido en torno al vientre. Veo un triángulo oscuro de pelo entre sus piernas y aparto la mirada, avergonzada.

—¡No te atrevas a irte! —grita. Levanta de la cama a Nettie, el bebé que lloriquea, y se lo coloca bajo un brazo, señalando la cama con el otro—. Hay que hervir las sábanas. Luego puedes empezar a repasar a los niños con un peine. Le dije a Gerald que era demasiado traer a una vagabunda a esta casa. Solo Dios sabe dónde has estado.

Las siguientes cinco horas son aún más penosas de lo que imaginé, hirviendo cazos de agua y vaciándolos en una gran bañera sin escaldar a los niños, poniendo cada manta y sábana y prenda en el agua y frotándola con jabón de lejía, luego pasando las sábanas por el rodillo de secar la ropa. Apenas tengo fuerzas para cargar y girar la palanca y me duelen los brazos del esfuerzo.

Cuando el señor Grote llega a casa habla con su mujer, que ha acampado en el sofá de la sala. Me llegan fragmentos de su conversación —«basura», «alimaña», «irlandesa de mierda»—, y al cabo de unos minutos él cruza la cocina y me encuentra arrodillada tratando de hacer girar el rodillo.

—Cielo santo —dice, y se pone a ayudarme.

El señor Grote coincide en que probablemente los colchones están infestados. Piensa que si los sacamos al porche y les echamos agua hirviendo mataremos los insectos.

—Casi estaba pensando en hacer lo mismo con los niños —dice.

Y yo sé que solo está bromeando a medias. Rápidamente les afeita las cabezas a los cuatro con una cuchilla afilada. A pesar de mis intentos de sujetarles las cabezas, se retuercen y se mueven, y como resultado sufren pequeños cortes y puntadas sangrientas por todo el cuero cabelludo. Me recuerdan fotos de soldados volviendo de la Gran Guerra, calvos y con la mirada ausente. El señor Grote frota cada cabeza con lejía y los niños gritan y chillan. La señora Grote se queda sentada en el sofá, observando.

—Wilma, es tu turno —dice, volviéndose hacia ella con la cuchilla en la mano.

—No.

—Al menos hemos de mirarlo.

—Mira a la niña. Ella los trajo aquí. —La señora Grote me mira.

Su marido me indica que me acerque. Yo me suelto el pelo de las trenzas y me arrodillo delante para que me examine con suavidad. Es extraño sentir la respiración de este hombre en mi cuello, sus dedos en mi cuero cabelludo. Pellizca algo entre los dedos y se sienta en los talones.

—Sí. Tienes algunas liendres.

Soy la única de mis hermanos pelirroja. Cuando pregunté a mi padre de dónde venía, bromeó diciendo que debía de haber óxido en las cañerías. Su propio cabello era oscuro —«curado», decía, a lo largo de años de trabajo—, pero de joven lo tenía más bien castaño rojizo. «Nada como el tuyo», decía. «Tu pelo es tan intenso como un anochecer en Kinvara, hojas de otoño, los peces de colores en la ventana de ese hotel en Galway.»

El señor Grote no quiere afeitarme la cabeza. Dice que sería un crimen. En cambio, enrosca mi pelo en torno a su puño y lo corta recto a la altura de la nuca. Un montón de rizos caen al suelo y me corta el resto del cabello a unos cinco centímetros.

Paso los cuatro días siguientes en esa casa despreciable quemando troncos e hirviendo agua, con los niños delgados y descalzos como siempre, con la señora Grote otra vez con sábanas húmedas en el colchón enmohecido y el pelo infestado de piojos, y nada puedo hacer respecto a nada de ello, nada en absoluto.

—Te hemos echado de menos, Dorothy —dice la señorita Larsen cuando vuelvo a la escuela—. ¡Y vaya peinado nuevo!

Me toco la parte superior de la cabeza, donde tengo el pelo de punta. La señorita Larsen sabe por qué llevo el pelo corto —está en la nota que he tenido que darle al bajar del camión—, pero no delata nada.

—En realidad —dice—, pareces una *flapper*. ¿Sabes lo que es?

Niego con la cabeza.

—Las *flappers* son chicas de la gran ciudad que llevan el pelo corto y van a bailar y hacen lo que les viene en gana. —Me ofrece una sonrisa amistosa—. ¿Quién sabe, Dorothy? A lo mejor te convertirás en eso.

Condado de Hemingford,
Minnesota, 1930

Al final del verano, el señor Grote parece tener más suerte. Mete en un saco las piezas que logra cobrar y las trae a casa, y las despelleja enseguida; luego las cuelga en el cobertizo de atrás. Construyó un ahumadero detrás del cobertizo y ahora lo tiene en marcha todo el tiempo, llenándolo con ardillas, pescado e incluso mapaches. La carne desprende un olor a cuajo dulce que me revuelve el estómago, pero es mejor que pasar hambre.

La señora Grote está embarazada otra vez. Dice que el bebé ha de nacer en marzo. Me preocupa que esperen que yo ayude cuando llegue el momento. Cuando mamá tuvo a Maisie había muchas vecinas de Elizabeth Street que tenían experiencia, y lo único que tuve que hacer fue vigilar a los pequeños. La señora Schatzman, al fondo del pasillo, y las hermanas Krasnow del piso de abajo, con siete hijos en total, vinieron al apartamento y lo tomaron, cerrando la puerta del dormitorio tras ellas. Mi padre salió. Quizá lo echaron ellas. No lo sé. Yo estaba en la sala, jugando a las palmaditas, recitando el alfabeto y cantando todas las canciones que él entonaba a gritos cuando volvía a casa tarde desde el bar, despertando a los vecinos.

A mediados de septiembre, balas de paja dorada puntean los campos amarillos en mi camino a la carretera rural, dispuestas en formaciones geométricas y apiladas en pirámides y esparcidas en montones al azar. En Historia estudiamos la plantación de los peregrinos en Plymouth en 1621 y lo que comieron: patos salvajes, maíz y cinco ciervos que los indios llevaron a la fiesta. Hablamos de tradiciones familiares, pero, igual que los Byrne, los Grote no hacen caso de la fiesta. Cuando se lo menciono al señor Grote, él dice:

—¿Qué tiene de extraordinario un pavo? Puedo atrapar uno cualquier día.

Pero nunca lo hace.

El señor Grote está todavía más distante. Se levanta al alba para ir a cazar y luego despelleja los animales y ahúma la carne por la noche. Cuando está en casa, grita a los niños y los evita. En ocasiones, agita al bebé hasta que deja de llorar. Ni siquiera sé si todavía duerme en la habitación del fondo. Muchas veces, lo encuentro dormido en el sofá de la sala, veo su forma bajo una colcha como el tocón de un árbol viejo.

Una mañana de noviembre despierto cubierta de un polvo fino. Parece que ha habido una tormenta por la noche: la nieve se apila en los colchones después de colarse por las rendijas y fisuras de las paredes y el techo. Me incorporo y miro alrededor. Tres de los niños están en la habitación conmigo, agazapados como ovejas. Me levanto, sacudiéndome nieve del pelo. Ayer me dormí vestida, pero no quiero que la señorita Larsen y las niñas de la escuela, sobre todo Lucy, me vean con la misma ropa dos días seguidos (aunque me he fijado en que otros niños no tienen ninguna vergüenza por eso). Saco un vestido y mi otro jersey de la maleta, que mantengo abierta en una esquina, y me cambié deprisa. Mi ropa no está particularmente limpia, pero me aferro a estos rituales de todas maneras.

La promesa del edificio caldeado, la sonrisa amistosa de la señorita Larsen y la distracción de otras vidas y otros mundos en los libros que leemos en clase es lo que me hace salir por la puerta. El trayecto hasta la esquina se está haciendo más arduo; con cada nevada tengo que forjar una nueva ruta. El señor Grote me advierte que cuando en las próximas semanas lleguen las tormentas fuertes más me vale olvidarme de ir a clase.

En la escuela, la señorita Larsen me lleva aparte. Me sostiene la mano y me mira a los ojos.

—¿Van bien las cosas en casa, Dorothy?

Asiento.

—Si hay algo que quieras contarme...

—No, señora. Todo va bien.

—Últimamente no traes tus deberes.

No hay tiempo ni lugar para leer ni hacer deberes en casa de los Grote, y después de la puesta del sol a las cinco tampoco hay luz. Solo hay dos cabos de vela en la casa, y la señora Grote se guarda uno en la habitación de atrás. Pero no quiero que la señorita Larsen me compadezca. Quiero que me traten como a los demás.

—Me esforzaré más —digo.

—Tú... —Mueve los dedos en torno a su cuello—. ¿Es difícil asearse?

Me encojo de hombros, sintiendo el calor de la vergüenza. Mi cuello. Tendré que ser más concienzuda.

—¿Tenéis agua corriente?

—No, señora.

Ella se muerde el labio.

—Bueno. Ven a verme si quieres hablar, ¿entendido?

—Estoy bien, señorita Larsen —insisto—. Todo está bien.

Estoy dormida sobre unas mantas, después de que un niño inquieto me haya sacado del colchón, cuando siento una mano en la cara. Abro los ojos. El señor Grote, inclinado sobre mí, me pone un dedo en los labios y hace un gesto para que lo acompañe. Me levanto aturdida, envolviéndome con una colcha, y lo sigo al salón. A la luz débil de la luna, filtrada a través de las nubes y las ventanas sucias, lo veo sentado en el sofá y dando un golpecito en el cojín a su lado.

Me ciño más la colcha. Él vuelve a dar un golpecito al cojín. Me acerco, pero no me siento.

—Hace frío esta noche —dice en voz baja—. Me vendría bien un poco de compañía.

—Debería volver con su mujer —digo.

—No quiero.

—Estoy cansada. Me voy a dormir.

Él niega con la cabeza.

—Vas a quedarte aquí conmigo.

Siento un hormigueo en el estómago y me vuelvo para irme.

Él se estira y me agarra del brazo.

—He dicho que te quedes.

Lo miro en la penumbra. El señor Grote no me ha asustado nunca antes, pero algo en su voz es diferente, y sé que he de ser cuidadosa. Su boca esboza una sonrisa divertida.

Tira de la colcha.

—Nos podemos dar calor el uno al otro.

Yo sujeto la colcha con fuerza en torno a mis hombros y me aparto otra vez, pero al cabo de un momento estoy cayendo. Doy con el codo en el suelo y siento un dolor intenso al aterrizar de narices. Retorciéndome en la colcha, levanto la cara para ver qué pretende. Siento su mano pesada en mi cabeza. Quiero moverme, pero estoy atrapada en una telaraña.

—Harás lo que yo diga. —Siento su cara sin afeitar en mi mejilla, huelo su aliento denso. Me retuerzo otra vez y él pone un pie en mi espalda—. No abras la boca.

Su mano grande y basta está dentro de la colcha y luego debajo de mi jersey, debajo de mi vestido. Trato de apartarme, pero no lo consigo. Él mueve la mano arriba y abajo y me quedo aturdida cuando la introduce entre mis piernas y empuja con los dedos. Su cara de lija sigue pegada a la mía, frotándose contra mi mejilla. Su respiración es entrecortada.

—Sí... —Traga saliva pegado a mi oreja.

Está echado sobre mí como un perro, frotando mi piel con fuerza con una mano y desabotonándose los pantalones con la otra. Me inclino y me retuerzo, pero estoy atrapada en la colcha como una mosca en una telaraña. Veo sus pantalones abiertos y bajados, el pene hinchado entre sus piernas, su magro vientre. He visto suficientes animales en el patio para saber lo que intenta. Aunque tengo los brazos atrapados, me sacudo para protegerme con la colcha. Él tira con fuerza y la colcha cede, y al hacerlo susurra en mi oído.

—Ahora tranquila, te gustará, ya verás.

Empiezo a gimotear. Cuando mete dos dedos dentro de mí, sus uñas irregulares me lastiman y grito. Me tapa la boca con la otra mano y hunde sus dedos más profundamente, apretando contra mí, y yo emito sonidos como un caballo, sonidos guturales frenéticos desde el fondo de la garganta.

Entonces aparta su mano de mi boca. Yo grito y siento el impacto cegador de una bofetada en la cara.

Desde el pasillo llega una voz.

—¿Gerald?

Y él se queda paralizado, solo un segundo, antes de apartarse de mí deslizándose como un lagarto, pugnando con sus botones, levantándose del suelo.

—En el nombre de Cristo... —La señora Grote está apoyada en el quicio de la puerta, sosteniéndose el estómago redondeado con una mano.

Yo me subo las bragas y me bajo el vestido y el jersey. Me incorporo y pugno por ponerme en pie, ciñéndome la colcha.

—¡Ella no! —gime la señora Grote.

—Vamos, Wilma, no es lo que parece...

—¡So, animal! —Su voz resuena profunda y salvaje. Se vuelve hacia mí—. Y tú, tú, sabía que... —Señala la puerta—. Vete. ¡Fuera!

Tardo un momento en comprender lo que me está diciendo. Quiere que me vaya, ahora, en plena noche gélida.

—Tranquila, Wilma, cálmate —dice Gerald (el señor Grote).

—Quiero a esa cerda fuera de mi casa.

—Ya hablaremos de eso.

—¡La quiero fuera!

—Vale, vale. —El señor Grote me mira con ojos apagados y comprendo que, por mala que sea, la situación está a punto de empeorar.

No quiero quedarme aquí, pero ¿cómo voy a sobrevivir ahí fuera?

La señora Grote desaparece por el pasillo. Oigo a un niño llorando en la parte de atrás. Ella vuelve al cabo de un momento con mi maleta y me la lanza. Choca contra la pared y el contenido se desparrama en el suelo.

Mis botas y el abrigo color mostaza, con las preciosas manoplas forradas de Fanny en el bolsillo, están en un clavo junto a la puerta, y llevo solo unos calcetines raídos. Me acerco a la maleta y cojo lo que puedo. Al abrir la puerta, sopla una ráfaga violenta de aire frío y arrojo unas pocas prendas de ropa al porche, con mi respiración convirtiéndose en una nubecilla de vapor. Al ponerme las botas, enredándome con los cordones, oigo al señor Grote:

—¿Y si le pasa algo?

Y la señora Grote replica:

—Si a esa chica estúpida se le mete en la cabeza huir, no hay nada que podamos hacer para impedirlo.

Y huir es lo que hago, dejando atrás casi todo lo que poseo en el mundo: mi maleta marrón, los tres vestidos que me hice en casa de los Byrne, los mitones, la muda de ropa interior y el jersey azul marino, mis libros escolares y lápiz, la libreta que me dio la señorita Larsen para que escribiera. Al menos, el paquete de costura que me dio Fanny está en el bolsillo interior de mi abrigo. Dejo atrás cuatro niños a los que no puedo ayudar y a los que no quiero. Dejo un lugar de degradación y miseria, como nunca volveré a experimentar. Y dejo cualquier resto de mi infancia en los tablones gastados del suelo de esa sala.

Condado de Hemingford,
Minnesota, 1930

Avanzando como una sonámbula en el frío glacial, llego hasta el sendero, luego giro a la izquierda y camino pesadamente por la calzada llena de surcos hasta el puente casi derruido. A veces tengo que ir aplastando la capa superior de nieve, gruesa como la base de una tarta. Los bordes afilados del hielo me lastiman los tobillos. Al levantar la mirada a las estrellas cristalinas que relumbran en el cielo, el frío me deja sin respiración.

Una vez que salgo del bosque y entro en la carretera, la luna llena baña los campos que me rodean con un resplandor nacarado. La gravilla cruje bajo mis botas; noto esa aspereza de guijarros a través de las suelas delgadas. Toco la lana suave del forro de mis manoplas, tan abrigada que ni siquiera tengo fría la yema de los dedos. No tengo miedo; era más aterradora esa cabaña que esta carretera, donde hay luz de luna por todas partes. Mi abrigo es fino, pero debajo llevo toda la ropa que he podido salvar, y al caminar deprisa empiezo a entrar en calor. Decido caminar hasta la escuela. Solo hay seis kilómetros.

La línea oscura del horizonte está lejana, y allí el cielo es más claro, como capas de sedimento en la roca. La escuela está fijada en mi mente: tengo que llegar allí. Caminando a paso firme, dejando mis huellas en la gravilla, cuento un centenar de pasos y empiezo otra vez. Mi papá decía que es bueno probar tus límites de vez en cuando, descubrir de lo que el cuerpo es capaz, lo que puedes soportar. Dijo esto cuando estábamos permanentemente mareadas en el *Agnes Pauline*, y también en el primer invierno crudo de Nueva York, cuando cuatro de nosotros, incluida mamá, contrajimos neumonía.

Prueba tus límites. Aprende lo que puedes soportar. Estoy haciendo eso.

Al caminar me siento tan ingrávida e insustancial como un papel que el viento arrastra por la carretera. Pienso en las muchas veces en que no he hecho caso de lo que tenía delante; qué ciega he sido, qué estúpida por no haber estado en guardia. Pienso en Dutchy, que sabía lo suficiente para temer lo peor.

Adelante, en el horizonte, empieza a clarear la primera luz rosada del alba. Y justo antes, el edificio blanco de listones se hace visible a medio camino de una pequeña cumbre. Mi energía se agota ahora que diviso la escuela, y lo único que quiero es derrumbarme junto a la carretera. Noto los pies pesados y doloridos. Tengo la cara entumecida; siento la nariz congelada. No sé cómo llego a la escuela, pero de alguna manera llego. Cuando alcanzo la puerta delantera, descubro que el edificio está cerrado. Lo rodeo hasta el porche trasero donde guardan leña para la estufa, y abro la puerta y caigo al suelo. Hay una vieja manta de caballo doblada junto a la pila de leña, y me envuelvo en ella y caigo en un sueño intermitente.

Estoy corriendo por un campo amarillo, a través de un laberinto de pacas de heno, incapaz de encontrar mi camino...

—¿Dorothy? —Siento una mano en el hombro y despierto de golpe. Es el señor Post—. Por el amor de Dios...

Por un momento, no estoy segura de estar despierta. Levanto la cabeza y veo al señor Post, sus mejillas redondas y coloradas, su expresión desconcertada. Miro la pila de leña mal cortada y las paredes blanqueadas del porche. La puerta del aula está entornada, y comprendo que el señor Post ha venido a buscar leña para encender el fuego, como hace cada mañana antes de dirigirse a recogernos.

—¿Estás bien?

Asiento con la cabeza, deseando estarlo.

—¿Tu familia sabe que estás aquí?

—No, señor.

—¿Cómo has llegado a la escuela?

—Caminando.

Él me mira un momento y añade:

—Vamos a sacarte del frío.

El señor Post me guía hasta una silla en el aula y pone mis pies en otra silla, luego coge la manta sucia de mis hombros y la sustituye por una limpia que encuentra en un armario. Me desata las botas y las deja junto a la silla, haciendo un chasquido de compasión al ver mis calcetines agujereados. Entonces lo observo preparar un fuego. La habitación ya se está caldeando cuando llega la señorita Larsen.

—¿Qué pasa? —se sorprende—. ¿Dorothy?

Se desenrolla la bufanda violeta y se quita el sombrero y los guantes. A través de la ventana que hay a su espalda veo un coche que arranca. La señorita Larsen tiene el largo cabello recogido en un moño en la nuca, y sus ojos castaños son claros y brillantes. La falda de lana rosa que lleva realza el color en sus mejillas.

—Dios mío, niña —me dice, agachada junto a mi silla—, ¿llevas mucho tiempo aquí?

El señor Post, que ha cumplido con sus obligaciones, está poniéndose el sombrero y el abrigo para hacer su ruta con el camión.

—Estaba dormida aquí en el porche cuando llegué —sonríe—. Me ha dado un susto de muerte.

—Vaya por Dios —exclama la señorita Larsen.

—Dice que ha venido caminando. Seis kilómetros. —Niega con la cabeza—. Suerte que no ha muerto congelada.

—Parece que la ha hecho entrar en calor.

—Se está recuperando. Bien, voy a buscar a los demás.

En cuanto se marcha, la señorita Larsen dice:

—Bueno, cuéntame qué ha pasado.

Y lo hago. No pensaba hacerlo, pero me mira con una preocupación tan auténtica que lo desembucho todo. Le hablo de la señora Grote tumbada todo el día en la cama y el señor Grote en el bosque y la nieve en mi cara por la mañana y los colchones manchados. Le hablo del estofado de ardilla fría y los niños que chillan. Le hablo del señor Grote en el sofá, de sus manos en mí y la señora Grote embarazada en el pasillo, gritándome que me largara. Le cuento que tenía miedo de detenerme en el camino, miedo de quedarme dormida. Y le hablo de las manoplas que Fanny tejió para mí.

Ella me pasa el brazo por los hombros y lo deja ahí, apretando de vez en cuando.

—Oh, Dorothy —dice. Y luego—: Gracias al cielo que tenías esos guantes. Fanny parece una buena amiga.

—Lo era.

De pronto levanta la barbilla y se da unos toquecitos con dos dedos.

—¿Quién te llevó con los Grote?

—El señor Sorenson, de la Sociedad de Socorro a la Infancia.

—Muy bien. Cuando vuelva el señor Post, le diré que

vaya a buscar a ese señor Sorenson. —Abre su fiambrera y saca una galleta—. Seguro que tienes hambre.

Normalmente la rechazaría, sé que es parte de su comida. Pero estoy tan hambrienta que se me hace la boca agua. La acepto avergonzada y la devoro. Mientras estoy comiendo la galleta, la señorita Larsen calienta agua en la cocina para preparar té. Trocea una manzana y la pone en un plato de porcelana astillado que saca del estante. La observo echar cucharadas de té en un colador y vertir agua hirviendo para preparar dos tazas. Nunca la he visto ofrecer té a un niño, y desde luego no a mí.

—Señorita Larsen —empiezo—. Podría... podría...

Ella parece saber lo que voy a preguntarle.

—¿Llevarte a casa a vivir conmigo? —Sonríe, pero su expresión es de dolor—. Me importas mucho, Dorothy. Creo que eso lo sabes. Pero no puedo, no estoy en situación de ocuparme de una niña. Vivo en una casa de huéspedes.

Asiento con un nudo en la garganta.

—Te ayudaré a encontrar un hogar —dice con amabilidad—. Un sitio seguro y limpio, donde te traten como a una niña de diez años. Te lo prometo.

Cuando los otros chicos bajan del camión, me miran con curiosidad.

—¿Qué está haciendo aquí? —pregunta un chico, Robert.

—Dorothy ha llegado un poco pronto esta mañana. —La señorita Larsen se alisa su bonita falda rosa—. Sentaos y sacad las libretas, niños.

Después de que el señor Post entre más madera y coloque los troncos en la carbonera al lado de la estufa, la señorita Larsen le hace una señal y él la sigue al vestíbulo de entrada. Al cabo de unos momentos, él vuelve a salir a la calle, todavía con su abrigo y gorra. El motor ruge al cobrar vida y los frenos chirrían cuando maniobra su camión por el camino empinado.

Alrededor de una hora más tarde, oigo el ruido del camión y miro por la ventana. Observo el vehículo acercarse por el empinado camino hasta que se detiene. El señor Post baja y entra por la puerta del porche, y la señorita Larsen interrumpe la lección y va a la parte de atrás. Al cabo de un rato me llama. Me levanto de mi pupitre, con todas las miradas clavadas en mí, y voy al porche.

La señorita Larsen parece preocupada. No deja de tocarse el moño.

—Dorothy, el señor Sorenson no está convencido... —Se detiene y se toca el cuello, mirando suplicante al señor Post.

—La señorita Larsen está tratando de decirte —explica él lentamente— que tendrás que explicar lo que ocurrió en detalle al señor Sorenson. Como sabes, ellos quieren que las acogidas funcionen, eso es lo ideal. El señor Sorenson se pregunta si esto podría ser simplemente una cuestión de mala comunicación.

Me siento mareada al comprender lo que el señor Post está diciendo.

—¿No me cree?

Los dos hombres cruzan una mirada.

—No es una cuestión de creer o no creer. Solo necesita que tú le cuentes la historia —dice la señorita Larsen.

Por primera vez en mi vida, siento la furia de la rebeldía. Las lágrimas saltan a mis ojos.

—No voy a volver allí. No puedo.

La señorita Larsen me rodea los hombros con el brazo.

—Dorothy, no te preocupes. Contarás tu historia al señor Sorenson, y yo le contaré lo que sé. No dejaré que vuelvas allí.

Las siguientes horas pasan sin que me entere de nada. Imito los movimientos de Lucy, sacando el manual de ortografía cuando ella lo hace, poniéndome detrás de ella para escribir en la pizarra, pero apenas registro lo que está ocurriendo a mi alrededor.

Cuando ella me pregunta en un susurro si estoy bien, me encojo de hombros. Me aprieta la mano, pero no va más allá, y yo no sé si es porque intuye que no quiero hablar de ello o es que teme lo que podría contarle.

Después de comer, cuando volvemos a los pupitres, veo un vehículo en la distancia. El sonido del motor me llena la cabeza; la camioneta oscura que viene hacia la escuela es la única cosa que veo. Y ya está aquí, subiendo por el camino empinado, deteniéndose con un chirrido detrás del camión del señor Post.

Veo al señor Sorenson en el asiento del conductor. Se queda allí sentado un momento. Se quita el sombrero negro de fieltro, se toca el bigote negro. Luego se apea.

—Vaya, vaya, vaya —dice cuando he terminado mi relato. Estamos sentados en sillas duras en el porche de atrás, más caliente ahora gracias al sol y el calor de la estufa. Se estira para darme un golpecito en la pierna, pero parece pensárselo mejor y se abstiene. Con la otra mano se toca el bigote.

—Una caminata tan larga en el frío... Tiene que haber sido muy... —Titubea—. Y aun así. Me pregunto: ¿en plena noche?¿Quizás podrías haberlo...?

Lo miro fijamente, con el corazón palpitando.

—... malinterpretado? —Mira a la maestra—. Una niña de diez años... ¿no le parece, señorita Larsen, que hay cierta... excitabilidad? ¿Una tendencia a la dramatización excesiva?

—Depende de la niña, señor Sorenson —replica ella con rigidez, levantando la barbilla—. Nunca he pillado a Dorothy en una mentira.

Riendo entre dientes, el señor Sorenson niega con la cabeza.

—Ah, señorita Larsen, eso no es lo que estoy diciendo, por supuesto que no. Simplemente digo que a veces, particularmente si alguien ha sufrido episodios penosos en la infancia, podría sentirse inclinado a precipitarse en sus conclusiones, a sacar las cosas de sus medidas proporcionadas sin querer. Vi con mis propios ojos que las condiciones de vida en la casa de los Grote, bueno, no son óptimas. Pero no todos podemos tener familias de cuento de hadas, ¿no, señorita Larsen? El mundo no es un lugar perfecto, y cuando dependemos de la caridad de otros, no siempre estamos en posición de quejarnos. —Me sonríe—. Mi recomendación, Dorothy, es que lo intentes otra vez. Puedo hablar con los Grote y recalcarles la necesidad de mejorar tus condiciones.

Los ojos de la señorita Larsen están brillando de un modo extraño y parece que le haya salido un sarpullido rojo en el cuello.

—¿Ha oído a la niña, señor Sorenson? —dice con voz tensa—. Hubo un intento de... de violación. Y la señora Grote, al llegar a la terrible escena, la echó. Desde luego no esperará que Dorothy regrese allí. Debería pedir a la policía que vaya a echar un vistazo. No me parece que sea un lugar sano tampoco para los otros niños.

El señor Sorenson está asintiendo lentamente, como si quisiera decir: «Vaya, era solo una idea, no se ponga frenética, calmémonos.» Pero lo que en realidad dice es:

—Bueno, entonces, verá, tenemos un problema. No conozco ahora a ninguna familia que esté buscando huérfanos. Puedo preguntar más lejos, por supuesto. Contactar con el Socorro a la Infancia en Nueva York. En última instancia, supongo que Dorothy podría volver allí en el siguiente tren.

—Seguramente no necesitaremos recurrir a eso —observa la señorita Larsen.

El señor Sorenson se encoge de hombros.

—Esperemos que no. Nunca se sabe.

Ella pone la mano en mi hombro y me lo aprieta.

—Analicemos las opciones entonces, señor Sorenson, ¿no? Y entretanto, durante un día o dos, Dorothy puede venir a casa conmigo.

Levanto la mirada con sorpresa.

—Pero pensaba...

—No podrá ser de modo permanente —aclara ella con rapidez—. Vivo en una casa de huéspedes, señor Sorenson, donde no se admiten niños. Pero mi casera tiene buen corazón, y sabe que soy maestra y que no todos mis niños... —parece elegir las palabras con cuidado— viven en condiciones adecuadas. Creo que tendrá compasión, como digo, por un par de días.

El señor Sorenson se toca el bigote.

—Muy bien, señorita Larsen. Buscaré otras posibilidades, y la dejo a cargo de Dorothy durante unos días. Jovencita, confío en que serás educada y te comportarás como es debido.

—Sí, señor —digo solemnemente, pero mi corazón está henchido de alegría. ¡La señorita Larsen me llevará a su casa! No puedo creer mi buena fortuna.

Hemingford,
Minnesota, 1930

El hombre que nos recoge a la señorita Larsen y a mí después del colegio muestra sorpresa ante mi presencia levantando una ceja, pero no dice nada.

—Señor Yates, ella es Dorothy —anuncia la señorita Larsen, y él me saluda con la cabeza a través del retrovisor—. Dorothy, el señor Yates trabaja para mi casera, la señora Murphy, y es tan amable de traerme a la escuela cada día porque yo no conduzco.

—Encantado, señorita —añade, y me doy cuenta por sus orejas rosadas de que lo dice en serio.

Hemingford es mucho más grande que Albans. El señor Yates conduce despacio por Main Street, y yo miro los carteles: el Imperial Theatre (cuya marquesina anuncia «Ahora hablan, cantan y bailan»); el Hemingford Ledger; Salón Recreativo Walla, que anuncia «Billares, fuentes, golosinas, tabaco» en su ventana; Farmer's State Bank; Ferretería Shindler; y Almacenes Nielsen, «Todo para comer y vestir».

En la esquina de Main y Park, a varias manzanas del centro, el señor Yates se detiene delante de una casa victoriana azul claro con un porche envolvente. Un letrero oval junto a la puerta anuncia: Hogar Hemingford para Señoritas.

La campana tintinea cuando la señorita Larsen abre la puerta. Me hace pasar, pero se lleva un dedo a los labios y susurra:

—Espera aquí un momento.

Se quita los guantes, se desenrolla la bufanda y desaparece por una puerta al final del pasillo.

El vestíbulo es formal, con papel pintado granate, un gran espejo con marco dorado y una cómoda oscura grabada. Después de mirar un poco, me siento en el borde de una silla. En un rincón hay un imponente reloj de pie que hace tictac ruidosamente, y cuando da la hora, casi me caigo del susto.

Al cabo de unos minutos, la señorita Larsen regresa.

—A mi casera la señora Murphy le gustaría conocerte —dice—. Le he hablado de tu situación y de por qué te he traído aquí. Espero que no te moleste.

—No, por supuesto.

—Solo sé tú misma, Dorothy —añade—. Muy bien, pues. Por aquí.

La sigo por el pasillo y a través de la puerta a un salón donde una mujer regordeta y pechugona con una nube de cabello gris sedoso está sentada en un sofá rosa de terciopelo junto a un fuego brillante. Tiene largas líneas junto a la nariz, como una marioneta, y una expresión vigilante y alerta.

—Bueno, mi niña, parece que lo has pasado mal —dice, indicándome que me siente frente a ella en uno de los dos sillones de orejas con estampado de flores.

Lo hago y la señorita Larsen ocupa el otro, sonriéndome con leve ansiedad.

—Sí, señora —respondo a la señora Murphy.

—Oh, eres irlandesa, ¿no?

—Sí, señora.

Ella sonríe.

—¡Ya me lo parecía! Pero hace unos años hubo aquí una niña polaca de pelo más rojo que el tuyo. Y por supuesto están las escocesas, aunque no son tan comunes en estas tierras. Bueno, yo también soy irlandesa, por si no te has dado cuenta —añade—. Vine aquí de muchachita. Mi familia es de Enniscorthy. ¿Y la tuya?

—De Kinvara, condado de Galway.

—Vaya, ¡lo conozco! Mi primo se casó con una chica de Kinvara. ¿Conoces al clan Sweeney?

Nunca he oído mencionar ese clan, pero asiento de todos modos.

—Bueno, pues. —Parece complacida—. ¿Cuál es tu apellido?

—Power.

—¿Y te bautizaron... Dorothy?

—No, Niamh. La primera familia con la que estuve me cambió el nombre. —Me pongo colorada al darme cuenta de que estoy reconociendo que me han echado de dos casas.

Pero ella no parece notarlo o no le importa.

—¡Eso suponía! Dorothy no es un nombre irlandés. —Inclinándose hacia mí, examina mi collar—. Un Claddagh. No había visto uno desde hace siglos. ¿De casa?

Asiento.

—Me lo regaló mi abuela.

—Sí, y mira cómo lo protege —comenta la casera a la señorita Larsen.

Hasta que ella dice esto, no soy consciente de que lo estoy acariciando con los dedos.

—No significa que...

—Oh, vaya, está bien —observa, dándome un golpecito en la rodilla—. Es la única cosa que tienes que te recuerda a tu gente, ¿no?

Cuando la señora Murphy vuelve su atención al servicio

de té que hay en la mesilla, la señorita Larsen me hace un guiño. Creo que ambas estamos sorprendidas de que le haya caído bien tan pronto a la señora Murphy.

La habitación de la señorita Larsen está ordenada y limpia, y tiene el tamaño aproximado de un trastero: apenas cabe una cama pequeña, un tocador alto de roble y un escritorio estrecho con una lámpara de latón. La colcha tiene las esquinas bien metidas; la almohada está limpia y blanca. Varias acuarelas de flores cuelgan de ganchos en las paredes y una fotografía en blanco y negro de una pareja de aspecto severo descansa en el tocador en un marco dorado.

—¿Son sus padres? —pregunto, examinando la imagen.

Un hombre con barba de traje oscuro está de pie muy tieso detrás de una mujer delgada sentada en una silla de respaldo ancho. La mujer, vestida con un vestido liso negro, parece una versión más severa de la señorita Larsen.

—Sí. —Se acerca y mira la foto—. Los dos fallecieron, supongo que eso me convierte también en huérfana —dice al cabo de un momento.

—Yo en realidad no soy huérfana.

—¿Oh?

—Al menos no lo sé. Hubo un incendio y a mi madre la llevaron al hospital. Nunca volví a verla.

—Pero, ¿crees que podría estar viva?

Asiento.

—¿Tienes esperanza de encontrarla?

Pienso en lo que me contaron los Schatzman de mi madre después del incendio: que se volvió loca, que perdió el juicio después de que muriesen todos mis hermanos.

—Era un hospital mental. Ella no estaba... bien. Ya antes del incendio.

Es la primera vez que lo reconozco ante alguien. Es un alivio.

—Oh, Dorothy. —La señorita Larsen suspira—. Has pasado mucho en tu corta vida, ¿eh?

Cuando bajamos al comedor formal a las seis, estoy anonadada por la abundancia que hay en la mesa: jamón, patatas asadas, coles de Bruselas untadas con mantequilla, una cesta de panecillos. Los platos son de porcelana auténtica con dibujo de nomeolvides violeta y borde plateado. Ni siquiera en Irlanda había visto nunca una mesa como esta, salvo en una fiesta, y hoy es un martes cualquiera. Cinco huéspedes y la señora Murphy están de pie detrás de sus sillas. Yo ocupo la silla vacía al lado de la señorita Larsen.

—Damas —dice la señora Murphy de pie ante la mesa—. Esta es la señorita Niamh Power, venida del condado de Galway pasando por Nueva York. Llegó a Minnesota en tren, puede que hayáis oído hablar de esos trenes en los periódicos. Estará unos días con nosotras. Hagamos todo lo posible para que se sienta bienvenida.

Las otras mujeres son todas de veintitantos. Una trabaja de dependienta en la tienda de los Nielsen, otra en una panadería, otra es recepcionista del *Hemingford Ledger*. Bajo la mirada vigilante de la señora Murphy, todas se muestran amables, incluso la señorita Grund, enjuta como una vía de tren y de cara avinagrada, empleada en una zapatería. («No está acostumbrada a los niños», me susurra la señorita Larsen después de que la señorita Grund me lance una mirada gélida.) Advierto que todas tienen un poco de miedo a la señora Murphy. Durante la cena me doy cuenta de que puede tener mal genio y ser irascible, y le gusta mandar. Cuando una de las mujeres expresa una opinión que ella no comparte, mira alrededor y busca aliadas para su postura, pero conmigo es muy amable.

Anoche apenas dormí en el frío porche de la escuela, y antes de eso estaba en un colchón sucio en una sala fétida con otros tres niños. Pero esta noche tengo mi propia habitación, la cama bien hecha con sábanas blancas y limpias y dos colchas impolutas. Cuando la señora Murphy me desea buenas noches, me entrega un camisón y ropa interior, una toalla grande y otra pequeña y un cepillo de dientes. Me muestra el cuarto de baño al fondo del pasillo, con agua corriente en el lavabo, un inodoro con cisterna y una gran bañera de porcelana, y me dice que me prepare un baño y me quede todo el rato que quiera; las demás pueden usar otro tocador de señoras.

Cuando ella se va, inspecciono mi reflejo en el espejo: es la primera vez desde que llegué a Minnesota que me miro en un espejo sin manchas ni desperfectos. Una niña que apenas reconozco me devuelve la mirada. Es delgada y pálida, de ojos apagados, con pómulos salientes, pelo rojo oscuro y apelmazado, mejillas agrietadas por el frío y nariz colorada. Tiene costras en los labios y un jersey raído y manchado de tierra. Yo trago saliva; ella traga saliva. Me duele la garganta. Debo de estar enfermando.

Cuando cierro los ojos en la bañera caliente, me siento como si flotara en una nube.

De vuelta en mi habitación, caliente y seca y con mi nuevo camisón puesto, cierro con llave. Me quedo de pie con la espalda contra la puerta, saboreando la sensación. Nunca había tenido una habitación para mí, ni en Irlanda, ni en Elizabeth Street, ni en la Sociedad de Socorro a la Infancia, ni en el pasillo de los Byrne ni en casa de los Grote. Tiro de las mantas, bien metidas en el colchón, y me deslizo entre las sábanas. La almohada, con su funda de algodón que huele a jabón, es una maravilla. Tumbada boca arriba con la lámpara eléctrica encendida, miro las florecitas rojas y azules del empapelado color hueso, el techo blanco, el tocador de roble de pomos blancos suaves. Miro la alfombrilla y el suelo de madera brillante debajo. Apago la luz y me quedo tumbada a oscuras. Cuando mis pupilas se adaptan a la oscuridad, puedo distinguir las formas de cada objeto de la habitación. Lámpara eléctrica. Tocador. Armazón de la cama. Mis botas. Y por primera vez desde que bajé del tren en Minnesota hace más de un año, me siento a salvo.

Durante la semana siguiente, apenas me levanto de la cama. El doctor de pelo blanco que viene a examinarme me pone un frío estetoscopio en el pecho, escucha con atención unos momentos y anuncia que tengo neumonía. Durante días vivo con fiebre, con las mantas subidas, las cortinas corridas y la puerta del dormitorio abierta para que la señora Murphy pueda oírme si la llamo. Ella pone una campanilla de plata en el tocador y me da instrucciones de que la agite si necesito algo.

—Estoy abajo —añade—. Subiré enseguida.

Y aunque está ocupada, murmurando sobre todo lo que tiene que hacer y quejándose de que una niña u otra —ella las llama niñas, aunque son todas mujeres trabajadoras— no ha hecho la cama o ha dejado platos en el fregadero o no ha llevado el juego de té a la cocina al marcharse del salón, lo deja todo cuando suena la campanilla.

Los primeros días solo me despierto de manera intermitente. Abro los ojos con el brillo suave del sol a través de la cortina de la ventana, y de repente todo se oscurece: la señora Murphy se inclina sobre mí con un vaso de agua, noto su aliento de levadura en mi cara, el calor grueso de su mole de madraza contra mi hombro. Horas después, la señorita Larsen coloca un trapo frío en mi frente con dedos cuidadosos. La señora Murphy me cuida con sopa de pollo con zanahorias, apio y patatas.

En mis momentos de conciencia febril creo que estoy soñando. ¿Estoy realmente en esta cama caliente en esta habitación limpia? ¿De verdad me están cuidando?

Y entonces abro los ojos a la luz de un nuevo día y me siento diferente. La señora Murphy me toma la temperatura y está por debajo de los 38. Levantando la persiana, dice:

—Mira lo que te has perdido.

Me incorporo y miro la nieve algodonosa que lo cubre todo y sigue cayendo, el cielo blanco y más blanco: árboles, coches, la acera, la casa de al lado, todo transformado. Siento mi propio despertar como algo trascendental, cubierta de mantas.

Cuando la señora Murphy descubre que he venido prácticamente sin nada, se pone a recoger ropa. En el pasillo hay un gran arcón lleno de prendas dejadas por otras huéspedes: camisas, medias y vestidos, jerséis y faldas e incluso un par de zapatos, y ella lo deja todo en la cama de matrimonio de su gran habitación para que me lo pruebe.

Casi todo es demasiado grande, pero algunas prendas me servirán: un cárdigan azul claro con flores blancas bordadas, un vestido marrón con botones de perla, varios pares de medias, los zapatos.

—Jenny Early. —La señora Murphy suspira, señalando un vestido floral especialmente bonito—. Era una muchachita encantadora como tú. Pero cuando se quedó en estado... —Mira a la señorita Larsen, que niega con la cabeza—. Agua pasada. Oí que Jenny tuvo una buena boda y un niño sano, así que bien está lo que bien acaba.

A medida que mi salud mejora, empiezo a preocuparme: esto no durará. Me enviarán a otro sitio. He superado este año porque tenía que hacerlo, porque no tenía opciones. Pero ahora que he experimentado el confort y la seguridad, ¿cómo podré volver atrás? Estos pensamientos me llevan al borde de la desesperación, de modo que me forzaré a no tenerlos.

Spruce Harbor, Maine, 2011

Vivian está esperando en la puerta de la calle cuando llega Molly.

—¿Preparada? —dice, volviéndose para subir la escalera en cuanto la muchacha cruza el umbral.

—Espere. —Molly se quita su chaqueta del ejército y la cuelga en el perchero de hierro negro del rincón—. ¿Qué tal antes una taza de té?

—No hay tiempo —responde Vivian por encima del hombro—. Soy vieja, ya lo sabes. Podría caerme muerta en cualquier momento. ¡Hemos de empezar!

—¿En serio? ¿Sin té? —gruñe Molly, siguiéndola.

Está ocurriendo una cosa curiosa. Las historias que Vivian empezó a contar solo con un empujoncito, en respuesta a preguntas específicas, ahora se derraman de manera espontánea, una tras otra, tantas, que incluso Vivian parece sorprendida.

—¿Quién habría pensado que el viejo tuviera tanta sangre? —dijo después de una sesión—. *Macbeth*, querida. Búscalo.

Vivian nunca ha hablado realmente con nadie de su experiencia en el tren. «Fue una ignominia», dice. Demasiado que explicar, demasiado difícil de creer. Todos esos niños enviados en trenes al Medio Oeste, recogidos de las calles de Nueva York como si fueran desperdicios, basura en una barcaza, para ser enviados lejos, para perderlos de vista.

—¿Y qué pasa con su marido? —pregunta Molly—. Debió de contárselo, ¿no?

—Le expliqué algunas cosas —admite Vivian—, pero gran parte de mi experiencia fue dolorosa y no quería preocuparlo. En ocasiones es mejor tratar de olvidar.

Cada caja que abren ilumina aspectos nuevos de los recuerdos de Vivian. El juego de costura envuelto en estopilla evoca la casa adusta de los Byrne. El abrigo color mostaza con botones militares, los guantes con forro de lana, el vestido marrón con botones de perlas, un juego cuidadosamente empaquetado de porcelana rosa. Molly enseguida se conoce de memoria la lista de personajes: Niamh, la abuela, Maisie, la señora Scatcherd, Dorothy, el señor Sorenson, la señorita Larsen... Una historia regresa en círculo a otra. Derecho y bien hecho. Como si reuniera trozos de tela para tejer una colcha, Molly los pone en la secuencia adecuada y los enhebra, creando un patrón imposible de ver cuando cada pieza estaba por separado.

Cuando Vivian describe cómo se sintió al estar a merced de desconocidos, Molly asiente. Sabe muy bien lo que es someter tus inclinaciones naturales, forzar una sonrisa cuando te sientes aturdido. Al cabo de un tiempo ya no sabes cuáles son tus propias necesidades. Te sientes agradecido por el atisbo de amabilidad y luego, al hacerte mayor, suspicaz. ¿Por qué alguien iba a hacer algo por ti sin esperar nada a cambio? De todos modos, la mayor parte del tiempo no te ofrecen nada. Las más de las veces ves lo peor de la gente. Descubres que la mayoría de los adultos mienten. Que la mayoría de la gente solo cuida de sí misma. Que solo eres interesante cuando resultas útil para alguien.

Y así se forma tu personalidad. Sabes demasiado, y este conocimiento te hace precavido. Tienes cada vez más miedo y desconfianza. La expresión de emoción no sale de manera natural, así que aprendes a fingir. A simular. A mostrar una empatía que en realidad no sientes. Y así es como aprendes a mezclarte, si tienes suerte, a parecer como los demás, aunque estés roto por dentro.

—Eh, no lo sé —dice Tyler Baldwin un día en Historia Americana después de la proyección de una película sobre los wabanakis—. ¿Cómo era ese dicho? El botín es para el vencedor. Quiero decir que ocurre todo el tiempo en todo el mundo. Un grupo gana y otro pierde.

—Bueno, es verdad que los humanos han estado dominando y oprimiendo al prójimo desde el inicio de los tiempos —dice el señor Reed—. ¿Crees que los grupos oprimidos simplemente deberían dejar de quejarse?

—Sí. Has perdido. Así que, bueno, deberías decir «asúmelo» —explica Tyler.

La rabia que siente Molly es tan abrumadora que ve puntitos delante de los ojos. Durante más de cuatrocientos años los indios fueron engañados, acorralados, confinados en pequeñas parcelas de tierra y discriminados. Los llamaron indios sucios, pieles rojas, salvajes. No podían conseguir trabajo ni comprar casas. ¿Arriesgaría su situación legal por estrangular a este imbécil? Respira hondo y trata de calmarse. Luego levanta la mano.

El señor Reed la mira con sorpresa. Molly rara vez levanta la mano.

—¿Sí?

—Soy india. —Nunca se lo ha contado a nadie salvo a Jack. Para Tyler es solo... Dios, si es que piensa en ella alguna vez—. Penobscot. Nací en Indian Island. Y solo quiero decir que lo que ocurrió a los indios es exactamente lo que ocurrió a los irlandeses bajo el gobierno británico. No fue una lucha justa. Les robaron la tierra, les prohibieron su religión, los obligaron a someterse a la dominación extranjera. No estaba bien para los irlandeses y no está bien para los indios.

—Joder, basta de pontificar —murmura Tyler.

Megan McDonald, un asiento delante de Molly, levanta la mano y el señor Reed asiente.

—Tiene razón —dice—. Mi abuelo es de Dublín. Siempre está hablando de lo que hicieron los británicos.

—Bueno, los padres de mi abuelo lo perdieron todo en la Gran Depresión. Y no me ves pidiendo limosnas. Pasan cosas, joder; perdón por el lenguaje —añade Tyler.

—Lenguaje de Tyler aparte —dice el señor Reed, levantando las cejas para señalar que no lo aprueba y que se ocupará de eso después—, ¿es eso lo que están haciendo? ¿Pidiendo limosnas?

—Solo quieren ser tratados justamente —comenta un chico en la parte de atrás.

—Pero, ¿qué significa eso? ¿Y dónde termina? —pregunta otro.

Al tiempo que otros se unen a la conversación, Megan se vuelve en su asiento y mira con los ojos entornados a Molly, como si se fijara en ella por primera vez.

—India. Está bien —susurra—. Como Molly *Melazas*, ¿eh?

Ahora los días laborables Molly no espera a que Jack la lleve a la casa de Vivian. En la puerta de la escuela coge el Island Explorer.

—Tienes otras cosas que hacer —le dice—. Sé que es un palo para ti esperarme.

Además, tomar el autobús le da libertad para quedarse hasta cuando Vivian quiera sin tener que responder preguntas de Jack.

Molly no le ha hablado a Jack del proyecto de acarreo. Sabe que habría dicho que es una mala idea, que se está implicando en exceso en la vida de Vivian, pidiéndole demasiado. Aun así, Jack le habla con un tono distinto últimamente.

—Bueno, estás llegando al final de tus horas, ¿eh? —dice—. ¿Has hecho algún progreso?

Estos días Molly entra en la casa de Vivian, le dice un rápido «hola» a Terry y sube la escalera. Su creciente relación con Vivian le parece demasiado difícil de explicar y no viene al caso. ¿Qué importa lo que piensen los demás?

—Aquí está mi teoría —dice Jack un día cuando están sentados en el césped de la escuela a la hora de comer.

Es una mañana hermosa, fresca y suave. Las flores de diente de león danzan como chispas en la hierba.

—Vivian es como una figura materna para ti. Abuela, bisabuela, lo que sea. Te escucha, te cuenta historias, deja que la ayudes. Hace que te sientas necesitada.

—No —dice Molly con irritación—. No es así. Tengo horas que cumplir; ella tiene trabajo para hacer. Simple.

—No tan simple, Moll —dice él con exagerada razonabilidad—. Mamá me cuenta que hay mucho que hacer allí. —Abre una lata de té helado y da un trago largo.

—Estamos haciendo progresos. Es difícil de ver.

—¿Difícil de ver? —Ríe, desenvolviendo un sándwich Subway Italian.

—Pensaba que se trataba de deshacerse de las cajas. Parece sencillo, ¿no?

Molly parte una zanahoria por la mitad.

—Estamos organizando cosas. Para que sean más fáciles de encontrar.

—¿Por quién? ¿La gente de la inmobiliaria? Porque sabes que es quien lo hará. Vivian probablemente no volverá a poner los pies allí arriba.

¿Realmente le importa?

—Entonces lo estamos poniendo más fácil para la gente de la inmobiliaria.

En realidad, aunque hasta ahora no lo ha reconocido en voz alta, Molly prácticamente ha renunciado a la idea de tirar nada. Al fin y al cabo ¿qué importa? ¿Por qué el desván de Vivian no ha de estar lleno de cosas significativas para ella? La cruda realidad es que ella morirá más pronto que tarde. Y entonces los profesionales invadirán la casa, separando limpia y eficientemente lo valioso de lo sentimental, entreteniéndose solo con elementos de origen o valor indeterminado. Así pues, Molly ha empezado a ver su trabajo en casa de Vivian bajo una luz diferente. Quizá no importa cuánto haga. Quizás el valor está en el proceso: en tocar cada objeto, en nombrarlo e identificarlo, en reconocer el significado de un cárdigan, de unas botas infantiles.

—Son sus cosas —dice Molly—. No quiere desprenderse de ellas. No puedo obligarla, digo yo.

Jack da un mordisco a su sándwich y un poco de relleno cae sobre el papel encerado bajo su barbilla. Se encoge de hombros.

—No lo sé. Creo que se trata más bien... —Mastica y traga, y Molly aparta la mirada, enfadada por esa agresividad— de las apariencias, ¿sabes?

—¿Qué quieres decir?

—A mamá le da la impresión de que podrías estar aprovechándote de la situación.

Molly baja la mirada a su propio sándwich.

«Solo sé que te gustarían si los probaras», dijo Dina alegremente cuando Molly le pidió que no le pusiera sándwiches de boloñesa en su bolsa del almuerzo. Y añadió: «O puedes prepararte tu maldita comida.»

De manera que ahora Molly lo hace; se tragó su orgullo, pidió dinero a Ralph y compró mantequilla de almendras, miel ecológica y pan de nueces en la tienda de comida saludable de Bar Harbor. Y está bien, aunque su pequeño alijo es tan bien recibido en la despensa como si el gato llevara un ratón recién cazado —o quizá, siendo vegetariana, menos—, así que está en cuarentena en un estante del lavadero «para que nadie se confunda», como dice Dina.

Molly siente que le sube la rabia al pecho: por la poca disposición de Dina a aceptarla como es, por los juicios de Terry y por la necesidad de aplacarla de Jack. Rabia contra todos ellos.

—La cuestión es que en realidad no es asunto de tu madre. —En el momento en que lo dice lo lamenta.

Jack le lanza una mirada cortante.

—¿Estás de broma?

Él arruga el envoltorio del sándwich y lo devuelve a la bolsa de plástico en que lo ha traído. Molly nunca lo ha visto así, con la mandíbula tensa y los ojos enfadados.

—Mi madre se la jugó por ti —añade—. Te metió en esa casa. ¿Y necesito recordarte que mintió a Vivian? Si ocurre algo, ella perderá su trabajo en un periquete. Así. —Chasca los dedos.

—Jack, tienes razón, lo siento...

Pero él ya se ha levantado y se está alejando.

Spruce Harbor, Maine, 2011

—¡Primavera por fin! —sonríe radiante Ralph, poniéndose guantes de trabajo en la cocina mientras Molly se sirve un bol de cereales.

La sensación es de un verdadero día primaveral, primavera real, con árboles con hojas y narcisos en flor, aire tan cálido que no necesitas llevar jersey.

—Allá voy —anuncia Ralph, saliendo a limpiar la maleza.

Trabajar en el patio es la actividad favorita de Ralph; le gusta arrancar malas hierbas, plantar, cultivar. Todo el invierno ha estado como un perro arañando la puerta, rogando salir.

Dina, entretanto, está viendo la televisión y pintándose las uñas de los pies en el sofá de la sala. Cuando llega Molly a la sala con su muesli de pasas, Dina levanta la mirada y tuerce el gesto.

—¿Puedo hacer algo por ti? —Mete el pincelito en el frasco de esmalte, limpia el exceso en el borde, y con habilidad se pinta la uña del dedo gordo, corrigiendo la línea con el pulgar—. No se come en la sala, recuerda.

«Buenos días también a ti.» Sin decir una palabra, Molly se vuelve y se dirige a la cocina, donde marca la tecla rápida para llamar a Jack.

—Hola. —La voz de Jack suena calmada.

—¿Qué plan tienes?

—Vivian me paga para que haga una limpieza de primavera de su propiedad, recoger ramas rotas y todo eso. ¿Y tú?

—Voy a Bar Harbor, a la biblioteca. Tengo que entregar un proyecto de investigación dentro de unos días. Esperaba que vinieras conmigo.

—Lo siento, no puedo.

Desde su conversación en la comida de la semana pasada, Jack ha estado así. Molly sabe que requiere un gran esfuerzo por parte de él mantener su mal humor: va muy en contra de su carácter. Y aunque ella quiere disculparse, arreglar las cosas entre ambos, teme que cualquier cosa que diga sonará hueca. Si Jack sabe que está entrevistando a Vivian —que limpiar el desván se ha transformado en una conversación en curso— se cabreará todavía más.

Molly oye un susurro en su cabeza. «Déjalo correr. Acaba tus horas y olvídate de esto.» Pero ella no puede dejarlo correr. No quiere.

El Island Explorer va casi vacío. Los pocos pasajeros se saludan unos a otros con la cabeza al subir. Molly, con los auriculares puestos, parece una adolescente típica, pero en realidad está escuchando la voz de Vivian. En la cinta, Molly oye cosas que no escuchó cuando Vivian estaba sentada delante de ella...

«El tiempo se constriñe y se estira, ¿sabes? No está bien ponderado. Ciertos momentos permanecen en la mente y otros desaparecen. Los primeros veintitrés años de mi vida son los que me dieron forma, y el hecho de que haya vivido siete décadas desde entonces es irrelevante. Esos años no tienen nada que ver con las preguntas que haces.»

Molly abre la libreta, pasa el dedo por los nombres y fechas que ha escrito. Pasa la cinta atrás y adelante, para y arranca, garabatea palabras significativas que le faltan. Kinvara, condado de Galway, Irlanda. El *Agnes Pauline*. Ellis Island, el Irish Rose, Delancey Street. Elizabeth Street, Dominick, James, Maisie Power. La Sociedad de Socorro a la Infancia, señora Scatcherd, señor Curran...

«¿Qué has elegido llevarte? ¿Qué has dejado atrás? ¿Qué perspectivas has ganado?»

La vida de Vivian ha sido tranquila y ordinaria. Con el paso de los años, sus pérdidas se han ido apilando una encima de otra como capas de pizarra: aunque su madre sobreviviera, ahora estará muerta; la gente que la adoptó está muerta; su marido está muerto; no tiene hijos. Salvo por la compañía de la mujer a la que paga para que la cuide, está tan sola como pueda estarlo una persona.

Nunca ha intentado descubrir qué le ocurrió a su familia, su madre o sus parientes en Irlanda. Pero al escuchar las cintas una y otra vez, Molly empieza a comprender que Vivian piensa que las personas que importan en nuestras vidas se quedan con nosotros, acechándonos en la mayoría de momentos ordinarios. Están con nosotros en la tienda de comestibles y cuando doblamos una esquina charlando con un amigo. Ascienden a través del suelo, nuestras suelas las absorben.

Vivian ha dado sentido a la sentencia de servicio a la comunidad de Molly. Ahora Molly quiere devolverle algo. Nadie más conoce la historia de Vivian. No hay nadie para leer los documentos de ese trabajo; nadie para reconocer el significado de las cosas que ella valora, cosas que serían significativas solo si alguien se interesara por ellas. Pero Molly se interesa. Los huecos en las historias de Vivian le parecen misterios que ella puede ayudar a resolver. En la tele oyó una vez a un experto en relaciones decir que no puedes encontrar paz hasta que encuentras todas las piezas. Quiere ayudar a Vivian a encontrar alguna clase de paz, por esquiva y fugaz que pueda ser.

Después de que la dejen en Bar Harbor, Molly camina hasta la biblioteca, un edificio de ladrillos en Mount Desert Street. En la sala de lectura principal, charla con la bibliotecaria, que la ayuda a encontrar varios libros sobre la historia de Irlanda y la inmigración en la década de 1920. Pasa unas horas hojeándolos y tomando notas. Luego saca su portátil. Diferentes palabras juntas ofrecen diferentes resultados, así que Molly hace decenas de combinaciones: «1929 incendio Nueva York», «Lower East Side Elizabeth Street incendio 1929» «*Agnes Pauline*», «Ellis Island 1927». En la web de Ellis Island hace clic en búsqueda de registro de pasajeros. Búsqueda por barco. Luego hace clic en el nombre del barco de la lista inferior... y ahí está el *Agnes Pauline*.

Encuentra los nombres completos de los padres de Vivian en el registro de pasajeros, Patrick y Mary Power, del condado de Galway, Irlanda, y siente una emoción vertiginosa, como si personajes de ficción hubieran cobrado vida de repente. Buscando los nombres, separados y juntos, encuentra una pequeña noticia sobre el incendio que señala las muertes de Patrick Power y sus hijos Dominick y James. No hay mención de Maisie.

Escribe «Mary Power». Luego «Maisie Power». Nada. Tiene una idea: Schatzman. «Schatzman Elizabeth Street», «Schatzman Elizabeth Street Nueva York», «Schatzman Elizabeth Street Nueva York 1930». Aparece el blog de una reunión. Una tal Liza Schatzman organizó una reunión familiar en 2010 en el estado de Nueva York. Bajo la pestaña «historia familiar», Molly encuentra una imagen en tono sepia de Agneta y Bernard Schatzman, que emigraron de Alemania en 1915 y residían en el 26 de Elizabeth Street. Él trabajó de vendedor y ella hacía remiendos. Bernard Schatzman nació en 1894 y Agneta en 1897. No tuvieron hijos hasta 1929, cuando él contaba treinta y cinco años y ella treinta y dos.

Entonces adoptaron a una niña, Margaret.

Maisie. Molly se echa atrás en la silla. Así que Maisie no murió en el incendio.

Menos de diez minutos después de empezar su búsqueda está mirando una fotografía de hace un año de una mujer que tiene que ser la hermana bebé de Vivian, ahora con el pelo blanco: Margaret Reynolds, nacida Schatzman, edad ochenta y dos años, rodeada de sus hijos, nietos y bisnietos en su casa de Rhinebeck, Nueva York. A dos horas y media de Nueva York y a solo ocho horas desde Spruce Harbor.

Escribe «Margaret Reynolds, Rhinebeck, NY». Aparece una necrológica del *Poughkeepsie Journal*. Es de hace cinco meses.

Señora Margaret Reynolds, 83 años, murió apaciblemente mientras dormía un sábado después de una breve enfermedad. Estaba rodeada por la familia que la amaba...

Perdida y encontrada y vuelta a perder. ¿Cómo va a decírselo a Vivian?

Hemingford, Minnesota, 1930

Cuando mejoro, voy a la escuela con la señorita Larsen en el coche negro. La señora Murphy me da algo nuevo casi cada día: una falda que dice que ha encontrado en un armario, un gorro de lana, un abrigo color camello, una bufanda de color violeta y mitones a juego. A algunas prendas les faltan botones o tienen pequeños agujeros o desgarros, otras necesitan que les hagan el dobladillo. Cuando la señora Murphy me encuentra remendando un vestido con la aguja y el hilo que me regaló Fanny, exclama:

—Vaya, te das buena maña.

La comida que ella prepara, que conozco de Irlanda, evoca un torrente de recuerdos: salchichas asadas con patatas al horno, las hojas de té en la taza de la abuela por la mañana, ropa ondeando en la cuerda detrás de la casa, el tañido de la campana de la iglesia en la distancia. La abuela diciendo «Estaba de rechupete» después de una buena cena. Y otras cosas: peleas entre mamá y la abuela, mi padre desmayado borracho en el suelo. El grito de mamá: «¡Tú lo malcriaste y ahora nunca será un hombre!» Y la réplica de la abuela: «Sigue metiéndote con él y pronto no volverá a casa.»

En ocasiones, me quedaba a dormir en casa de la abuela,

oía a mis abuelos susurrando en la mesa de la cocina: «¿Qué vamos a hacer, pues? ¿Tendremos que alimentar a esta familia para siempre?» Sabía que estaban exasperados con papá, pero también tenían poca paciencia con mamá, cuya familia era de Limerick y nunca movió un dedo para ayudar.

El día que la abuela me dio el Claddagh yo estaba sentada en su cama, pasando los dedos por el hilo nudoso de la colcha blanca como si leyera en Braille, observando cómo se preparaba para ir a la iglesia. Ella estaba sentada ante un pequeño tocador con un espejo oval, atusándose el pelo ligeramente con un cepillo que apreciaba mucho —«del más fino hueso de ballena y crin», decía, dejándome tocar el mango suave, las cerdas hirsutas— y que guardaba en un estuche con forma de ataúd. Había ahorrado remendando ropa para comprarse el cepillo; me contó que tardó cuatro meses en ganar ese dinero.

Después de volver a dejar el cepillo en su estuche, la abuela abrió su joyero de piel sintética color hueso, con ribetes y cierre dorados, forrado de terciopelo rojo, y desveló un tesoro oculto: pendientes destellantes, pesados collares de ónice y perlas, brazaletes dorados. (Después mi madre dijo con despecho que era bisutería de una tienda de baratijas de Galway, pero en ese momento me parecieron imposiblemente lujosas.) La abuela eligió un par de pendientes de perlas con cierre de clip y se puso primero uno y luego el otro en sus largos lóbulos.

En el fondo de la caja estaba la cruz Claddagh. Nunca se la había visto puesta. Me contó que su padre, fallecido hacía ya mucho, se la había regalado por su primera comunión cuando ella tenía trece años. Ella había planeado dársela a su hija, mi tía Brigid, pero Brigid prefirió un anillo dorado de piedra natal.

—Tú eres mi única nieta y quiero que lo tengas —declaró la abuela, abrochando la cadena en torno a mi cuello—. ¿Ves las hebras entrelazadas? —Tocó el motivo en relieve con un dedo nudoso—. Trazan un camino interminable que se aleja de casa para luego volver. Cuando lleves esto, nunca estarás lejos del lugar donde empezaste.

Varias semanas después de que la abuela me regalara el Claddagh, ella y mamá se enzarzaron en una de sus discusiones. Cuando levantaron la voz llevé a los gemelos al dormitorio del fondo del pasillo.

—¡Tú lo has convencido; él no estaba preparado! —oí que gritaba la abuela.

Y luego la réplica de mamá, tan clara como el día:

—Un hombre cuya madre no le deja mover un dedo no sirve para una mujer.

Oí un portazo en la puerta de la calle y supe que era el abuelo que se marchaba, indignado. Y entonces oí un estrépito, un chillido, un grito, y al llegar corriendo al salón me encontré el cepillo de hueso de ballena de la abuela hecho añicos contra el hogar y a mamá con expresión triunfal.

Ni un mes después, embarcamos en el *Agnes Pauline* rumbo a Ellis Island.

Me entero de que el marido de la señora Murphy murió hace una década y la dejó con esta gran casona vieja y poco dinero. Sacando el máximo partido de la situación, ella empezó a recibir huéspedes. Las mujeres tienen una lista de tareas que rota una vez a la semana: cocinar, hacer la colada, limpiar, fregar el suelo. Enseguida también yo estoy ayudando: pongo la mesa del desayuno, barro el salón, lavo los platos después de cenar. La señora Murphy es la que más trabaja. Se levanta temprano para hacer *scones* y galletas y gachas, y es la última en acostarse cuando apaga las luces.

Por la noche, en el salón, las mujeres se reúnen para hablar de las medias que llevan, si las mejores tienen una costura atrás o son suaves, qué marcas duran más, cuáles enseguida tienen carreras; el lápiz de labios más deseado (por consenso, Ritz Bonfire Red); y sus marcas favoritas de maquillaje. Me siento en silencio junto a la chimenea, escuchando. La señorita Larsen rara vez participa; por las tardes está ocupada preparando las lecciones y estudiando. Lleva gafitas doradas cuando lee, lo que hace siempre que no está ocupada. Siempre tiene un libro o una bayeta en la mano, y a veces las dos cosas.

Estoy empezando a sentirme como en casa. Pero por más que deseo que la señora Murphy se olvide de que estoy de paso, ella no lo ha olvidado. Una tarde, cuando llego en el coche con la señorita Larsen después de la escuela, el señor Sorenson está en el vestíbulo, sosteniendo su sombrero de fieltro negro en las manos como si fuera un timón. Me da un vuelco el estómago.

—Ah, aquí está —exclama la señora Murphy—. Ven, Niamh, vamos al salón. Venga con nosotros, por favor, señorita Larsen. Cierre esa puerta o nos moriremos de un resfriado. ¿Té, señor Sorenson?

—Eso sería fabuloso, señora Murphy —dice él, cruzando tras ella las puertas dobles.

La señora Murphy hace un gesto hacia el sofá de terciopelo rosa y se acomoda pesadamente, como un elefante que vi en un libro ilustrado, con su voluminoso vientre sobre unos muslos como jamones. La señorita Larsen y yo nos sentamos en los sillones de orejas. Cuando la señora Murphy va a la cocina, el señor Sorenson se inclina hacia delante y sonríe.

—Niamh otra vez, ¿eh?

—No lo sé.

Miro por la ventana a la calle cubierta de nieve y la camioneta verde oscuro del señor Sorenson, que por alguna razón no había visto antes, aparcada delante de la casa. El vehículo me hace estremecer más que la presencia del señor Sorenson.

Es el mismo que me llevó a casa de los Grote, con el señor Sorenson charlando alegremente todo el camino.

—Volvamos a Dorothy, ¿podemos? —dice—. Es más fácil.

La señorita Larsen me mira y yo me encojo de hombros.

—Muy bien.

El señor Sorenson se aclara la garganta.

—Mejor ir al grano.

Se quita las gafitas del bolsillo del pecho, se las pone y sostiene un papel a un brazo de distancia.

—Ha habido dos intentos fallidos de colocarte. Los Byrne y los Grote. Problemas con la mujer de la casa en ambos casos. —Me mira por encima de las gafas plateadas—. Tengo que decirte, Dorothy, que empieza a dar la impresión de que hay algún tipo de... problema contigo.

—Pero yo no...

Mueve sus dedos de salchicha delante de mí.

—Tu difícil situación, debes comprenderlo, es que eres huérfana, y sea cual sea la realidad, da la impresión de que podría ser una cuestión de... insubordinación. Veamos, hay varias formas de proceder. Primero, por supuesto, podemos enviarte otra vez a Nueva York. O intentar encontrarte otra casa. —Suspira pesadamente—. Lo cual, para ser franco, podría resultar difícil.

La señora Murphy, que ha estado entrando y saliendo de la sala con el servicio de té rosa y está sirviendo la infusión en tazas delicadas de borde fino, deja la tetera en un salvamanteles en medio de la mesa de café lustrada. Le tiende al señor Sorenson una taza y le ofrece el azucarero.

—Maravilloso, señora Murphy—dice él, y vierte cuatro cucharaditas de azúcar en su taza. Añade leche, revuelve ruidosamente, deja la cucharita de plata en el borde del platito y bebe un sorbo largo.

—Señor Sorenson —dice la señora Murphy cuando la taza del visitante vuelve a estar en el platito—. Se me ocurre una cosa. ¿Podría hablar con usted en el vestíbulo?

—Vaya, desde luego. —Se seca la boca con una servilleta rosa y se levanta para seguirla al pasillo.

Cuando la puerta se cierra tras ellos, la señorita Larsen toma un sorbo de té y deja su taza otra vez en el platito con un ligero ruido. La lámpara de latón sobre la mesa redonda que nos separa proyecta un brillo ámbar.

—Siento que tengas que pasar por esto, pero la señora Murphy, por generosa que sea, no puede tenerte de manera indefinida. Lo entiendes, ¿verdad?

—Sí —respondo con un nudo en la garganta. No tengo confianza en mí misma para decir nada más.

Cuando ambos vuelven a la sala, la señora Murphy fija su mirada en él y sonríe.

—Eres una chica afortunada —añade entonces el señor Sorenson—. Esta mujer extraordinaria... —sonríe a la casera y ella baja la mirada— me ha informado de que una pareja de amigos suyos, los Nielsen, son los dueños de la tienda de Center Street. Hace cinco años perdieron a su única hija.

—Difteria, creo que fue, pobrecita —precisa la señora Murphy.

—Sí, sí, una tragedia —dice el señor Sorenson—. Bueno, aparentemente necesitan ayuda en la tienda. La señora Nielsen contactó con la señora Murphy hace varias semanas para saber si alguna joven de la casa está buscando empleo. Y entonces, cuando la corriente te trajo hasta su puerta... —Quizá sintiendo que esta caracterización de cómo llegué aquí podría ser percibida como insensible, ríe entre dientes—. Perdón, señora Murphy. ¡Solo es una forma de hablar!

—Muy bien, señor Sorenson, comprendemos que no tenía mala intención. —La señora Murphy vierte más té en su taza y se la entrega, luego se vuelve hacia mí—: Después de hablar con la señorita Larsen de tu situación, le hablé a la señora Nielsen de ti. Le dije que eras una niña de casi once años de mente serena y madura, que me has impresionado con tu capacidad de coser y limpiar y que no me cabe duda de que puedes serle de utilidad. Le expliqué que aunque la adopción sería el resultado más deseable, no es imprescindible. —Une las manos—. Pues bien, los señores Nielsen han accedido a conocerte.

Sé que esperan que responda, que exprese gratitud, pero tengo que hacer un esfuerzo para sonreír y tardo en formar las palabras. No estoy agradecida; estoy amargamente decepcionada. No entiendo por qué tengo que marcharme, por qué la señora Murphy no puede quedarse conmigo si tengo tan buenas maneras. No quiero ir a otra casa donde me traten como una criada, donde solo me toleren por el trabajo que pueda proporcionar.

—¡Qué amable, señora Murphy! —exclama la señorita Larsen, rompiendo el silencio—. Es una noticia maravillosa, ¿no, Dorothy?

—Sí, gracias, señora Murphy —digo, atragantándome con las palabras.

—De nada, niña. De nada. —Sonríe con orgullo—. Bueno, señor Sorenson. Quizás usted y yo deberíamos asistir también a esa reunión.

Él se acaba la taza de té y la deja en su platito.

—De hecho, señora Murphy, también estoy pensando que nosotros dos deberíamos reunirnos en privado para discutir... los aspectos más sutiles de este arreglo. ¿Qué opina?

La señora Murphy se ruboriza y pestañea; se mueve en su silla, levanta su taza de té y vuelve a dejarla sin beber ni un sorbo.

—Sí, probablemente —dice, y la señorita Larsen me sonríe.

Hemingford, Minnesota, 1930

Durante los días siguientes, cada vez que la veo, la señora Murphy tiene otra sugerencia sobre cómo debería comportarme en la reunión con los Nielsen.

—Estrecha la mano de manera firme, pero sin apretar —me aconseja al pasar por mi lado en la escalera.

»Has de ser una señorita. Han de saber que pueden confiar en ti si estás detrás del mostrador —me sermonea en la cena.

Las otras mujeres intervienen.

—No hagas preguntas —aconseja una.

—Pero respóndelas sin vacilar —añade otra.

—No te olvides de llevar las uñas bien cortadas y limpias.

—Lávate los dientes justo antes con bicarbonato.

—Tu pelo ha de estar... —la señorita Grund hace una mueca y se toca su propio cabello como si pinchara burbujas de jabón— civilizado. Nunca se sabe lo que pueden pensar de una pelirroja. Sobre todo con ese tono metálico.

—Venga, venga —interviene la señorita Larsen—. Vamos a asustar tanto a esta pobre niña que no sabrá cómo actuar.

En la mañana de la reunión, un sábado de mediados de diciembre, llaman suavemente a la puerta de mi habitación.

Es la señora Murphy, que trae un vestido de terciopelo azul en una percha.

—A ver si esto te va —dice, pasándomelo.

No estoy segura de si invitarla a pasar o cerrar la puerta mientras me cambio, pero ella resuelve el dilema entrando y sentándose en la cama.

La señora Murphy es tan natural que no me da pudor quitarme la ropa y quedarme en bragas. Ella saca el vestido de la percha, desabrocha una costura en el lado —entonces veo que es una cremallera— y lo levanta sobre mi cabeza, ayudándome con las mangas largas, bajándome la falda recogida, abrochándolo otra vez. Luego retrocede en el pequeño espacio para inspeccionarme, tira de un lado y luego de otro. Estira de una manga.

—A ver ese pelo —señala, indicándome que me dé la vuelta para echarle un vistazo.

Del bolsillo de su delantal saca alfileres y un broche de pelo. Durante los siguientes minutos me tira el cabello hacia atrás para despejarme la cara y lo peina para domarlo. Cuando termina a su satisfacción, me da la vuelta y contempla mi reflejo en el espejo.

A pesar de mi temor respecto a la reunión con los Nielsen, no puedo evitar sonreír. Estoy casi guapa por primera vez desde que el señor Grote me cortó el pelo hace meses. Nunca he llevado un vestido de terciopelo antes. Es pesado y un poco tieso, con una falda ancha que cae en cascada hasta mitad de la pantorrilla. Desprende un tenue aroma a naftalina cada vez que me muevo. Creo que es hermoso, pero la señora Murphy no está satisfecha. Entornando los ojos y chascando la lengua, pellizca la tela.

—Espera un momento. Ahora mismo vuelvo —dice.

Se apresura a salir y al cabo de un momento regresa con una cinta negra ancha.

—Date la vuelta —me dice.

Y cuando obedezco, enrolla la cinta en torno a mi cintura y la ata detrás con un lazo ancho. Ambas estudiamos el resultado en el espejo.

—Ahora sí. Pareces una princesa, querida —declara la señora Murphy—. ¿Tus medias negras están limpias?

Asiento con la cabeza.

—Póntelas, pues. Y tus zapatos negros estarán bien. —Sonríe con las manos en mi cintura—. ¡Eres una princesa irlandesa pelirroja en Minnesota!

A las tres de la tarde, en las horas iniciales de la primera nevada intensa de la temporada, me presentan a los señores Nielsen en el salón de la señora Murphy, con el señor Sorenson y la señorita Larsen al lado.

El señor Nielsen parece un gran ratón gris: no le faltan los bigotes retorcidos ni las orejas rosáceas ni una boca pequeña. Lleva un terno y una pajarita de seda a rayas, y camina con un bastón negro. Su mujer es delgada, casi frágil. Lleva su cabello oscuro, salpicado de plata, recogido en un moño. Tiene cejas y pestañas oscuras y ojos castaños hundidos, y los labios pintados de rojo oscuro. No se ha puesto maquillaje ni colorete en su cutis aceitunado.

La señora Murphy acomoda a los Nielsen, les sirve té y galletas, les pregunta sobre su trayecto por la ciudad nevada y luego hace observaciones sobre el clima: que la temperatura descendió en los últimos días y que poco a poco se formaron nubes de nieve al oeste, que la tormenta finalmente ha empezado hoy, como todo el mundo sabía que ocurriría. Especulan sobre la mucha nieve que vamos a tener esta noche, lo mucho que durará en el suelo, cuándo podremos esperar más nieve y qué clase de invierno tendremos. Seguramente no rivalizará con el invierno de 1922, cuando después de las tormentas de nieve llegaron ventiscas y nadie pudo recibir ayuda. O la ventisca de polvo negro de 1923 (¿recuerdan eso?), cuando llegó nieve sucia de Dakota del Norte, ventisqueros de más de dos metros cubrieron zonas enteras de la ciudad y la gente no salió de sus casas durante semanas. Por otro lado, hay pocas posibilidades de que sea tan suave como el de 1921, el diciembre más cálido del que se tiene registro.

Los Nielsen muestran una curiosidad educada sobre mí, y yo hago todo lo posible para responder sin sonar ni ansiosa ni apática. Los otros tres adultos nos observan con intensidad temblorosa. Siento que me instan a hacerlo bien, a sentarme recta y responder con frases completas.

Finalmente, después de abordar un tema de conversación tras otro, el señor Sorenson dice:

—Muy bien, pues. Creo que todos sabemos por qué estamos aquí. Para determinar si los Nielsen querrán proporcionar un hogar a Dorothy, y si Dorothy es adecuada a sus necesidades. Con ese fin, Dorothy, ¿puedes decirles a los Nielsen por qué deseas convertirte en parte de su hogar y qué podrías aportar?

Si fuera sincera —que por supuesto no es lo que me está pidiendo el señor Sorenson— diría que simplemente necesito un lugar caliente y seco para vivir. Quiero tener comida suficiente y ropa y zapatos que me protejan del frío. Quiero calma y orden. Más que nada, quiero sentirme a salvo en mi cama.

—Sé coser y soy muy aseada. Y soy buena con las matemáticas —digo.

El señor Nielsen se vuelve hacia la señora Murphy y pregunta:

—¿La jovencita sabe cocinar y limpiar? ¿Trabaja duro?

—¿Es protestante? —quiere saber la señora Nielsen.

—Es muy trabajadora, puedo dar fe de ello —dice la señora Murphy.

—Sé cocinar algunas cosas —digo—, aunque en mi anterior residencia esperaban que preparara estofado de ardilla y mapache y preferiría no volver a hacerlo.

—Cielo santo, no —exclama la señora Nielsen—. ¿Y la otra pregunta...?

—¿La otra pregunta? —Apenas sigo el hilo.

—¿Vas a la iglesia, querida? —insta la señora Murphy.

—Ah, sí. Pero la familia con la que vivía no iba a la iglesia —respondo con sinceridad.

Aunque en realidad no he ido a misa desde la capilla de la Sociedad de Socorro a la Infancia, y antes de eso solo con la abuela. Recuerdo que caminaba con ella de la mano hasta St. Joseph, justo en el centro de Kinvara, una pequeña iglesia de piedra con vitrales coloridos y bancos de roble oscuro. El olor de incienso y lirios, las velas encendidas por seres queridos fallecidos, la entonación profunda del sacerdote y el majestuoso sonido del órgano. Mi padre decía que era alérgico a la religión, que nunca le hizo ningún bien a nadie; y cuando los vecinos de Elizabeth Street criticaban a mamá por no ir a los servicios, ella decía:

—Prueba tú a preparar un montón de niños en una mañana de domingo cuando uno tiene fiebre, otro cólicos y tu marido está desmayado en la cama.

Recuerdo que observaba a otros católicos: chicas con vestidos de comunión y chicos con zapatos limpios, bajando por la calle debajo de nuestro apartamento, con sus madres empujando cochecitos y padres caminando al lado.

—Es una chica irlandesa, Viola, así que sospecho que es católica —dice el señor Nielsen a su mujer.

Asiento con la cabeza.

—Puedes ser católica, niña —observa el señor Nielsen, la

primera cosa que me dice directamente—, pero nosotros somos protestantes. Y esperamos que nos acompañes a los servicios luteranos los domingos.

Hace años que no voy a servicios de ningún tipo, así que ¿qué importa?

—Sí, por supuesto.

—Y has de saber que te enviaremos a la escuela aquí en la ciudad, cerca de casa, de manera que no asistirás más a las clases de la señorita Larsen.

—Creo que Dorothy estaba a punto de superar la escuela común —informa mi maestra—, es una niña muy lista.

—Y después de la escuela —añade el señor Nielsen—, esperamos que ayudes en la tienda. Te pagaremos por horas, por supuesto. Conoces la tienda, ¿no, Dorothy?

—Es una tienda que vende de todo —dice la señora Nielsen.

Asiento con la cabeza una y otra vez. Hasta el momento no han dicho nada alarmante, aunque tampoco siento ninguna chispa de conexión con ellos. No parecen ansiosos por conocerme, aunque eso no me sorprende. Tengo la sensación de que mi abandono, y las circunstancias que me han traído hasta ellos, les importan poco en comparación con la necesidad que yo podría satisfacer en sus vidas.

La mañana siguiente, a las nueve de la mañana, el señor Nielsen aparca un Studebaker azul y blanco junto a la casa y llama a la puerta. La señora Murphy ha sido tan generosa que ahora tengo dos maletas y una cartera llenas de ropa, libros y zapatos. Al cerrar mis bolsas, la señorita Larsen viene a mi habitación y me da *Ana, la de Tejas Verdes*.

—Es mi ejemplar, no el de la escuela. Quiero que lo tengas tú —señala, dándome un abrazo de despedida.

Y entonces, por cuarta vez desde que puse los pies en Minnesota más de un año antes, todo lo que poseo es cargado en un vehículo y estoy de camino a un sitio nuevo.

Hemingford, Minnesota, 1930-1931

La casa de los Nielsen es un edificio colonial de dos plantas pintado de amarillo y con postigos negros y un largo sendero de pizarra que conduce a la puerta. Se halla en una calle tranquila a varias manzanas del centro de la ciudad. Dentro, el diseño es circular: una sala de estar soleada a la derecha conduce a la cocina de la parte de atrás, que conecta con un comedor y vuelve al vestíbulo.

Arriba tengo mi propia habitación, pintada de rosa, con una ventana que da a la calle, e incluso mi propio cuarto de baño, con un gran lavabo de porcelana, baldosas rosas y una alegre cortina blanca con ribetes rosa.

El señor y la señora Nielsen dan por hechas cosas con las que yo ni siquiera me había atrevido a soñar. Todas las habitaciones tienen respiraderos de acero negro con filigrana. El calentador de agua está encendido hasta cuando no hay nadie en casa; así, cuando vuelven del trabajo, no tienen que esperar a que se caliente el agua. Una mujer llamada Bess limpia la casa y lava la ropa una vez a la semana. La nevera está llena de leche y huevos y queso y zumo, y la señora Nielsen se fija en lo que me gusta comer y compra más cantidad: gachas para desayunar, por ejemplo, y frutas, incluso exóticas como naranjas o plátanos. Encuentro aspirina y pasta de dientes en el botiquín y toallas limpias en el armario del pasillo. El señor Nielsen me cuenta que cada dos años cambia su coche por un modelo nuevo.

El domingo por la mañana vamos al oficio. La iglesia luterana de la Gracia es diferente de cualquier lugar de culto que haya visto antes: un sencillo edificio blanco con un campanario, ventanas góticas en arco, bancos de roble y un altar sobrio. Los rituales me resultan reconfortantes: los himnos a coro, los sermones del reverendo de maneras suaves y hombros caídos hacen hincapié en la decencia y las buenas maneras. El señor Nielsen y otros parroquianos refunfuñan sobre el organista, que o bien toca tan deprisa que nos enredamos con las palabras o tan lento que las canciones se convierten en un canto fúnebre, y al parecer es incapaz de levantar el pie del pedal. Pero nadie protesta de verdad, simplemente se miran unos a otros enarcando las cejas a medio canto y se encogen de hombros.

Me gusta el razonamiento de que todos deben esforzarse al máximo y ser amables unos con otros. Me gusta la hora del café con pastel de almendras y las galletas dulces en la sacristía. Y me gusta estar relacionada con los Nielsen, que en general son considerados ciudadanos buenos y cabales. Por primera vez en mi vida, el brillo de aprobación de otra gente se extiende a mí y me envuelve.

La vida con los Nielsen es serena y ordenada. Cada mañana a las cinco y media, seis días por semana, la señora Nielsen prepara el desayuno para su marido, normalmente huevos fritos con tostada, y él se va a la tienda para abrirla para los granjeros a las seis. Yo me preparo para la escuela y salgo de casa a las siete y cuarenta y cinco para el paseo de diez minutos hasta la escuela, un edificio de ladrillo que alberga sesenta niños, separados en distintos cursos.

En mi primer día en esta nueva escuela, la profesora de quinto curso, la señorita Buschkowsky, pide a los doce de la clase que nos presentemos y digamos una o dos de nuestras aficiones.

Nunca había oído hablar de una afición, pero el chico que va antes de mí dice que jugar al hockey y la niña delante de él ha dicho que coleccionar sellos, así que cuando me llega la pregunta, digo que me gusta coser.

—¡Qué maravilla, Dorothy! —exclama la señorita Buschkowsky—. ¿Qué te gusta coser?

—Sobre todo ropa.

La señorita Buschkowsky sonríe de manera alentadora.

—¿Para tus muñecas?

—No; para señoras.

—Caray, ¡qué bonito! —observa en tono demasiado entusiasta.

Y de ese modo me queda claro que la mayoría de las niñas de diez años probablemente no cosen prendas para señoras.

Y así empiezo a adaptarme. Los niños saben que he venido de otro lugar, pero con el paso del tiempo y esfuerzo por mi parte, pierdo todo rastro de acento. Me fijo en la ropa que visten las niñas de mi edad, en el estilo de sus peinados y sus temas de conversación, y pongo tesón para que no se note que vengo de lejos, hacer amigos, encajar.

Después de la escuela, a las tres en punto, voy directamente a la tienda. La tienda de los Nielsen es un gran espacio abierto dividido en pasillos con una farmacia al fondo, una tienda de golosinas delante, ropa, libros y revistas, champú, leche y todo tipo de productos. Mi trabajo consiste en llenar los estantes y ayudar con el inventario. Cuando hay mucha clientela, ayudo en la caja registradora.

Desde mi lugar en el mostrador veo anhelo en las caras de ciertos niños: los que van a la tienda y recorren el pasillo de las golosinas, mirando los bastones duros de rayas con una avidez que reconozco muy bien. Le pregunto al señor Nielsen si puedo usar mis propios ingresos para regalar a un niño un bastón de caramelo de vez en cuando, y él sonríe.

—Usa tu criterio, Dorothy. No te lo descontaré de tu paga.

La señora Nielsen se va de la tienda a las cinco para preparar la cena; en ocasiones la acompaño, y otras veces me quedo con su marido para ayudarlo a cerrar. Él siempre se va a las seis. Durante la cena hablamos del tiempo y de mis deberes y de la tienda. El señor Nielsen es miembro de la Cámara de Comercio y las conversaciones con frecuencia incluyen la discusión de iniciativas y planes para negocios estimulantes en esta economía díscola, como él la llama. A última hora de la noche, se sienta en el salón ante su buró a repasar los libros de contabilidad mientras la señora Nielsen prepara nuestros almuerzos para el día siguiente, ordena la cocina, se ocupa de las tareas de la casa. Yo ayudo a lavar los platos, barro el suelo. Cuando las tareas están hechas, jugamos a damas o naipes y escuchamos la radio. La señora Nielsen me enseña a bordar; mientras hace cojines con detalles intrincados para el sofá, yo trabajo en la cubierta floral para un taburete.

Una de mis primeras tareas en la tienda es ayudar con la decoración navideña. La señora Nielsen y yo subimos cajas llenas de bolas de cristal, adornos de porcelana, cinta y cordones de cuentas brillantes del almacén del sótano. El señor Nielsen pide a sus dos chicos de reparto, Adam y Thomas, que vayan a las afueras de la ciudad y talen un árbol para la ventana. Luego pasamos una tarde poniendo guirnaldas de vegetación con arcos rojos de velvetón sobre la entrada de la tienda y decorando el árbol, forrando cajas vacías con papel de aluminio y atándolas con cinta decorativa e hilo de seda.

Mientras trabajamos juntas, la señora Nielsen me cuenta retazos de su vida. Es sueca, aunque nunca lo dirías, sus familiares eran gitanos de ojos oscuros que llegaron a Gotemburgo desde Europa Central. Sus padres están muertos y sus hermanos esparcidos por el mundo. Ella y el señor Nielsen llevan dieciocho años casados, desde que ella tenía veinticinco y él treinta y pocos. Pensaron que no podían tener hijos, pero hace unos once años ella se quedó embarazada. El 7 de julio de 1920 nació su hija Vivian.

—¿Cuándo dijiste que es tu cumpleaños, Dorothy? —pregunta la señora Nielsen.

—El veintiuno de abril.

Con esmero coloca cinta plateada entre las ramas de los árboles en la parte de atrás, agachando la cabeza de manera que no puedo verle la cara.

—Vosotras sois casi de la misma edad —dice entonces.

—¿Qué le pasó? —me aventuro.

La señora Nielsen nunca había mencionado a su hija antes y siento que, si no pregunto ahora, podría no tener otra oportunidad.

La señora Nielsen ata la cinta a una rama y se inclina para buscar otra. Ata el extremo de la nueva cinta a la misma rama para dar sensación de continuidad y empieza a colocarla.

—Cuando tenía seis años contrajo unas fiebres. Pensamos que era un resfriado. La metimos en la cama y llamamos al médico. Dijo que debíamos dejarla descansar, darle mucho líquido, el consejo habitual. Pero no mejoró. Y de repente estaba delirando en plena noche, fuera de sus cabales. Llamamos al médico, le miró la garganta y vio los puntos delatores. No sabíamos lo que era, pero él sí. La llevamos al hospital St. Mary de Rochester y la pusieron en cuarentena. Nos dijeron que no podían hacer nada, pero no los creímos. Solo era cuestión de tiempo. —Sacude la cabeza como para desembarazarse de la idea.

Pienso en lo duro que tuvo que ser para ella perder a una hija. Y pienso en mis hermanos y en Maisie. Tenemos mucha tristeza en nuestro interior, la señora Nielsen y yo. Siento pena por las dos.

En Nochebuena, los tres vamos paseando hasta la iglesia bajo una suave nevada. Encendemos velas en el árbol de seis metros que hay a la derecha del altar. Todos los niños luteranos bien peinados, así como sus padres y abuelos, cantan con los libros de himnos abiertos. El reverendo da un sermón tan elemental como el cuento de un libro infantil ilustrado, una lección sobre la caridad y la empatía.

—La gente tiene una gran necesidad —dice a la congregación—. Si tenéis algo que dar, dadlo. Elevaos a vuestro mejor ser.

Habla de algunas familias en crisis: John Slattery, que tiene una granja de cerdos y perdió el brazo derecho en un accidente trillando; necesitan productos enlatados y cualquier ayuda manual para tratar de salvar la granja... La señora Abel, de ochenta y siete años, ciega de los dos ojos y ahora sola; si podéis ver la forma de disponer de unas horas a la semana será muy apreciado... Una familia de siete, los Grote, que atraviesan penurias; el padre no tiene trabajo, cuatro hijos y otro nacido prematuramente hace apenas un mes, ahora enfermo, y con la madre incapaz de levantarse de la cama...

—Qué triste —murmura la señora Nielsen—. Preparemos un paquete para esa pobre familia.

No conoce mi historia con ellos. Son solo otra calamidad distante.

Después del servicio volvemos caminando por calles silenciosas. La nieve ha cesado y es una noche clara y fría; las farolas de gas proyectan círculos de luz. Cuando los tres nos acercamos a la casa la veo como si fuera la primera vez: la luz del porche brillando, una corona de hojas verdes en la puerta, la barandilla de hierro negra y el camino limpio de nieve. Dentro, detrás de una cortina, brilla una lámpara en el salón. Es un lugar agradable al que retornar. Un hogar.

Un jueves de cada dos, después de cenar, la señora Nielsen y yo nos unimos a la señora Murphy y otras seis damas en grupo de *patchwork*. Nos reunimos en el salón espacioso de la dama más rica del grupo, que vive en una espléndida casa victoriana en los aledaños de la ciudad. Soy la única niña en una sala llena de mujeres y me siento inmediatamente a gusto. Trabajamos juntas en una colcha, un patrón y tela que ha traído una de ellas; en cuanto la terminamos, pasamos a la siguiente. Tardamos unos cuatro meses en confeccionar una colcha. Descubro que este grupo hizo la colcha de mi cama en el dormitorio rosa. El patrón se llama «corona irlandesa», cuatro lirios morados con tallos verdes que se unen en medio sobre un fondo negro.

—También haremos una colcha para ti algún día, Dorothy —me dice la señora Nielsen.

Empieza a guardar restos de tela de la tienda; cada retazo va a un arcón que lleva mi nombre. Hablamos de ellos en la cena.

—Una dama compró diez metros y medio de un hermoso calicó azul y yo guardé medio metro para ti —explica.

Ya me he decidido por un patrón. Se llama «doble anillo de boda»: una serie de círculos entrelazados hechos de pequeños rectángulos de tela.

Una vez al mes, un domingo por la tarde, la señora Nielsen y yo pulimos la plata. De un cajón profundo del armario del comedor saca una pesada caja de caoba que contiene la cubertería que le regaló su madre para la boda; su única herencia, dice. Va sacando las piezas una por una y las alinea sobre trapos de té en la mesa mientras yo voy a buscar dos pequeños cuencos de plata de la repisa del salón, cuatro candelabros y un plato de servir del aparador, y una caja de bisagras con su nombre, Viola, en caligrafía apretada, del dormitorio. Usamos una pasta pesada de color fangoso que guarda en un tarro, unos cuantos cepillos pequeños y rígidos, agua y varios trapos.

Un día, cuando estoy puliendo una cucharita de servir decorada, la señora Nielsen señala su clavícula y, sin mirarme, comenta:

—Podríamos limpiarlo, si quieres.

Toco la cadena en torno a mi cuello, siguiéndola con el dedo hasta el Claddagh. Echo las manos atrás para soltar el cierre.

—Usa el cepillo suave —dice.

—Mi abuela me lo regaló —le cuento.

Ella me mira y sonríe.

—Agua caliente también.

Mientras la friego con el cepillo, la cadena se transforma de un gris apagado al color del oropel. El amuleto Claddagh, con sus detalles oscurecidos, recupera su tridimensionalidad.

—Eso es —añade la señora Nielsen cuando he enjuagado y secado el collar y me lo he vuelto a poner—, mucho mejor. —Y aunque no pregunta nada al respecto, sé que es su forma de reconocer que sabe que tiene significado para mí.

Una noche en la cena, después de varios meses viviendo en su casa, el señor Nielsen me dice:

—Dorothy, la señora Nielsen y yo tenemos algo que hablar contigo.

Creo que va a hablar del viaje al monte Rushmore que han estado planeando, pero mira a su mujer y me sonríe, y me doy cuenta de que se trata de otra cosa, algo más importante.

—Cuando llegaste a Minnesota te pusieron Dorothy —dice—. ¿Estás particularmente apegada a ese nombre?

—No particularmente —digo, sin saber hacia dónde vamos.

—Sabes lo mucho que significó Vivian para nosotros, ¿verdad? —continúa el señor Nielsen.

Asiento.

—Bueno. —Sus manos están extendidas sobre la mesa—. Significaría mucho para nosotros que tomaras el nombre de Vivian. Te consideramos nuestra hija, no legalmente todavía, pero estamos empezando a pensarlo así. Y esperamos que tú estés empezando a pensar en nosotros como tus padres.

Me miran con expectación. No sé qué pensar. Lo que siento por los Nielsen —gratitud, respeto, aprecio— no es lo mismo que el amor de un hijo por sus padres, no del todo; aunque no estoy segura de saber qué es ese amor. Estoy contenta de vivir con esta pareja, cuyas maneras serenas y retraídas he llegado a comprender. Estoy agradecida de que me acojan. Pero también soy muy consciente de lo diferente que soy. No son mi familia y nunca lo serán.

Tampoco sé qué sentiría si tomara el nombre de su hija. No sé si podré soportar el peso de esa carga.

—No la presiones, Hank. —Volviéndose hacia mí, la señora Nielsen añade—: Tómate el tiempo que necesites y háznoslo saber. Tienes un sitio en nuestro hogar decidas lo que decidas.

Varios días más tarde, en la tienda, apilando estantes en el pasillo de carne enlatada, oigo la voz de un hombre que conozco pero que no sitúo. Apilo las latas restantes de maíz y guisantes en el estante, cojo la caja de cartón vacía y me levanto lentamente, para ver quién es sin ser vista.

—Tengo una buena pieza de artesanía que cambiar si está dispuesto —le dice el hombre al señor Nielsen, detrás del mostrador.

Cada día la gente entra en la tienda explicando por qué no puede pagar, pidiendo comprar al fiado u ofreciendo bienes para intercambiar. Cada tarde el señor Nielsen trae a casa algo de un cliente: una docena de huevos, pan noruego llamado *lefse*, una bufanda de punto larga. La señora Nielsen pone los ojos en blanco y dice:

—Cielo santo.

Pero no se queja. Creo que está orgullosa de él, porque es bondadoso y tiene los medios para serlo.

—¿Dorothy?

Con un ligero sobresalto me doy cuenta de que es el señor Byrne. Lleva el pelo castaño rojizo lacio y despeinado, y tiene los ojos inyectados en sangre. Me pregunto si ha estado bebiendo. ¿Qué está haciendo aquí, en la tienda de una ciudad situada a cincuenta kilómetros de la suya?

—Bueno, menuda sorpresa —exclama—. ¿Trabajas aquí?

Asiento.

—Los propietarios, los Nielsen, me acogieron.

A pesar del frío de febrero, el sudor le resbala por la sien. Se lo limpia con el dorso de la mano.

—Entonces, ¿estás feliz con ellos?

—Sí, señor. —Me pregunto por qué está actuando de forma tan extraña—. ¿Cómo está la señora Byrne? —pregunto, tratando de derivar la conversación hacia cortesías de circunstancia.

Parpadea varias veces.

—No te has enterado.

—¿Perdón?

Negando con la cabeza, dice:

—No era una mujer fuerte, Dorothy. No pudo soportar la humillación. Era incapaz de pedir favores. Pero ¿qué podría haber hecho yo de otra manera? Pienso en eso cada día. —Su cara se desencaja—. Cuando Fanny se marchó, fue la...

—¿Fanny se marchó? —No sé por qué me sorprendo, pero así es.

—Unas semanas después que tú. Llegó una mañana y dijo que su hija de Park Rapids quería que viviera con ellos, y que había decidido irse. Habíamos perdido a todas las demás, ya lo sabes, y creo que Lois simplemente no pudo soportar la idea... —Se pasa la mano por la cara, como si tratara de borrar sus facciones—. ¿Recuerdas la gran tormenta que hubo la última primavera? A finales de abril. Bueno, Lois salió y continuó caminando. La encontraron congelada a unos seis kilómetros de casa.

Quiero sentir compasión por el señor Byrne. Quiero sentir algo. Pero no puedo.

—Lo siento —le digo, y supongo que lo siento por él, por su vida destrozada.

Pero no logro albergar ninguna pena por la señora Byrne. Pienso en sus ojos fríos y ceño perpetuo, su poca disposición a verme como algo más que un par de manos para manejar aguja e hilo. No me alegro de su muerte, pero no lamento que ya no esté.

En la cena, esa noche, les digo a los Nielsen que tomaré el nombre de su hija. Y en ese momento, mi vieja vida termina y empieza otra nueva. Aunque me resulta difícil confiar en que mi buena fortuna continuará, no me he hecho ilusiones respecto a lo que he dejado atrás. Así pues, cuando después de varios años los Nielsen me dicen que quieren adoptarme, acepto enseguida. Me convertiré en su hija, aunque no puedo llamarlos madre y padre: siento que nuestra relación es demasiado formal para eso. Aun así, a partir de ahora está claro que pertenezco a ellos; son responsables de mí y cuidarán de mí.

Al pasar el tiempo, mi verdadera familia se vuelve cada vez más difícil de recordar. No tengo fotografías ni cartas ni siquiera libros de esa vida anterior, solo la cruz irlandesa de mi abuela. Y aunque rara vez me quito el Claddagh, al hacerme mayor no puedo evitar darme cuenta de que el único objeto que queda de mi familia de sangre procede de una mujer que empujó a su único hijo y a su familia al mar en un barco, sabiendo muy bien que probablemente no volvería a verlos.

Hemingford, Minnesota, 1935-1939

Tengo quince años cuando la señora Nielsen encuentra un paquete de cigarrillos en mi bolso.

Cuando entro en la cocina me queda claro que he hecho algo que le desagrada. Está más callada que de costumbre, con un aire de fastidio herido. Me pregunto si me lo estoy imaginando; trato de recordar si he dicho o hecho algo que la hiciera enfadar antes de irme a la escuela. El paquete de cigarrillos, que el novio de mi amiga Judy Smith le compró en la estación de servicio Esso fuera de la ciudad y que ella me pasó, ni siquiera se registra en mi mente.

Después de que llegue el señor Nielsen y nos sentemos a cenar, la señora Nielsen desliza el paquete de Lucky Strike hacia mí por la mesa.

—Estaba buscando mis guantes verdes y pensé que podrías habérmelos cogido —dice ella—. Y me he encontrado esto.

La miro, luego al señor Nielsen, que levanta su tenedor y cuchillo y empieza a cortar el cerdo en trozos pequeños.

—Solo he fumado uno, para probarlo —digo, aunque pueden ver claramente que el paquete está medio vacío.

—¿De dónde los has sacado? —pregunta la señora Nielsen.

Estoy tentada de decirles que me lo dio el novio de Judy, Douglas, pero meter a más gente empeorará las cosas.

—Fue un experimento. No me gustó. Me hizo toser.

La señora Nielsen mira a su marido enarcando las cejas y me doy cuenta de que ya han decidido un castigo. La única cosa que realmente pueden quitarme es mi salida semanal de los domingos por la tarde al cine con Judy, así que durante las siguientes dos semanas me quedo en casa. Y soporto su reprobación silenciosa.

Después de eso decido que el coste de enfadarlos es demasiado elevado. No me escapo por la ventana de mi dormitorio bajando por la tubería como hace Judy; voy a la escuela, trabajo en la tienda, ayudo con la cena, hago mis deberes y me voy a dormir. Salgo con chicos de vez en cuando, siempre en una cita doble o en grupos. Un chico en particular, Ronnie King, es dulce conmigo y me da un anillo de compromiso. Pero estoy tan preocupada de hacer algo que pueda decepcionar a los Nielsen que evito cualquier situación susceptible de conducir a algo inapropiado. Una vez, después de una cita, Ronnie trata de darme un beso de buenas noches. Sus labios rozan los míos, pero yo me retiro enseguida. Poco después le devuelvo su anillo.

Nunca pierdo el miedo de que algún día el señor Sorenson se presente en la casa para decirme que los Nielsen han decidido que soy demasiado cara, demasiado problemática o simplemente una decepción, y que han decidido devolverme. En mis pesadillas estoy sola en un tren, dirigiéndome hacia lo inexplorado. O en un laberinto de balas de heno. O caminando por las calles de una gran ciudad, mirando las luces en cada ventana, viendo las familias que hay dentro y ninguna de ellas es la mía.

Un día oigo a un hombre en el mostrador hablando con la señora Nielsen.

—Mi mujer me envió aquí para comprar algunas cosas para una canasta que estamos reuniendo en nuestra iglesia para un chico que llegó en ese tren de los huérfanos. ¿Los recuerda? Venían hace un tiempo con todos esos niños abandonados. Fui al salón municipal de Albans una vez para verlos. Pobrecitos. La cuestión es que este chico tuvo una desgracia detrás de otra, el granjero que lo acogió le dio palizas terribles, y la señora mayor con la que fue después ha muerto y está solo otra vez. Es un escándalo que enviaran a esos pobres niños solos, esperando que la gente se ocupara de ellos, como si no tuviéramos nuestras propias cargas.

—Umm —dice la señora Nielsen sin comprometerse.

Me acerco, preguntándome si podrían estar hablando de Dutchy. Pero entonces calculo que Dutchy ya tiene dieciocho. Es lo bastante mayor para valerse por sí mismo.

Tengo casi dieciséis cuando observo la tienda y me doy cuenta de que apenas ha cambiado en todo el tiempo que llevo aquí. Y hay cosas que podemos hacer para que esté más bonita. Muchas cosas. Primero, después de consultar con el señor Nielsen, pongo las revistas delante, cerca de la caja registradora. Los champús, lociones y bálsamos que estaban en la parte de atrás los traslado a estantes cerca de los productos de farmacia, así la gente que llega con recetas también puede comprar esos productos. La sección para mujeres está penosamente mal provista; comprensible, teniendo en cuenta la ignorancia general del señor Nielsen y la falta de interés de su esposa (ella usa pintalabios de vez en cuando, aunque siempre parece elegirlo al azar y aplicárselo de manera apresurada). Recordando las largas discusiones sobre medias, vestidos y rituales de maquillaje en casa de la señora Murphy, sugiero que incrementemos y ampliemos esta sección, comprando, por ejemplo, un carrusel de medias de uno de los proveedores y las anunciemos en el periódico. Los Nielsen son escépticos, pero en la primera semana agotamos las existencias. La semana siguiente el señor Nielsen dobla el pedido.

Recordando lo que dijo Fanny sobre que las mujeres quieren sentirse guapas cuando no tienen mucho dinero, convenzo al señor Nielsen de que pida artículos baratos: bisutería brillante y guantes de algodón de terciopelo, pulseras de baquelita y bufandas estampadas y coloridas. Hay varias chicas a las que observo ávidamente en la escuela, un curso o dos por encima de mí, cuyos padres acomodados las llevan a las Ciudades Gemelas a comprar ropa. Me fijo en lo que llevan y lo que comen, en la música que escuchan, los coches con que sueñan y las estrellas de cine que adoran. Y, como una urraca, llevo esas piedrecitas y ramitas a la tienda. Una de estas chicas lleva un nuevo color o estilo de cinturón o un sombrero ladeado que deja la frente al descubierto, y esa tarde hojeo catálogos de proveedores para encontrar diseños similares. Elijo en un catálogo maniquís que parecen estas chicas, con cejas perfiladas y labios como pimpollos de rosa y cortes de pelo ondulados y vestidas con los últimos estilos y colores. Encuentro los perfumes que ellas prefieren, como Blue Grass de Elizabeth Arden, y los compramos junto con clásicos de las damas como Joy de Jean Patou y Vol de Nuit de Guerlain.

A medida que el negocio crece, vamos juntando los estantes, montamos exhibidores especiales al final de los pasillos, apiñamos las lociones. Cuando cierra la tienda de al lado, la joyería del señor Rich, convenzo al señor Nielsen de que remodele y expanda nuestro negocio. El almacén estará en el sótano en lugar de en la parte de atrás y la tienda estará organizada en departamentos.

Mantenemos precios bajos y los bajamos más con rebajas cada semana y cupones en el periódico. Instituimos un plan de pago por reserva para que la gente pueda comprar artículos más caros a plazos. Y ponemos una heladería para que los clientes puedan entretenerse. No pasa mucho tiempo hasta que la tienda es un hervidero. Damos la impresión de ser los únicos que prosperan en esta situación económica terrible.

—¿Sabías que tus ojos son tu mejor rasgo? —me dice Tom Price en clase de Matemáticas del último año, inclinándose sobre mi pupitre para mirarlos, primero uno y después el otro—. Castaños, verdes, incluso un poco de dorado ahí. Nunca había visto tantos colores en unos ojos.

Me apuro bajo su mirada, pero cuando llego a casa esa tarde voy al cuarto de baño y me quedó un rato largo ante el espejo mirándome los ojos.

Mi pelo no es tan estridente como antes. Con los años se ha vuelto de un rojizo profundo, del color de las hojas secas. Me lo he cortado a la moda —al menos a la moda de nuestra ciudad—, justo por encima de los hombros. Y cuando empiezo a llevar maquillaje tengo una revelación. Hasta ahora he visto mi vida como una serie de adaptaciones no relacionadas, desde la irlandesa Niamh, pasando por la americana Dorothy, hasta la reencarnada Vivian. Cada identidad ha sido proyectada sobre mí y encaja mal al principio, como unos zapatos que tienen que usarse antes de que te sientas cómoda con ellos. Pero con el lápiz de labios puedo crear una personalidad nueva y temporal. Puedo decidir yo misma mi siguiente reencarnación.

Asisto a la fiesta de principio de curso con Tom. Él se presenta en la puerta con un ramillete: un gran clavel rojo y dos pequeñas rosas; yo he cosido mi propio vestido, una versión de chifón rosa del que llevaba Ginger Rogers en *En alas de la danza*, y la señora Nielsen me presta su collar de perlas y pendientes a juego. Tom es afable y bondadoso hasta que el whisky que está bebiendo de una petaca, guardada en el traje demasiado grande de su padre, lo emborracha. Entonces se enzarza en una pelea con otro chico de último año en la pista de baile y consigue que nos echen a los dos del baile.

El lunes siguiente, mi maestra de inglés de duodécimo grado, la señora Fry, me lleva aparte después de clase.

—¿Por qué pierdes el tiempo con un chico como ese? —me reprende.

Me insta a presentarme a universidades del estado, para empezar al Smith College de Massachusetts, su alma máter.

—Tendrás una vida más rica —dice—. ¿No quieres eso, Vivian?

Sin embargo, y aunque estoy halagada por su interés, nunca llegaré tan lejos. No puedo dejar a los Nielsen, que ahora dependen mucho de mí. Además, Tom Price aparte, la vida que tengo es lo bastante rica para mí.

En cuanto me gradúo empiezo a encargarme de la tienda. Descubro que soy apta para la tarea y que la disfruto. (Estoy asistiendo a clases de contabilidad y administración de empresas en el St. Olaf College, pero mis cursos son por las tardes.) Contrato nueve empleados y pido mucho género. Por la noche, con el señor Nielsen, reviso los libros de contabilidad. Juntos nos ocupamos de los problemas de los empleados, calmamos clientes y tratamos con los proveedores. Todo el tiempo estoy buscando el mejor precio, el conjunto de artículos más atractivo, la opción más nueva. La tienda de Nielsen es el primer lugar del condado en ofrecer aspiradoras eléctricas, licuadoras, café liofilizado. Nunca hemos tenido más trabajo.

Las chicas de mi clase de graduación vienen a la tienda blandiendo anillos de compromiso como medallas de la Legión de Honor, como si hubieran logrado algo significativo, y supongo que creen que lo han hecho, aunque todo lo que puedo ver extenderse ante ellas es un futuro lavando la ropa de algún hombre. No quiero saber nada de matrimonio. La señora Nielsen está de acuerdo.

—Eres joven. Ya habrá tiempo para eso —dice.

Spruce Harbor, Maine, 2011

—El precio de todas estas verduras raras se está comiendo todo mi salario —se queja Dina—. No sé si podemos seguir así.

Dina está hablando de una fritada que Molly ha preparado para los tres después de volver de la biblioteca en Bar Harbor: tofu, pimiento rojo y verde, alubias negras y calabacines. Molly ha estado cocinando mucho últimamente, razonando que, si Dina prueba algunos platos que no contengan proteína animal como principal ingrediente, verá que hay más opciones disponibles. Así que en la última semana Molly ha preparado quesadillas de champiñones, chili vegetariano, lasaña de berenjenas. Aun así, Dina se queja: «No llena bastante, es raro.» (Nunca había probado una berenjena en su vida hasta que Molly asó una en el horno.) Y ahora se queja de que cuesta demasiado.

—No creo que sea tan caro —dice Ralph.

—Además del coste extra en general —añade Dina entre dientes.

Déjalo estar, se dice Molly, pero... al diablo.

—Espera un momento. Te pagan por tenerme a mí, ¿no?

Dina levanta la mirada, sorprendida, con el tenedor suspendido en el aire. Ralph enarca las cejas.

—No sé qué tiene que ver eso —replica Dina.

—¿Ese dinero no cubre el coste de tener una persona más? —pregunta Molly—. Más que eso, ¿no? O sea, ¿no es por eso que tenéis niños de acogida?

Dina se levanta abruptamente.

—¿Estás de broma? —Se vuelve hacia Ralph—. ¿De verdad me está hablando así?

—Venga, las dos... —empieza Ralph con una sonrisa temblorosa.

—Nada de las dos. No se te ocurra agruparme con ella —salta Dina.

—Bueno, está bien, vamos a...

—No, Ralph, ya basta. Servicio a la comunidad, y un cuerno. Si quieres saber mi opinión, esta chica tendría que estar en el reformatorio ahora mismo. Es una ladrona, así de sencillo. Roba de la biblioteca, ¿quién sabe qué nos robará a nosotros? O a esa vieja. —Dina va al dormitorio de Molly y se encierra.

—Eh —dice Molly, levantándose.

Al cabo de un momento, Dina sale con un libro. Lo sostiene como el cartel de una manifestación: *Ana, la de Tejas Verdes*.

—¿De dónde has sacado esto? —pregunta.

—No puedes...

—¿De dónde has sacado este libro?

Molly vuelve a sentarse en su silla.

—Vivian me lo regaló.

—Y una mierda. —Dina lo abre, pone un dedo en la cubierta interior—. Dice que pertenece a Dorothy Power. ¿Quién es?

Molly se vuelve hacia Ralph y pronuncia lentamente:

—Yo no he robado ese libro.

—Sí, estoy segura de que solo lo ha «tomado prestado». —Dina la señala con un dedo acusador—. Escucha, jovencita. No hemos tenido más que problemas desde que llegaste a esta casa, y ya estoy harta. Lo digo en serio. Más que harta.

—Se queda con las piernas bien plantadas, respirando con agitación, moviendo su melena rubia como un poni nervioso.

—Vale, vale, Dina. Escúchame. —Ralph tiene las manos extendidas en el aire como un director de orquesta—. Creo que esto ha ido demasiado lejos. ¿Podemos respirar y calmarnos?

—Joder, ¿estás de guasa? —espeta ella.

Ralph mira a Molly, y la joven ve algo nuevo en su expresión. Parece cansado, harto.

—Quiero que se largue —sentencia Dina.

—Din...

—¡Fuera!

Esa misma noche, Ralph llama a la puerta de la habitación de Molly.

—Eh, ¿qué estás haciendo? —dice, mirando alrededor.

Las mochilas de L.L. Bean están a la vista, y la pequeña colección de libros de Molly, incluido *Ana, la de Tejas Verdes*, está apilada en el suelo.

—¿Qué parece que esté haciendo? —replica Molly, metiendo calcetines en una bolsa de plástico de Food Mart.

Normalmente no se muestra ruda con Ralph, pero ahora le da igual. Él no se ha preocupado de cuidarla precisamente.

—No puedes irte todavía. Hemos de contactar con los servicios sociales y todo eso. Llevará un par de días.

Molly mete la bolsa de calcetines en un extremo de la mochila, redondeándola bien. Entonces empieza con el calzado: las Doc Martens que eligió en la tienda del Ejército de Salvación, chanclas negras, un par de Birkenstock mordidas por un perro que una madre de acogida anterior arrojó a la basura y Molly rescató, zapatillas negras de Walmart.

—Te encontrarán un lugar más adecuado —comenta Ralph.

Molly levanta la cabeza hacia él, se aparta los rizos de los ojos.

—¿Ah sí? Anda ya.

—Vamos, Moll. Dame un respiro.

—Dame un respiro tú. Y no me llames Moll.

Es lo único que puede hacer para contenerse y no abalanzarse sobre él sacando las garras como una gata montés. Que le den. Que le den a él y a la zorra de su mujer.

Ya es demasiado mayor para esto, demasiado mayor para que le asignen otra familia de acogida. Demasiado mayor para cambiar de escuela, mudarse a otra ciudad, someterse a los caprichos de otros padres postizos. Está tan furiosa que se le nubla la vista. Atiza el fuego de su odio, arrojando leña de la idiota intolerante de Dina y el débil de Ralph que habla como si tuviera una patata en la boca, porque sabe que detrás de la rabia hay una pena tan enervante que podría dejarla inmóvil. Necesita seguir en movimiento, dando vueltas por la habitación. Necesita llenar las mochilas y largarse de ahí.

Ralph revolotea, inseguro, como siempre. Molly sabe que está atrapado entre ella y Dina, y que se ve impotente para tratar con ninguna de ellas. Casi siente lástima por él, ese desecho pusilánime.

—Tengo un sitio a donde ir, así que no te preocupes por eso —dice.

—¿A casa de Jack, quieres decir?

—A lo mejor.

En realidad, no. Ya no puede ir a casa de Jack, del mismo modo que no puede conseguir una habitación en el Bar Harbor Inn. (Sí, mejor con vistas al mar. Y súbame un zumo de mango, gracias.) Las cosas entre ellos siguen tensas. Pero aunque la relación estuviera bien, Terry nunca le permitiría quedarse a pasar la noche.

Ralph suspira.

—Bueno, entiendo por qué no quieres quedarte aquí.

Molly le lanza una mirada. No me jodas, Sherlock.

—Dime si puedo llevarte a alguna parte —se ofrece.

—No me pasará nada —dice ella, metiendo unas camisetas negras en la bolsa y luego quedándose allí con los brazos cruzados hasta que él se marcha.

Bueno, ¿adónde demonios puede ir?

Hay 213 dólares en la cuenta de ahorro de Molly por el trabajo de mínima remuneración que tuvo el verano anterior sirviendo helados en Bar Harbor. Podría tomar un autobús a Bangor o Portland, incluso a Boston. Y luego qué.

Se pregunta, no por primera vez, por su madre. Tal vez ella está mejor. A lo mejor ahora está limpia y sobria, con algún trabajo estable. Molly siempre se ha resistido a la urgencia de buscarla, temiendo lo que podría encontrar. Pero la situación es desesperada... y ¿quién sabe? Al estado le encanta que los padres biológicos sienten la cabeza. Esto podría ser una oportunidad para ambas.

Antes de poder cambiar de opinión, se acerca al portátil, lo abre sobre la cama, y toca el teclado para reactivarlo. Busca en Google: «Donna Ayer Maine.»

La primera lista es una invitación para ver el perfil profesional de Donna Ayer en LinkedIn. (Improbable.) A continuación hay un PDF de los miembros del Ayuntamiento de Yarmouth que incluye a una Donna Ayer. (Más improbable todavía.) Lo tercero es un anuncio de boda: una tal Donna Halsey casada con Rob Ayer, piloto de la Fuerza Aérea, en Mattawamkeag en marzo. (Umm, no.) Y finalmente, sí, aquí está, la madre de Molly en un breve del *Bangor Daily News*. Haciendo clic para leer el artículo, Molly se encuentra ante la foto de la ficha policial de su madre. No cabe duda de que es ella, aunque está pálida, bizquea y se la ve fatal. Detenida tres meses antes por robar oxicodina en una farmacia de Old Town con un tipo llamado Dwayne Bordick, de veintitrés años. Ayer está detenida, dice el artículo, en la cárcel del condado de Penobscot en Bangor.

Bueno, ha sido fácil.

No puede ir con ella.

¿Ahora qué? Buscando albergues para gente sin hogar, encuentra uno en Ellsworth, pero los clientes han de tener dieciocho años o más o ir acompañados por uno de sus progenitores. La Misión de la Costa en Bar Harbor tiene un comedor, pero no hay sitio para dormir.

Y ¿qué pasa con... Vivian? Esa casa tiene catorce habitaciones. Vivian ocupa tres de ellas. Casi seguro que ahora mismo está allí; al fin y al cabo, nunca va a ninguna parte. Molly mira la hora en su móvil: 18.45. No es demasiado tarde para llamarla, ¿no? Pero... ahora que lo piensa, nunca ha visto a Vivian hablando por teléfono. Quizá sería mejor coger el Island Explorer hasta allí y hablar con ella en persona. Y si dice que no, bueno, quizá Molly podría dormir en su garaje esta noche. Mañana, con la cabeza despejada, pensará qué hacer.

Spruce Harbor, Maine, 2011

Molly sube por la calle hacia la casa de Vivian desde la parada de autobús, con su portátil en la mochila, con la Braden roja colgada de un hombro y la Hawaiian Ashley del otro. Las mochilas chocan unas con otras como clientes escandalosos en un bar. Avanza despacio.

Antes de la discusión con Dina, Molly había planeado ir a casa de Vivian mañana, contarle lo que había descubierto en la biblioteca. Bueno, los planes cambian.

Irse fue decepcionante. Dina se quedó detrás de la puerta cerrada de su dormitorio con la tele a todo volumen mientras Ralph se ofrecía penosamente a ayudar a Molly con sus bolsas, prestarle veinte dólares, llevarla a alguna parte. Ella casi dijo gracias, casi le dio un abrazo, pero al final solo espetó:

—No, no hace falta. Hasta luego. —Y echó a andar, pensando: Esto casi ha terminado, casi me he marchado...

Ocasionalmente pasa algún coche a su lado; en estas fechas, fuera de temporada, la mayoría de los coches son modestos Subaru, camiones de diez toneladas o cafeteras. Molly lleva su pesado abrigo de invierno, aunque es mayo; al fin y al cabo, está en Maine. (Y a saber: podría terminar durmiendo con el abrigo.) Ha dejado montones de cosas para que Ralph y Dina se ocupen de ellas, incluidos unos jerséis sintéticos que Dina le había regalado por Navidad. Buen viaje.

Molly cuenta sus pasos: izquierda, derecha, izquierda, derecha. Izquierda, derecha. Izquierda, derecha. Le duele el hombro izquierdo, porque la correa de la mochila se le clava en el hueso. Da un saltito y desplaza la correa. Ahora se le escurre. Mierda. Salta otra vez. Es una tortuga que carga con su caparazón. Jane Eyre, tambaleándose en el monte. Una penobscot bajo el peso de una canoa. Por supuesto, su carga es pesada; estas bolsas contienen todo lo que posee en el mundo.

¿Qué llevas contigo? ¿Qué dejas atrás?

Mirando al cielo azul oscuro con franjas de nubes, Molly se estira y toca el amuleto que lleva al cuello. Cuervo. Oso. Pez.

La tortuga en su cadera.

No necesita mucho.

Y aunque pierda los amuletos, piensa, siempre formarán parte de ella. Las cosas que importan se quedan contigo, se filtran en tu piel. La gente se hace tatuajes para tener un recordatorio permanente de las cosas que aman o de aquellas en que creen o a las que temen, pero aunque nunca lamentará la tortuga, no tiene necesidad de poner tinta en su cuerpo otra vez para recordar el pasado.

No sabía que las marcas se grabarían de manera tan profunda.

Acercándose a la casa de Vivian, Molly mira su teléfono. Es más tarde de lo que pensaba: las 20.54.

La lámpara fluorescente del porche proyecta una luz rosa tenue. El resto de la casa está a oscuras. Molly carga sus bolsas hasta el porche, se frota los hombros un momento, luego va por la parte de atrás, el lado de la bahía, mirando por las ventanas en busca de algún signo de vida. Y allí está; en la planta de arriba, del lado derecho, brillan dos ventanas: el dormitorio de Vivian.

Molly no está segura de qué hacer. No quiere asustar a Vivian, y ahora que está aquí se da cuenta de que, a esta hora, incluso llamar al timbre la sobresaltará.

Así que decide telefonear. Levantando la mirada a la ventana de Vivian, marca su número.

—¿Sí? ¿Quién es? —responde la anciana después de cuatro tonos en voz tensa y demasiado alta, como si se comunicara con alguien que estuviese en alta mar.

—Hola, Vivian, soy Molly.

—¿Molly? ¿Eres tú?

—Sí —dice ella, con la voz quebrada. Respira hondo. Calma, calma—. Siento molestarte.

Vivian se asoma a la ventana, echándose una bata granate sobre el camisón.

—¿Qué pasa? ¿Estás bien?

—Sí, eh...

—Cielo santo, ¿sabes qué hora es? —pregunta Vivian, peleándose con el cable.

—Siento llamar tan tarde. Es que... no sabía adónde ir.

Hay silencio en el otro lado de la línea mientras Vivian asimila la información.

—¿Dónde estás? —pregunta finalmente, apoyándose en el brazo de una silla.

—Estoy abajo. Fuera, quiero decir. Tenía miedo de asustarte si llamaba al timbre.

—¿Dónde estás?

—Aquí. Estoy aquí. En tu casa.

—¿Aquí? ¿Ahora? —se sobresalta.

—Lo siento.

Y entonces, sin poder evitarlo, Molly se echa a llorar. Hace frío en la hierba y le duelen los hombros, Vivian está atónita, el Island Explorer ya no pasará hasta mañana, el garaje está oscuro y da miedo y no se le ocurre ningún lugar en el mundo al que ir.

—No llores, querida. No llores. Bajo ahora mismo.

—Vale. —Molly respira profundamente. ¡Contente!

—Voy a colgar.

—Vale.

A través de las lágrimas, Molly observa que Vivian vuelve a dejar el auricular en su sitio, se abrocha más la bata y se la ata, se da unos toquecitos en el pelo plateado de la nuca. Cuando Vivian sale de la habitación, Molly corre al porche delantero. Sacude la cabeza para despejarse, apila sus bolsas ordenadamente, se seca los ojos y la nariz con el borde de la camiseta.

Al cabo de un momento, Vivian abre la puerta. Mira con alarma a Molly (que se da cuenta de que, a pesar de que se ha secado los ojos, tendrá manchas de rímel por toda la cara) y luego las voluminosas bolsas y la mochila sobrecargada.

—Por el amor de Dios, pasa —dice, sosteniendo la puerta bien abierta—. Entra ahora mismo y cuéntame qué ha pasado.

A pesar de las protestas de Molly, Vivian insiste en preparar té. Baja una tetera rosa y tazas —un regalo de bodas de la señora Murphy que ha estado décadas en una caja—, junto con algunas cucharas recientemente recuperadas de la cubertería de plata de la señora Nielsen. Esperan en la cocina a que hierva el agua y a continuación Molly la vierte en la tetera y lleva el servicio de té al comedor en una bandeja, con algo de queso y *crackers* que Vivian ha encontrado en la despensa.

Vivian enciende dos lámparas y acomoda a Molly en un sillón de orejas rojo. A continuación va al armario y saca una colcha.

—¡El anillo de boda! —exclama Molly.

La anciana sostiene la colcha por dos esquinas y la agita, luego envuelve el regazo de Molly. Está manchada y desgarrada en varios sitios y más delgada por el uso. Muchos de los pequeños rectángulos de tela cosidos a mano en los círculos entrelazados han desaparecido, pero los restos fantasmales de las puntadas mantienen retazos de tela de color.

—Si no puedo soportar tirar todo esto, ¿por qué no usarlo?

Cuando Vivian ajusta la colcha en torno a las piernas de Molly, la chica dice:

—Lo siento por presentarme así.

Vivian agita la mano.

—No seas tonta. No me vendrá mal la excitación. Mantiene mi ritmo cardíaco alto.

—No estoy segura de que eso sea bueno.

La noticia sobre Maisie sigue en la boca del estómago de Molly como una piedra. No quiere soltársela a la anciana todavía, demasiadas sorpresas al mismo tiempo.

Después de servir té en dos tazas, pasarle una a Molly, coger una para ella, añadir dos terrones de azúcar y preparar el queso y los *crackers* en un plato, Vivian se acomoda en el otro sillón y une las manos en su regazo.

—Muy bien —dice—. Ahora cuéntame.

Así que Molly habla. Le cuenta de su vida en la caravana en Indian Island, del accidente de coche en que falleció su padre, de la lucha de su madre con las drogas. Le muestra su tortuga *Shelly*. Le habla de la docena de casas de acogida y el aro en la nariz y la discusión con Dina y que descubrió en internet que su madre está en la cárcel.

El té se entibia y luego se enfría en las tazas.

Y entonces, porque está decidida a sincerarse completamente, Molly respira hondo y añade:

—Hay algo que debería haberte dicho hace mucho tiempo. El requisito de servicio a la comunidad no es para la escuela, es porque robé un libro de la biblioteca de Spruce Harbor.

Vivian se envuelve más en su bata de lana granate.

—Ajá.

—Fue una estupidez.

—¿Qué libro era?

—*Jane Eyre*.

—¿Por qué lo robaste?

Molly piensa en ese momento: sacando cada ejemplar de la novela del estante, examinándolos, devolviendo el de tapa dura y el de rústica más nuevo, guardándose el otro bajo la blusa.

—Bueno, es mi libro favorito. Tenían tres ejemplares. Pensaba que nadie echaría en falta el más sobado. —Se encoge de hombros—. Solo quería tenerlo.

Vivian se da unos toquecitos en el labio inferior con el pulgar.

—¿Terry lo sabía?

Molly se encoge de hombros. No quiere meter a Terry en problemas.

—Jack respondió por mí, y ya sabes cómo es.

—Ya.

Es una noche serena, en silencio salvo por sus voces. Las cortinas están cerradas contra la oscuridad.

—Siento haberme presentado así en tu casa, de manera fraudulenta —dice Molly.

—Bah. Todos somos fraudulentos de un modo u otro. Era mejor no decírmelo. Probablemente no te habría dejado pasar. —Junta las manos y añade—: De todos modos, si ibas a robar un libro, ¿por qué no robar el más bonito? Si no, ¿para qué?

Molly está tan nerviosa que apenas sonríe.

Pero Vivian sí lo hace.

—Robar *Jane Eyre*. —Ríe—. Deberían haberte puesto una medalla. Adelantarte un curso en la escuela.

—¿No estás decepcionada conmigo?

Vivian levanta los hombros.

—Bah.

—¿En serio? —La invade el alivio.

—En todo caso has pagado tus deudas, haciendo todas estas horas conmigo.

—No me ha parecido un castigo.

En otro momento, hace muy poco de hecho, Molly se habría atragantado con estas palabras, porque eran descaradamente aduladoras y sentimentales. Pero hoy no. Para empezar, lo cree. Para seguir, está tan concentrada en la segunda parte de la historia que apenas puede pensar en otra cosa. Se lanza sin vacilar.

—Escucha, Vivian, hay algo más que necesito decirte.

—Oh, Señor. —Bebe un trago de té frío y vuelve a dejar la taza—. ¿Qué has hecho ahora?

Molly suspira.

—No es sobre mí. Es sobre Maisie.

Vivian la mira fijamente, sin que sus ojos de avellana pestañeen siquiera.

—Me conecté a internet para ver si podía descubrir algo, y fue sorprendentemente fácil. Encontré registros de Ellis Island...

—¿El *Agnes Pauline*?

—Sí, exacto. Los nombres de tus padres figuran en la lista de pasajeros, y encontré noticias de las muertes de tu padre y tus hermanos. Pero no de ella, de Maisie. Y entonces se me ocurrió buscar a los Schatzman. Bueno, resulta que había un blog de una reunión familiar y... da igual, decía que adoptaron un bebé, Margaret, en 1929.

Vivian parpadea.

—Margaret.

Molly asiente.

—Maisie.

—Tiene que ser, ¿no?

—Pero... él me dijo que no sobrevivió.

—Lo sé.

Vivian parece recomponerse, erguirse en su silla.

—Me mintió. —Por un momento desvía la mirada hacia algún punto por encima de la librería. Entonces agrega—: ¿Y la adoptaron?

—Aparentemente sí. No sé más de ellos, aunque estoy segura de que hay formas de averiguarlo. Pero ella vivió mucho tiempo. En el estado de Nueva York. Hay una foto... Parece realmente feliz, con hijos y nietos y todo eso. —Joder, soy una idiota, piensa Molly. ¿Por qué he dicho eso?

—¿Cómo sabes que murió?

—Hay una necrológica. Te la enseñaré. Y ¿quieres ver la foto?

Sin esperar respuesta, se levanta y saca el portátil de su mochila. Lo enciende y lo lleva hasta Vivian. Abre las fotos de la reunión familiar y la necrológica, guardadas en su escritorio, y pone el portátil en el regazo de la anciana.

Vivian mira la foto de la pantalla.

—Es ella. —Levanta la cabeza para mirar a Molly y dice—: Lo sé por los ojos. Son exactamente iguales.

—Se parece a ti —añade la joven, y ambas miran a la sonriente mujer mayor de ojos azules que aparece rodeada por su familia.

Vivian estira el brazo para tocar la pantalla.

—Mira qué pelo más blanco tiene. Era rubia. Con rizos. —Hace girar el dedo índice en su propia cabeza plateada—. Y todos estos años... estaba viva —murmura—. Maisie estaba viva. Todos estos años éramos dos.

Minneapolis, Minnesota, 1939

A finales de septiembre, tengo diecinueve años y dos nuevas amigas, Lillian Bart y Emily Reece, que quieren que vaya con ellas a ver esa nueva película que pasan en el Orpheum Theatre de Minneapolis, *El mago de Oz*. Es tan larga que tiene un descanso y hacemos planes para quedarnos por la noche. El prometido de Lillian vive allí, y ella va casi cada fin de semana y se queda en un hotel para mujeres. Es un lugar seguro y limpio, nos dice, no muy caro, y ella ha reservado tres habitaciones individuales. Yo solo he estado en las Ciudades Gemelas en viajes de un día con los Nielsen —para una cena especial de cumpleaños, en una salida de compras, una tarde de visita al museo—, pero nunca con amigas, y menos a pasar la noche.

No estoy segura de que quiera ir. Para empezar, no hace mucho que las conozco, las dos están en mi clase nocturna en St. Olaf. Viven juntas en un apartamento cerca del colegio. Cuando hablan de fiestas de bebidas ni siquiera estoy segura de a qué se refieren. ¿Fiestas donde solo hay bebidas? La única fiesta que dan los Nielsen es un bufet para sus proveedores en Año Nuevo.

Lillian, con su expresión amistosa y cabello rubio dorado, se hace querer más que la maliciosa y circunspecta Emily, que tiene una media sonrisa graciosa y flequillo oscuro y severo, y siempre está haciendo bromas que yo no entiendo. Su humor picante, su risa estentórea y despreocupada y su intimidad no ganada conmigo me ponen un poco nerviosa.

Por otro lado, un gran envío de moda de verano tiene que llegar a la tienda hoy o mañana, y no quiero encontrármelo todo fuera de lugar cuando vuelva. El señor Nielsen padece artritis, y aunque todavía llega pronto cada mañana, normalmente se va a eso de las dos a echar una siesta. La señora Nielsen entra y sale; ahora la mayor parte del tiempo la ocupa jugando al bridge y haciendo labores de voluntariado en la iglesia.

Pero me anima a ir con Lillian y Emily:

—Una chica de tu edad tiene que salir de vez en cuando. Hay más vida que la tienda y tus estudios, Vivian. A veces me preocupa que olvides eso.

Cuando terminé la secundaria, el señor Nielsen me compró un coche, un Buick blanco descapotable, que sobre todo uso para conducir entre la tienda y St. Olaf por las tardes. Él dice que será bueno para el coche que corra un poco.

—Yo pagaré el aparcamiento —señala.

Cuando salimos en coche de la ciudad, el cielo tiene el tono azul celeste de una manta de bebé, lleno de nubes de algodón. Antes de que nos alejemos quince o veinte kilómetros por la carretera queda claro que los planes de Emily y Lillian son más ambiciosos de lo que han contado. Sí, iremos a ver *El mago de Oz*, pero no a la sesión vespertina, que era la excusa para quedarnos a dormir. Hay una sesión a las tres en punto que nos dejará tiempo para volver a nuestras habitaciones y vestirnos para salir.

—Espera un momento —digo—. ¿Qué significa «salir»?

Lillian, a mi lado en el asiento del pasajero, me da un apretón en la rodilla.

—Vamos, ¿no pensarás que vamos a ir hasta tan lejos solo para ver una película estúpida?

—Eres demasiado seria, Viv —dice Emily desde el asiento de atrás, donde está hojeando la revista *Silver Screen*—. Tienes que animarte. Eh, chicas, ¿sabíais que Judy Garland nació en Grand Rapids? Se llamaba Frances Ethel Gumm. Supongo que eso no era suficiente para Hollywood.

Lillian me sonríe.

—¿A que nunca has estado en un club nocturno?

No respondo, pero por supuesto que no.

Desvía el retrovisor y empieza a pintarse los labios.

—Me lo imaginaba. Vamos a pasarlo en grande por una vez. —Entonces sonríe, con sus carnosos labios rosa enmarcando unos dientes blancos y pequeños—. Empezaremos con cócteles.

El hotel para mujeres en una calle secundaria de Minneapolis es igual que como lo describió Lillian, con un vestíbulo limpio pero poco amueblado y un conserje aburrido que apenas levanta la mirada cuando nos entrega las llaves. En el ascensor con nuestras bolsas, acordamos reunirnos al cabo de quince minutos para ir al cine.

—No lleguéis tarde —advierte Emily—. Tenemos que comprar palomitas. Siempre hay cola.

Después de dejar la bolsa en el armario de mi estrecha habitación del cuarto piso, me siento en la cama y reboto varias veces. El colchón es delgado, con muelles crujientes. Pero me siento entusiasmada. Mis viajes con los Nielsen son salidas controladas, sin ninguna ambición: un paseo en coche en silencio, un destino específico, un regreso a casa adormilada en la oscuridad con el señor Nielsen conduciendo muy tieso y la señora Nielsen a su lado manteniendo un ojo vigilante en la carretera.

Emily está sola en el vestíbulo cuando bajo. Cuando le pregunto por Lillian, me guiña un ojo.

—No se siente demasiado bien. Se reunirá con nosotras después.

Al dirigirnos al cine, a cinco manzanas de distancia, se me ocurre que Lillian nunca había tenido intención de ver la película con nosotras.

El mago de Oz es mágica y extraña. Una granja en blanco y negro da paso a un paisaje onírico en tecnicolor, tan vívido e imprevisible como ordinaria y familiar es la vida real de Dorothy Gale. Cuando regresa a Kansas, con su deseo sincero concedido, el mundo vuelve a ser en blanco y negro.

«Se está mejor en casa que en ningún sitio», dice.

De nuevo en la granja, su vida se extiende hasta la línea plana del horizonte, poblada con los únicos personajes que conocerá.

Cuando Emily y yo salimos del cine, es media tarde. Estaba tan absorta en la película que la vida real parece ligeramente irreal; tengo la extraña sensación de haber salido directamente de la pantalla a la calle. La luz de la tarde es suave y rosada, el aire tan apacible como el agua de una bañera.

Emily bosteza.

—Bueno, ha sido larga.

No quiero preguntar, pero los modales me obligan.

—¿Qué te ha parecido?

Ella se encoge de hombros.

—Esos monos voladores daban miedo, pero, aparte de eso, no lo sé, me resultó bastante aburrida.

Caminamos en silencio, junto a las ventanas oscurecidas de las tiendas.

—¿Y a ti? —pregunta ella al cabo de un rato—. ¿Te ha gustado?

Me ha gustado tanto que no me atrevo a responder sin sonar estúpida.

—Sí —digo, incapaz de expresar en palabras las emociones que se arremolinan en mí.

De vuelta en mi habitación, me pongo mi otro conjunto, una falda de chifón y una blusa de flores con mangas de mariposa. Me peino y me recojo el cabello atrás, luego le doy forma con los dedos y me rocío laca. De puntillas, miro mi reflejo en un espejito que hay encima de la cama. A la luz del atardecer parezco aseada y seria. Cada peca de mi nariz es visible. Sacando una pequeña bolsa de cremallera, me extiendo en la cara crema hidratante suave como la mantequilla, luego la base. Una mancha de *rouge*, unos toques de polvos. Deslizo un delineador marrón por mis párpados superiores y me ahueco las pestañas, aplico pintalabios Terra Coral, luego contraigo los labios, lo vuelvo a aplicar y guardo el tubo dorado en el bolso. Me examino en el espejo. Sigo siendo yo, pero de alguna manera me siento más valiente.

En el vestíbulo, Lillian va de la mano con un tipo que reconozco como su novio Richard por la fotografía que ella lleva en el bolso. Él es más bajo de lo que esperaba, más que ella. Tiene las mejillas salpicadas de cicatrices de acné. Lillian lleva un vestido esmeralda sin mangas, con el dobladillo justo por encima de la rodilla (diez centímetros más corto de lo que nadie lleva en Hemingford), y zapatos negros con tacón alto.

Richard tira de ella para susurrarle al oído y Lillian pone los ojos como platos. Se tapa la boca y ríe, luego me ve.

—¡Vivie! —dice, apartándose de su novio—. ¡Vaya! Nunca te había visto con maquillaje. Te has arreglado muy bien.

—Tú también —respondo, aunque en realidad nunca la he visto sin maquillar.

—¿Cómo ha estado la peli?

—Bien. ¿Dónde estabas tú?

Lanza una mirada a Richard.

—Me entretuve.

Los dos ríen otra vez.

—Es una forma de decirlo —comenta él.

—Tú debes de ser Richard —digo.

—¿Cómo lo has sabido? —Me aprieta el hombro para mostrarme que solo bromea—. ¿Lista para divertirte esta noche, Vivie?

—Bueno, yo seguro que sí. —La voz de Emily llega de detrás de mi hombro y huelo a jazmín y rosas: Joy. Lo reconozco del mostrador de perfume de la tienda de los Nielsen.

Al volverme para saludarla, me sorprende el corte bajo de su blusa blanca y la falda a rayas ajustada, sus tacones y la laca de uñas carmesí.

—Hola, Em. —Richard sonríe—. Seguro que los muchachos se alegrarán de verte.

De repente, me siento acomplejada con mi blusa mojigata y falda modosita, mis zapatos normales y pendientes de ir a misa. Me siento exactamente como lo que soy: una chica de pueblo en la gran ciudad.

Richard tiene ahora los brazos en torno a las dos chicas; las pellizca en la cintura y ríe cuando ellas se retuercen. Mira al conserje, el mismo que había cuando llegamos. Creo que ha sido un día largo para él. Está hojeando un periódico y solo levanta la cabeza cuando hay un estallido de risas. Puedo ver el titular desde aquí: «Alemanes y soviéticos enfrentados en Polonia.»

—Me está entrando sed, chicas. Vamos a buscar un bar —dice Richard.

Mi estómago protesta.

—¿No deberíamos cenar antes?

—Si insistes, señorita Vivie. Aunque a mí me bastaría con unas barritas de cereales. ¿Y vosotras, chicas? —pregunta a Lillian y Emily.

—Vamos, Richard, es la primera vez que Vivi viene a la ciudad. No está acostumbrada a tus maneras decadentes. Vamos a comer algo —dice Lillian—. Además, podría ser arriesgado que nosotras que pesamos poco empezáramos a beber con el estómago vacío.

—¿Arriesgado en qué sentido? —Acerca más a Lillian y ella sonríe, pero luego lo aparta—. Muy bien, muy bien —dice él, asintiendo teatralmente—. En el Grand Hotel hay un piano bar donde sirven comida. Creo recordar que hacen un buen chuletón. Y preparan unos martinis más que buenos.

Salimos a la calle, convertida en un hervidero de gente. Es una tarde noche perfecta; el aire es caliente, los árboles de la avenida tienen un follaje verde profundo. Las flores se derraman de los parterres, ligeramente crecidos y un poco asilvestrados en este final del verano. Al caminar me voy animando. Mezclarme en esta amplia franja de extraños hace que desplace la atención de mí misma, ese asunto tedioso, al mundo que me rodea. Bien podría estar en un país extranjero por todas las diferencias que tiene con mi sobria vida real, con sus rutinas y ritmos previsibles: un día en la tienda, cena a las seis, una apacible tarde para estudiar o hacer colchas o jugar al *bridge*. Richard, con su labia de pregonero de carnaval, parece haber renunciado incluso a tratar de incluirme. Pero no me importa. Es maravilloso ser joven y estar en una gran ciudad.

Al acercarnos a la gran puerta de cristal y metal del Grand Hotel, un portero con librea la abre. Richard entra con Lil y Em, como él las llama, cogidas de sus brazos, y yo me escurro tras ellos, siguiendo su estela. El portero se toca la gorra cuando le doy las gracias.

—El bar está a la izquierda, al otro lado del vestíbulo —informa, dejando claro que sabe que no somos huéspedes del hotel.

Nunca he estado en un sitio tan majestuoso, salvo quizás en la estación de tren de Chicago hace tantos años, y lo único que puedo hacer es no quedarme boquiabierta con la araña de luces que brilla sobre nuestras cabezas y la mesa de caoba reluciente con una enorme urna de cerámica llena de flores exóticas en el centro de la sala.

La gente del vestíbulo es igualmente asombrosa. Una mujer tocada con un sombrero negro plano provisto de una redecilla que le cubre la mitad de la cara está en el mostrador de recepción con varias maletas de cuero rojo, quitándose un guante largo de satén negro y luego el otro. Una matrona de pelo cano lleva un perro blanco que parece un peluche con ojos negros como botones. Un hombre con chaqué habla por teléfono en el mostrador; un caballero de más edad con un monóculo, sentado a solas en un confidente verde, lee un librito marrón. Esta gente parece aburrida, divertida, impaciente, satisfecha de sí misma, pero sobre todo parecen ricos. Ahora me alegro de no llevar la ropa chillona y provocativa que parece estar atrayendo miradas y susurros hacia Lil y Em.

Delante de mí, los tres avanzan por el vestíbulo, riendo ruidosamente, con un brazo de Richard en torno al hombro de Lil y el otro ciñendo la cintura de Em.

—Eh, Vivie —dice Lil, mirando atrás como si se acordara de repente de que estoy ahí—, por aquí.

Richard abre la doble puerta del bar, levanta las manos al aire con un floreo y hace pasar a Lil y Em, sonriendo y susurrando. Las sigue y las puertas se cierran lentamente tras él.

Me detengo delante de los sofás verdes. No tengo prisa por entrar allí para hacer de florero y ser tratada como si fuera invisible, una pueblerina modosita y sin humor, por el desenfadado Richard. Quizá debería pasear un rato y volver al hotel. Además, desde la película nada me ha parecido demasiado real y ya he tenido un día intenso, desde luego mucho más de lo que estoy acostumbrada.

Me apoyo en los sofás, observando el ir y venir de la gente. Por la puerta entra una mujer con un vestido de satén violeta y el pelo castaño en cascada, saludando con elegante ligereza al portero con una mano enjoyada. Absorta, la observo pasar por mi lado hacia la recepción y no me fijo en el hombre alto y delgado hasta que lo tengo delante.

Sus ojos son de un azul profundo.

—Disculpe, señorita.

Me pregunto si va a comentar algo sobre que estoy fuera de lugar o preguntarme si necesito ayuda.

—¿La conozco de alguna parte?

Miro su pelo rubio dorado, corto por atrás y largo por delante, muy distinto a los chicos de pueblo que conozco, con su cabello cortado al rape. Viste pantalones grises, camisa blanca almidonada y corbata negra, y lleva un maletín delgado. Tiene dedos largos y delgados.

—No lo creo.

—Algo en usted me resulta... muy familiar. —Me está mirando tan intensamente que me ruborizo.

—Yo... —balbuceó—. La verdad es que no lo sé.

Y entonces, con una sonrisa asomando a sus labios, dice:

—Disculpe si me equivoco. Pero ¿vino alguna vez en un tren desde Nueva York hace unos diez años?

¿Qué? El corazón me da un vuelco. ¿Cómo sabe eso?

—¿Eres... Niamh?

Y entonces lo entiendo.

—Oh, Dios mío... Dutchy, eres tú.

Minneapolis, Minnesota, 1939

Dutchy suelta el maletín cuando me levanto y nos damos un abrazo. Siento la firmeza nervuda de sus brazos, la calidez de su pecho ligeramente cóncavo cuando me estrecha, más fuerte de lo que nadie lo ha hecho nunca. Un sentido abrazo en medio de este vestíbulo elegante es probablemente inapropiado; la gente nos mira, pero por una vez en mi vida no me importa.

Me aparta para mirarme a la cara, me toca la mejilla y me abraza otra vez. A través de su camisa de cambray siento que su corazón late tan acelerado como el mío.

—Cuando te ruborizaste lo supe. Estás igual. —Me pasa una mano por el pelo, acariciándolo—. Tu pelo... es más oscuro. No sabes cuántas veces te he buscado entre una multitud, o he pensado que te veía desde atrás.

—Me dijiste que me encontrarías —digo—. ¿Lo recuerdas? Fue lo último que dijiste.

—Quería... lo intenté. Pero no sabía dónde buscar. Y luego pasaron muchas cosas... —Niega con la cabeza en gesto de incredulidad—. ¿De verdad eres tú, Niamh?

—Bueno, sí, pero ya no soy Niamh. Ahora soy Vivian.

—Yo tampoco soy Dutchy, ni Hans si vamos a eso. Ahora soy Luke.

Nos echamos a reír, por lo absurdo de nuestra experiencia compartida, por el alivio del reconocimiento. Nos aferramos el uno al otro como supervivientes de un naufragio, asombrados de que ninguno de los dos se haya ahogado.

Las muchas preguntas que quiero hacerle me dejan muda. Antes de que pueda formularlas, Dutchy, Luke, dice:

—Esto es una locura, pero tengo que irme. Me espera el teclado.

—¿El teclado?

—Toco el piano aquí en el bar. No es un trabajo horrible si nadie se emborracha.

—Yo iba a entrar —le digo—. Mis amigos me están esperando. Probablemente se han emborrachado mientras hablamos.

Él recoge su maletín.

—Deberíamos largarnos de aquí —añade—. Ir a algún sitio y hablar.

Yo pienso lo mismo, pero no quiero que arriesgue su trabajo por mí.

—Me quedaré hasta que termines. Podemos hablar después.

—No sé si soportaré la espera.

Cuando entro en el bar con él, Lil y Em nos miran con curiosidad. La sala, escasamente iluminada y repleta de humo, tiene una moqueta mullida violeta con estampado de flores y banquitos de cuero violetas, todos ocupados.

—Así se hace, chica —dice Richard—. Desde luego que no pierdes el tiempo.

Me hundo en una silla en su mesa, pido un *gin fizz* a sugerencia del camarero y me concentro en los dedos de Dutchy, que veo desde mi ubicación. Acaricia con destreza las teclas del piano. Ladea la cabeza y, cerrando los ojos, canta con voz clara y grave. Toca temas de Glenn Miller, Artie Shaw y Glen

Gray, música que todo el mundo conoce, canciones como *Little Brown Jug* y *Heaven Can Wait*, con variaciones originales, y algunos viejos *standards* para los hombres de pelo gris acodados en la barra. De vez en cuando saca una partitura del maletín, pero más que nada parece tocar de memoria o de oído. Un reducido grupo de mujeres mayores, bien peinadas, probablemente en expedición de compras desde alguna provincia o barrio de las afueras, sonríen y susurran cuando él toca las primeras notas de *Moonlight Serenade*.

La conversación me pasa por encima, resbala a mi alrededor, enganchándose ocasionalmente cuando se espera que responda una pregunta o me ría de un chiste. No estoy prestando atención. ¿Cómo iba a hacerlo? Dutchy me está hablando a través del piano y, como en un sueño, entiendo su significado. He estado muy sola en este viaje, arrancada de mi pasado. Por más que lo he intentado, siempre me he sentido ajena y extraña. Y ahora me he topado con un compañero que también está fuera, alguien que habla mi idioma sin decir una palabra.

Cuanto más bebe la gente, más peticiones de temas hacen, y más se llena el bote de las propinas de Dutchy. La cabeza de Richard está hundida en el cuello de Lil, y Em está prácticamente sentada en el regazo de un tipo de pelo gris que se ha acercado desde la barra.

—*Over the Rainbow!* —pide ella en voz alta, tras beber varios *gin fizz*—. ¿La conoces? ¿De esa película?

Dutchy asiente y extiende los dedos sobre las teclas. Por la habilidad con que toca los acordes, sé que se la han pedido antes.

Le queda media hora cuando Richard mira teatralmente el reloj.

—Joder... perdón —dice—. Es tarde y mañana he de ir a la iglesia.

Todos ríen.

—Yo también estoy lista para la retirada —dice Lil.

Em sonríe.

—¿Retirarte adónde?

—Salgamos de este antro. He de recoger eso que dejé en tu habitación —comenta Richard a Lil, levantándose.

—¿Qué cosa? —pregunta ella.

—Ya lo sabes. Eso —dice, haciendo un guiño a Em.

—No sabía que dejaran entrar hombres en las habitaciones —digo.

Richard se frota el pulgar y el índice.

—Un poco de grasa en las ruedas ayuda a rodar al carro, ¿entiendes?

—Es fácil sobornar al conserje —traduce Lil—. Solo para que lo sepas en caso de que quieras pasarlo bien con ese bombón de pianista. —Ella y Em se derrumban entre risitas.

Acordamos reunirnos en el vestíbulo de nuestro hotel a mediodía del día siguiente y los cuatro se levantan para irse. Y entonces hay un cambio de planes: Richard conoce un bar abierto hasta las dos y parten en su búsqueda, con las dos chicas tambaleándose en sus talones y cayendo contra los hombres, que parecen muy felices de aguantarlas.

Después de medianoche, la calle del hotel está iluminada pero vacía, como un escenario antes de que aparezcan los actores. No importa que apenas conozca al hombre en que se ha convertido Dutchy, que no sepa nada de su familia, de su adolescencia. No me importa qué ocurrirá si lo llevo a mi habitación. Solo quiero pasar más tiempo con él.

—¿Estás segura? —pregunta.

—Más que segura.

Desliza unos billetes en mi mano.

—Toma, para el conserje. Del bote de las propinas.

Está muy bien que me ponga su chaqueta en torno a los hombros. Caminar de la mano me resulta lo más natural del mundo. A través de edificios bajos, astillas de estrellas brillan en un cielo de terciopelo.

En el mostrador, el recepcionista —ahora un hombre mayor, con una gorra de mezclilla inclinada sobre la cara, dice:

—¿Qué puedo hacer por ti?

Extrañamente, no estoy nada nerviosa.

—Mi primo vive en la ciudad. ¿Puede subir conmigo para que hablemos?

El hombre mira a través del cristal a Dutchy, que está de pie en la acera.

—Un primo, ¿eh?

Deslizo un billete de dos dólares por el mostrador.

—Gracias.

Con la yema de los dedos, el conserje tira del dinero hacia él.

Le hago una seña a Dutchy y él entra, saluda al recepcionista y me sigue hacia el ascensor.

En la tenue luz de mi pequeña habitación, Dutchy se quita el cinturón y la camisa y los cuelga en la única silla. Se tumba en la cama en camiseta y pantalones, con la espalda contra la pared, y yo me apoyo contra él, amoldándome a su cuerpo. Noto su cálido aliento en el cuello, su brazo en mi cintura. Me pregunto si me besará. Deseo que lo haga.

—¿Cómo puede ser? —murmura—. No es posible. Sin embargo, he soñado con este momento. ¿Y tú?

No sé qué decir, nunca me he atrevido a creer que lo vería otra vez. En mi experiencia, cuando pierdes a alguien que te importa, no vuelve.

—¿Qué es lo mejor que te ha pasado en los últimos diez años? —pregunto.

—Verte otra vez.

Sonriendo, me apoyo otra vez en su pecho.

—Además de eso.

—Conocerte la primera vez.

Ambos reímos.

—Además de eso.

—Umm... —murmura, con sus labios en mi hombro—. ¿Hay algo más además de eso?

Me acerca a él, curvando su mano en mi cadera. Y aunque nunca he hecho nada parecido —apenas he estado a solas con algún hombre, y desde luego no con uno en camiseta—, no estoy nerviosa. Cuando me besa, todo mi cuerpo vibra.

Al cabo de unos minutos, dice:

—Supongo que lo mejor fue descubrir que era bueno en algo, tocando el piano. Era una cáscara hueca. No tenía confianza. Tocar el piano me dio un lugar en el mundo. Y... era algo que podía hacer cuando estaba enfadado o nervioso, o incluso feliz. Era una forma de expresar mis sentimientos cuando ni siquiera sabía que los tenía. —Se ríe—. Suena ridículo, ¿no?

—No.

—¿Y tú? ¿Qué es lo mejor?

No sé por qué he planteado la pregunta, porque yo misma no tengo una respuesta. Me deslizo hacia arriba hasta apoyarme en la cabecera de la cama estrecha, con los pies recogidos. Cuando Dutchy se reacomoda con su espalda contra la pared en el otro lado, las palabras me salen en torrente. Le hablo de mi soledad y hambre en casa de los Byrne, de la miseria abyecta de los Grote. Le cuento lo agradecida que estoy a los Nielsen, y también lo aplastada que me siento a veces con ellos.

Dutchy me cuenta lo que le ocurrió a él después de marcharse de aquel salón municipal. La vida con el granjero y su mujer fue tan mala como temía. Lo hacían dormir sobre fardos de paja en el granero y le pegaban si se quejaba. Se fracturó las costillas en un accidente segando y nunca llamaron al médico. Vivió con ellos tres meses, hasta que finalmente se escapó cuando una mañana el granjero le dio una paliza porque un mapache había entrado en el corral. Dolorido, medio muerto de hambre, con la solitaria y un ojo infectado, se derrumbó en la carretera a la ciudad y una viuda amable lo llevó a un hospital.

Aun así, el granjero convenció a las autoridades de que Dutchy era un delincuente juvenil que necesitaba mano dura y se lo devolvieron. Se escapó dos veces más, la segunda durante una tormenta y de milagro no murió de frío. Enredarse con la ropa colgada de un vecino le salvó la vida. El vecino lo encontró en su granero a la mañana siguiente e hizo un trato con el granjero para cambiar a Dutchy por un cerdo.

—¿Un cerdo? —digo.

—Seguro que pensó que era un buen cambio. El cerdo era enorme.

Este granjero, un viudo llamado Karl Maynard cuyos dos hijos eran adultos, le dio tareas que hacer, pero también lo envió a la escuela. Y cuando Dutchy mostró interés en el piano de cola polvoriento que tocaba la mujer del viudo, lo hizo afinar y buscó un profesor para que viniera a la granja a darle lecciones.

Cuando cumplió los dieciocho, Dutchy se trasladó a Minneapolis, donde aceptó cualquier trabajo que pudo encontrar para tocar el piano en bandas y en bares.

—Maynard quería que me hiciera cargo de la granja, pero sabía que yo no estaba hecho para eso —dice—. La verdad, estaba agradecido de tener un talento que podía utilizar. Y vivir por mí mismo. Es un alivio ser adulto.

Yo no lo había pensado así, pero tiene razón, es un alivio. Se estira y me toca el collar.

—Todavía lo tienes. Eso me da fe.

—¿Fe en qué?

—En Dios, supongo. No, no lo sé. En la supervivencia.

Cuando la luz empieza a despejar la oscuridad exterior, en torno a las cinco de la mañana, me dice que va a tocar el órgano en la iglesia episcopaliana de Banner Street en el servicio de las ocho.

—¿Quieres quedarte hasta entonces? —pregunto.

—¿Quieres que me quede?

—¿Tú qué crees?

Se estira del lado de la pared y tira de mí hacia él, curvando otra vez su cuerpo en torno al mío, con su brazo metido bajo mi cintura. Allí tumbada, acompasando mi respiración a la suya, me doy cuenta del momento en que se queda dormido. Respiro el almizcle de su *aftershave*, una vaharada de aceite de pelo. Busco su mano y entrelazo sus largos dedos con los míos, pensando en los pasos del destino que me han traído hasta él. Si no hubiera venido en este viaje. Si Richard nos hubiera llevado a cualquier otro bar... Hay muchas formas de jugar a este juego. Aun así, no puedo evitar pensar que todo lo que he pasado me ha conducido a esto. Si los Byrne no me hubieran elegido, no habría terminado con los Grote y no habría conocido a la señorita Larsen. Si la señorita Larsen no me hubiera llevado a casa de la señora Murphy, nunca habría conocido a los Nielsen. Y si no hubiera vivido con los Nielsen y no hubiera ido a la escuela con Lil y Em, nunca habría venido a Minneapolis a pasar la noche y probablemente nunca habría vuelto a ver a Dutchy.

Siento que toda mi vida ha sido un azar. Momentos fortuitos de pérdida y conexión. En cambio, esta es la primera vez que siento que es el destino.

—¿Bueno? —pregunta Lil—. ¿Qué pasó?

Estamos de vuelta a Hemingford, con Em gruñendo en el asiento trasero con gafas de sol. Su cara tiene un tinte verdoso.

Estoy decidida a no revelar nada.

—No pasó nada. ¿Qué pasó contigo?

—No cambies de tema, señorita —dice Lil—. ¿Cómo conociste a ese tipo, por cierto?

Ya había pensado en una respuesta.

—Ha ido varias veces a la tienda.

Lil se muestra escéptica.

—¿Y qué hace él en Hemingford?

—Vende pianos.

—Umm —añade, claramente no convencida—. Bueno, los dos parecíais llevaros muy bien.

Me encojo de hombros.

—Es muy agradable.

—¿Cuánto dinero ganan los vendedores de pianos, por cierto? —pregunta Em desde atrás.

Quiero decirle que se calle. En cambio, respiro hondo.

—Yo qué sé —digo—. No es que vaya a casarme con él ni nada.

Diez meses más tarde, después de contar esta conversación a dos docenas de invitados a la boda en la iglesia luterana de la Gracia, Lil levanta la copa para brindar.

—Por Vivian y Luke Maynard —dice—. Que siempre toquen juntos música hermosa.

Hemingford, Minnesota, 1940-1943

Delante de otras personas lo llamo Luke, pero siempre será Dutchy para mí. Él me llama Viv: «Suena un poco como Niamh», dice.

Decidimos instalarnos en Hemingford para que yo pueda llevar la tienda. Alquilamos un pequeño bungaló en una calle secundaria, a varias manzanas de la casa de los Nielsen, de cuatro habitaciones abajo y una arriba. Quizá con un poco de ayuda del señor Nielsen, que probablemente mencionó algo al director en una reunión del Rotary, la escuela de Hemingford le ofrece a Dutchy el puesto de profesor de música. También mantiene su actuación de fin de semana en el Grand Hotel de Minneapolis, y yo lo acompaño las noches de los viernes y sábados para cenar con él y escucharlo tocar. Y los domingos toca el órgano en la iglesia luterana de la Gracia, sustituyendo al organista de pies de plomo al que convencieron de que era hora de retirarse.

Cuando le conté a la señora Nielsen que Dutchy me había pedido que me casara con él, torció el gesto.

—Pensaba que habías dicho que no querías saber nada de matrimonio —dijo—. Solo tienes veinte años. ¿Y tu licenciatura?

—No te preocupes. Es un anillo en mi dedo, no unas esposas.

—La mayoría de los hombres quieren que sus esposas se queden en casa.

Cuando conté está conversación a Dutchy, se rio.

—Por supuesto que te licenciarás. ¡Las leyes tributarias son complicadas!

Dutchy y yo somos tan opuestos como pueden serlo dos personas. Yo soy pragmática y circunspecta; él, impulsivo y directo. Estoy acostumbrada a levantarme antes de que salga el sol; él me vuelve a llevar a la cama. Él no tiene cabeza para las matemáticas, con lo cual, además de llevar las cuentas de la tienda, he de encargarme de las cuentas en casa y pagar nuestros impuestos. Antes de conocerlo, podía contar con una mano las veces que había bebido una copa; a él le gusta tomar un cóctel cada noche, dice que lo relaja, y también me relaja a mí. Dutchy es hábil con el martillo y los clavos por su experiencia en las granjas, pero a menudo deja los proyectos a medias: contraventanas apiladas en un rincón mientras nieva copiosamente, un grifo que chorrea con algunas piezas desmontadas en el suelo.

«No puedo creer que te encontrara», me repite una y otra vez, y yo tampoco puedo creerlo. Es como si una pieza de mi pasado hubiera cobrado vida, y con ella todos los sentimientos que luchaba por mantener a raya: mi dolor por haber perdido tanto, por no tener nadie a quién contárselo, por mantener tanto escondido. Dutchy estuvo allí. Sabe quién era yo, no tengo que simular.

Los sábados por la mañana nos quedamos en la cama más de lo que estoy acostumbrada: la tienda no abre hasta las diez, y Dutchy no ha de ir a ninguna parte. Preparo café en la cocina y llevo dos tazas humeantes a la cama, y pasamos horas a la suave luz de la mañana. Yo enloquezco de anhelo y con el cumplimiento de ese anhelo, el deseo de tocar su piel, trazar el recorrido del tendón y el músculo por debajo de la superficie, pulsando de vida. Me acurruco en sus brazos, con su cuerpo tenso en torno al mío, su respiración en mi cuello, sus dedos trazando mi silueta. Nunca me he sentido así, torpe y lánguida, distraída, olvidadiza, concentrada solo en vivir el momento.

Cuando Dutchy vivía en las calles, nunca se había sentido tan solo como durante su adolescencia en Minnesota, me cuenta. En Nueva York los chicos siempre estaban gastándose bromas y haciendo un fondo común de comida y ropa. Echa de menos la presión de la gente, el bullicio y el caos, los Ford T negros traqueteando en los adoquines, el olor meloso de los vendedores de cacahuetes garrapiñados.

—¿Y tú? ¿Alguna vez has deseado volver? —pregunta.

Niego con la cabeza.

—Nuestra vida era muy dura. No tengo muchos recuerdos agradables de ese lugar.

Me acerca, pasa sus dedos por mi antebrazo.

—¿Crees que tus padres fueron felices alguna vez?

—A lo mejor. No lo sé.

Apartando el cabello de mi cara y trazando la línea de mi mentón con el dedo, dice:

—Contigo sería feliz en cualquier sitio.

Aunque es solo una de sus galanterías habituales, creo que es cierto. Y sé, con la recién hallada claridad de vivir en una relación, que mis padres nunca fueron felices juntos y probablemente nunca lo habrían sido, en ninguna circunstancia.

Una suave tarde de principios de diciembre, estoy en la tienda repasando las existencias con Margaret, la contable de ojos de lince. Hay albaranes y hojas de pedido por el suelo;

trato de decidir si pedir más pantalones de mujer que el año pasado, y estudio los estilos populares en el catálogo, así como en *Vogue* y *Harper's Bazaar*. La radio está baja; emite música swing, y entonces Margaret levanta la mano y dice:

—Espera. ¿Has oído eso? —Se apresura a ajustar el dial.

«Repetimos: este es un informe especial. El presidente Roosevelt ha declarado hoy que los japoneses han atacado Pearl Harbor, en Hawái, desde el aire. El ataque japonés también se ha efectuado contra todas las actividades navales y militares en la isla de Oahu. Se desconoce la cifra de víctimas.»

Y de repente, todo cambia.

Al cabo de unas semanas, Lil viene a verme a la tienda, con los ojos enrojecidos y lágrimas en las mejillas.

—Ayer embarcaron a Richard y ni siquiera sé adónde va. Solo le han dado una dirección de correo numerada. —Sollozando en un pañuelo blanco arrugado, añade—: Pensaba que esta guerra estúpida ya habría terminado. ¿Por qué tiene que ir mi novio?

Cuando la abrazo, ella se aferra a mi hombro.

Allá donde mires, ves carteles que animan al sacrificio y a apoyar la campaña civil de solidaridad. Muchos productos están racionados: carne, queso, mantequilla, manteca de cerdo, café, azúcar, seda, nailon, zapatos; toda nuestra línea de negocio cambia al trabajar con esos librillos azules. Aprendemos a dar cambio por cartillas de racionamiento, a dar puntos rojos como cambio de sellos rojos (por carne y mantequilla) y puntos azules por sellos azules (comida procesada). Los vales están hechos de fibra de madera, del tamaño de una moneda.

En la tienda recolectamos medias de mujer ligeramente usadas para utilizarlas en los paracaídas y cuerdas, y recogemos trozos de estaño y acero. *Boogie Woogie Bugle Boy* suena continuamente en la radio. Cambio nuestras adquisiciones para reflejar el ambiente, pidiendo tarjetas de regalo y papel de correo aéreo de piel de cebolla al por mayor, decenas de banderas estadounidenses de todos los tamaños, cecina de buey, calcetines de invierno, mazos de cartas para mandar en paquetes al extranjero. Nuestros chicos del almacén ayudan a despejar de nieve los senderos y entregan víveres y paquetes.

Algunos muchachos de mi clase de graduación están alistándose y se embarcan, y cada semana hay una cena de despedida donde cada uno aporta un plato en el sótano de la iglesia o en el vestíbulo del Roxy o en casa de alguien. El novio de Judy Smith, Douglas, es uno de los primeros. El día que cumple dieciocho va a la oficina de reclutamiento y se presenta al servicio. El siguiente es el exaltado Tom Prince. Cuando me lo encuentro en la calle antes de que se marche, me dice que no me preocupe: la guerra es una ventana abierta al viaje y la aventura con un grupo de buenos chicos con los que hacer el tonto y ganar un salario. No hablamos del peligro, y me imagino una versión de dibujos animados, con balas volando y cada chico convertido en superhéroe, corriendo invencible a través de andanadas de artillería.

Una cuarta parte de los chicos de mi clase se presentan voluntarios. Y cuando empieza el llamamiento a filas, cada vez son más los que hacen las maletas. Siento pena por los chicos rechazados a causa de pies planos, asma severa o sordera parcial, a los que veo en la tienda después de que sus amigos se hayan marchado; parecen perdidos con su ropa ordinaria de paisano.

Pero Dutchy no se sube al carro.

—Que me vengan a buscar —dice.

No quiero creer que lo llamarán; al fin y al cabo, Dutchy es profesor; se necesita en el aula. Pero pronto queda claro que solo es cuestión de tiempo.

El día que Dutchy parte para la instrucción básica en Fort Snelling, en el condado de Henepin, me quito el Claddagh de la cadena que llevo al cuello y la envuelvo en un trozo de fieltro. Poniéndoselo en el bolsillo del pecho, le digo:

—Ahora una parte de mí estará siempre contigo.

—Lo custodiaré con mi vida —responde.

Las cartas que intercambiamos rebosan esperanza, anhelo y una vaga conciencia de la importancia de la misión de nuestras tropas. Y los hitos de su instrucción: Dutchy pasa las pruebas físicas y obtiene buena puntuación en el test de aptitud mecánica. Con estos resultados es reclutado en la Marina, que intenta reemplazar a los caídos en Pearl Harbor. Pronto está en un tren a San Diego para la formación técnica.

Y cuando, seis semanas después de su marcha, le escribo para decirle que estoy embarazada, Dutchy responde que está loco de contento.

«La idea de que mi hijo crece dentro de ti me hará superar lo más duro», escribe. «Solo saber que por fin tendré una familia esperándome me vuelve más dispuesto que nunca a cumplir con mi deber y encontrar el camino de regreso a casa.»

Me siento cansada y mareada todo el tiempo. Preferiría quedarme en la cama, pero sé que es mejor permanecer ocupada. La señora Nielsen sugiere que vuelva con ellos. Dice que me cuidarán; les preocupa que no me alimente correctamente. Pero prefiero estar sola. Ahora tengo veintidós años y me he acostumbrado a vivir como una adulta.

Con el paso de las semanas, estoy más ocupada que nunca, trabajando muchas horas en la tienda y por las tardes haciendo de voluntaria en la recogida de metal y organizando envíos para la Cruz Roja. Pero detrás de todo lo que hago hay un zumbido grave de miedo. ¿Dónde está ahora Dutchy? ¿Qué está haciendo?

En mis cartas trato de no hablarle de mi malestar, de ese mareo constante que según el doctor significa que el bebé prospera dentro de mí. Le hablo en cambio de la colcha que estoy confeccionando para el bebé, cómo corto el patrón en papel de periódico y luego en papel de lija fino que se adhiere a la tela. Elegí un patrón con un dibujo entrelazado en las esquinas que recuerda el tejido de una canasta, con cinco tiras de tela en torno al borde. Es alegre, de percal amarillo y azul y melocotón, con triángulos color hueso en medio de cada cuadrado. Las mujeres del grupo de *patchwork* de la señora Murphy —de las que soy el miembro más joven e hija honorífica— han alabado mis logros y ponen especial cuidado en él, cosiendo a mano con puntadas pequeñas y precisas.

Dutchy completa su formación técnica y la formación en cubierta de portaaviones y después de pasar un mes en San Diego le notifican que embarcará pronto. Dada su formación y la situación desesperada con los japoneses, supone que lo enviarán al Pacífico central para ayudar a las fuerzas aliadas en esa región, pero nadie está seguro.

Sorpresa, talento y potencia, les dice la Marina a sus hombres, es lo que hace falta para ganar la guerra.

El Pacífico central. Birmania. China. Son solo nombres en un globo. Cojo uno de los mapamundis que vendemos en la tienda, enrollado en un tubo, y lo extiendo sobre el mostrador. Mis dedos pasan por las ciudades de Yangon, cerca de la costa, y Mandalay, la región montañosa que se halla más al norte. Yo estaba preparada para Europa, incluso sus confines más alejados, Rusia o Siberia, pero, ¿el Pacífico central? Está tan lejos —en el otro extremo del mundo— que me cuesta imaginarlo. Voy a la biblioteca y apilo libros en una mesa: textos de geografía, historia de Extremo Oriente, diarios de viajeros. Averiguo que Birmania es el país más grande del sureste de Asia, que limita con la India, China y Tailandia. Está en la región del monzón; la lluvia anual en las zonas costeras es de unos cinco metros y la temperatura media es de casi treinta y dos grados. Una tercera parte de su perímetro es costa. El escritor George Orwell publicó una novela, *Los días de Birmania*, y varios ensayos sobre la vida allí. De su lectura saco que Birmania está lo más lejos que puede estar de Minnesota.

Durante las siguientes semanas, cuando un día se funde con el siguiente, la vida transcurre tranquila y tensa. Escucho la radio, leo el *Tribune*, espero con ansiedad la llegada del cartero y devoro las cartas de Dutchy cuando llegan, ansiosa por saber si se encuentra bien, si come bien y está sano. Estudio cada palabra en busca de tonos y matices, como si sus frases fueran un código para desentrañar. Me acerco cada carta, fina como papel de seda, a la nariz e inhalo. También él sostuvo este papel. Paso el dedo por las palabras que él escribió.

Dutchy y sus compañeros de barco esperan órdenes. Maniobras de despegue de aviones de última hora en la oscuridad, los preparativos de los petates, cada elemento y cada pieza en su sitio, desde las raciones hasta la munición. Hace calor en San Diego, pero será peor allá donde van, casi insoportable.

«Nunca me acostumbraré al calor», escribe. «Echo de menos las tardes frías, caminando por la calle de la mano contigo. Hasta echo de menos la maldita nieve. Nunca pensé que diría esto.» Pero sobre todo, observa, me echa de menos a mí. Mi pelo rojo al sol. Las pecas de mi nariz. Mis ojos color avellana. El niño que crece en mi vientre. «Ya tendrás barriguita», dice. «Solo puedo imaginarlo.»

Ahora están en el portaaviones en Virginia. Esta es la última nota que enviará antes de embarcar; se la dará al capellán que subirá a bordo para despedirlos.

«La cubierta tiene 263 metros de largo. Llevamos siete colores diferentes que designan nuestros trabajos. Como técnico de mantenimiento, mi jersey de cubierta, impermeable y casco son de un verde feo, del color de los guisantes pasados.»

Lo imagino de pie en el puente de mando, con su pelo rubio encantador recogido bajo un casco soso.

Durante los siguientes tres meses recibo varias docenas de cartas, semanas después de que las escriba, a veces dos el mismo día, según de dónde las envían. Dutchy me habla de la vida tediosa a bordo, me cuenta que su mejor amigo de los días de instrucción, otro chico de Minnesota llamado Jim Daly, le ha enseñado a jugar al póquer, y que pasan largas horas bajo cubierta con un grupo cambiante de hombres de servicio en una partida interminable. Habla de su trabajo, de lo importante que es seguir el protocolo y de lo pesado e incómodo que es su casco, que está empezando a acostumbrarse al rugido de los aviones al despegar y aterrizar. Habla de que se marea y del calor. No menciona combates ni aviones abatidos. No sé si no se lo permiten o no quiere asustarme.

«Te quiero», escribe una y otra vez. «No soporto vivir sin ti. Cuento los minutos hasta verte.»

Utiliza muchas frases de canciones populares y poemas del periódico. Y las que yo le escribo no son menos clichés. Cavilo sobre el papel, tratando de derramar mi corazón en la página. Pero solo se me ocurren las mismas palabras, y espero que la profundidad del sentimiento que hay tras ellas les dé peso y sustancia. «Te amo. Te echo de menos. Ten cuidado.»

Hemingford, Minnesota, 1943

Son las diez de la mañana de un miércoles y llevo una hora en la tienda, primero revisando las cuentas en la oficina de atrás y ahora caminando por cada pasillo, como hago cada día para asegurarme de que los estantes están ordenados y los exhibidores dispuestos correctamente. Estoy en el pasillo de atrás, reconstruyendo una pequeña pirámide de crema para la cara Jergens que se ha volcado sobre una pila de jabón Ivory, cuando oigo que el señor Nielsen dice en una voz extrañamente tensa.

—¿Puedo ayudarle? —Y a continuación llama con brusquedad—: Viola.

No dejo lo que estoy haciendo, pero se me acelera el corazón en el pecho. El señor Nielsen rara vez llama a su esposa por su nombre. Continúo reconstruyendo la pirámide de tarros de Jergens, cinco abajo, luego cuatro, tres, dos y uno arriba. Apilo los tarros restantes en el estante detrás del exhibidor. Sustituyo el jabón Ivory que ha caído de la pila. Cuando termino, me quedo en el pasillo, esperando. Oigo susurros. Al cabo de un momento, el señor Nielsen dice en voz alta:

—¿Vivian? ¿Estás ahí?

Un hombre del Western Union está de pie junto a la caja registradora con su uniforme azul y gorra de visera negra. El telegrama es breve: «El Departamento de Guerra lamenta informarle que Luke Maynard murió en combate el 16 de febrero de 1943. Se enviarán más detalles en cuanto se disponga de ellos.»

No oigo lo que dice el mensajero del Western Union. La señora Nielsen se ha echado a llorar. Me toco el vientre: el bebé. Nuestro hijo.

En los meses siguientes recibo más información. Dutchy y otros tres murieron cuando un avión se estrelló contra el portaaviones. Nadie pudo hacer nada; el avión le cayó encima. «Espero que encuentre alivio en el hecho de que Luke murió en el acto. No sufrió», escribe su camarada Jim Daly. Después recibo una caja con sus efectos personales: su reloj de pulsera, mis cartas, algo de ropa. La cruz Claddagh. Abro la caja y toco cada elemento, luego la cierro y la guardo. Pasarán años antes de que vuelva a ponerme el collar.

Dutchy no había querido decirle a nadie que su esposa estaba embarazada. Era supersticioso, decía; no quería estropearlo. Me alegro de eso, me alegro de que la carta de condolencia de Jim Daly sea a una mujer, no a una madre.

Las siguientes semanas me levanto por la mañana, antes del alba, y me voy a trabajar. Reorganizo todas las secciones de productos. He encargado un cartel nuevo para la entrada y contrato a un estudiante de diseño para que se ocupe de los escaparates. A pesar de mi barriga, conduzco hasta Minneapolis y camino por los grandes almacenes, tomando notas respecto a cómo crean sus escaparates, tendencias en colores y estilos que todavía no han llegado a nosotros. Pido cámaras, gafas de sol y toallas de playa para el verano.

Lil y Em me llevan al cine, a una obra de teatro, a cenar. La señora Murphy me invita regularmente a tomar el té. Hasta que una noche me despierto con un dolor desgarrador y sé que es hora de ir al hospital. Llamo a la señora Nielsen, como hemos planeado, me preparo la canastilla y ella me recoge. Estoy siete horas de parto, el dolor es tan grande en la última fase que me pregunto si es posible partirse en dos. Lloro de dolor y vierto todas las lágrimas que no derramé por Dutchy. Estoy abrumada por la pena, la pérdida, por toda la abrupta desolación de estar sola.

Aprendí hace mucho que la pérdida no solo es probable, sino inevitable. Sé lo que significa perderlo todo, abandonar una vida y encontrar otra. Y ahora siento, con una certeza extraña y profunda, que debe de ser lo que me ha tocado en suerte en la vida, que me enseñen esa lección una y otra vez.

Tumbada en la cama del hospital lo siento todo: el terrible peso de la pena, el desmigajarse de mis sueños. Sollozo sin consuelo por todo lo que he perdido: el amor de mi vida, mi familia, un futuro que me había atrevido a imaginar. Y en ese momento tomo una decisión. No puedo pasar por esto otra vez. No puedo entregarme en cuerpo y alma solo para perderlo todo. No quiero vivir nunca más la experiencia de perder a alguien al que amo con toda mi alma.

—Ya está, ya está —señala la señora Nielsen, alarmada—. Si sigues así te vas a —dice «secar», pero yo entiendo «quedar».

—Quiero morir —le digo—. No me queda nada.

—Tienes este bebé —replica ella—. Seguirás adelante por él.

Vuelvo a empujar y al cabo de un rato sale el bebé.

En mis brazos, la niña es ligera como un polluelo. Tiene un pelo rizado y rubio. Sus ojos son tan brillantes como piedras bajo el agua. Mareada de fatiga, la abrazo y cierro los ojos.

No le he contado a nadie, ni siquiera a la señora Nielsen, lo que estoy a punto de hacer. Susurro un nombre en el oído de mi bebé. May. Maisie. Como yo, es la reencarnación de una niña muerta.

Y entonces lo hago. La entrego.

Spruce Harbor, Maine, 2011

—Oh, Vivian. La entregó en adopción —dice Molly, inclinándose en su silla.

Las dos llevan horas sentadas en los sillones de orejas del salón. La antigua lámpara entre ambas proyecta una luz sugerente. En el suelo, una pila de cartas de avión atadas con un hilo, un reloj de oro de hombre, un casco de acero y un par de calcetines militares con la inscripción «U.S. Navy» vaciados de un arcón negro.

Vivian alisa la manta en su regazo y niega con la cabeza, como sumida en sus pensamientos.

—Lo siento mucho. —Molly toca la manta de bebé que nunca se ha usado, su diseño de canasta todavía vívido, las puntadas intrincadamente prístinas.

Así que Vivian tuvo el bebé y lo entregó... y luego se casó con Jim Daly, el mejor amigo de Dutchy. ¿Estaba enamorada de él o fue un simple consuelo? ¿Le habló a él del bebé?

Vivian se inclina y apaga la grabadora.

—Ese es realmente el final de mi historia.

Molly la mira, desconcertada.

—Pero son solo los primeros veinte años.

Vivian se encoge ligeramente de hombros.

—El resto ha sido bastante anodino. Me casé con Jim y terminé aquí.

—Pero todos estos años...

—Buenos años, en su mayoría. Pero no particularmente dramáticos.

—¿Estaba...? —Molly vacila—. ¿Estaba enamorada de él?

Vivian mira por la ventana que da a la bahía. Molly sigue su mirada y ve los manzanos, apenas distinguibles a la luz proyectada desde la casa.

—Puedo decir que nunca lamenté haberme casado con él. Pero ya conoces el resto, así que te diré esto. Lo amé, pero no como a Dutchy, en cuerpo y alma. A lo mejor solo tienes un amor así en la vida, no lo sé. Pero estuvo bien. Fue suficiente.

«Estuvo bien. Fue suficiente.» El corazón de Molly se encoge como apretado en un puño. ¡Qué profunda emoción bajo esas palabras! Es difícil de calibrar. Sintiendo un nudo en la garganta, traga con fuerza. La marcada frialdad es una pose que Molly comprende muy bien. Así pues, simplemente asiente y pregunta.

—Bueno, ¿cómo es que Jim y usted terminaron juntos?

Vivian arruga los labios, pensando.

—Más o menos un año después de la muerte de Dutchy, Jim regresó de la guerra y se puso en contacto conmigo: tenía algunas cosas de Dutchy, un mazo de cartas y su armónica, que el ejército no me había enviado. Y así empezó, ya ves. Fue un alivio tener a alguien con quien hablar de eso, creo que para los dos; otra persona que conocía a Dutchy.

—¿Sabía que usted había tenido un bebé?

—No, no lo creo. Nunca hablamos de eso. Me parecía una carga demasiado pesada para él. La guerra le había afectado; había muchas cosas de las que tampoco él quería hablar.

»Jim era bueno con los datos y los números. Muy organizado y disciplinado, mucho más que Dutchy. La verdad, no creo que la tienda hubiera ido ni la mitad de bien si Dutchy hubiera vuelto. ¿Es terrible decirlo? Bueno, pues aun así. A Dutchy le importaba un pimiento la tienda, no quería dirigirla. Era músico, claro. No tenía cabeza para los negocios. En cambio, Jim y yo éramos buenos socios. Trabajamos bien juntos. Yo hacía los pedidos y el inventario, y él modernizó el sistema contable, instaló nuevas cajas registradoras eléctricas, racionalizó los proveedores, lo modernizó todo.

»Te diré una cosa: casarme con Jim fue como entrar en un agua a la misma temperatura que el aire. Apenas tuve que ajustarme al cambio. Era tranquilo, decente, trabajador, un buen hombre. No éramos una de esas parejas que terminan la frase del otro; ni siquiera estoy segura de saber lo que pasaba por su cabeza la mayor parte del tiempo. Pero nos respetábamos. Éramos amables. Cuando él se enfadaba, yo mantenía la calma, y cuando era yo la que estaba en uno de mis días negros, y en ocasiones pasaba días sin decir más que unas palabras, él me dejaba en paz. El único problema era que él quería un hijo y yo no podía dárselo. Simplemente no podía. Se lo expliqué desde el principio, pero creo que él esperaba que cambiara de opinión.

Vivian se levanta de la silla y se acerca a la ventana alta en voladizo. Molly está anonadada por su fragilidad, por lo estrecha que es su silueta. La anciana afloja los lazos de seda de los ganchos a ambos lados para que las pesadas cortinas de cachemira caigan sobre el cristal.

—Me pregunto si... —aventura Molly con cautela— si alguna vez se ha preguntado qué fue de su hija.

—Pienso en ello a veces.

—Podría encontrarla. Debería tener... —calcula mentalmente— casi setenta, ¿no? Es muy probable que aún viva.

Ajustando las cortinas, Vivian dice:

—Es demasiado tarde para eso.

—Pero... ¿por qué?

La pregunta suena a desafío. Molly contiene la respiración, consciente de que está siendo impertinente, si no directamente grosera. Pero podría ser su única oportunidad de preguntar.

—Tomé una decisión y debo vivir con ella.

—Estaba en una situación desesperada.

Vivian sigue en la sombra, de pie junto a las pesadas cortinas.

—Eso no es del todo cierto. Podría haberme quedado el bebé. La señora Nielsen me habría ayudado. La verdad es que fui cobarde. Además de egoísta y miedosa.

—Su marido acababa de morir. Puedo entenderlo.

—¿En serio? Yo no sé si puedo. Y ahora, sabiendo que Maisie estuvo viva todos estos años...

—Oh, Vivian.

La anciana niega con la cabeza. Mira el reloj de la repisa.

—Por el amor de Dios, mira qué hora es; más de medianoche. Debes de estar agotada. Vamos a encontrarte una cama.

Spruce Harbor, Maine, 2011

Molly va en una canoa remando con fuerza contra la corriente. Le duelen los hombros de hundir el remo en el agua a un lado y otro. Tiene los pies empapados; la canoa se está hundiendo, llenándose de agua. Bajando la mirada ve su móvil destrozado, la mochila empapada que contiene su portátil. Su bolsa roja caída de la canoa. Observa cómo oscila un momento en las agitadas aguas y luego se hunde lentamente. El agua ruge en sus oídos, sonando como un grifo distante. Pero, ¿por qué parece tan lejano?

Abre los ojos. Pestañea. Hay luz, mucha luz. El sonido del agua... Vuelve la cabeza y allí, al otro lado de la ventana, está la bahía. La marea está subiendo.

La casa está silenciosa. Seguramente Vivian sigue durmiendo.

El reloj de la cocina marca las ocho pasadas. Molly pone la tetera y busca en los armarios hasta que encuentra avena integral y arándanos, nueces y miel. Siguiendo las instrucciones del contenedor cilíndrico, prepara avena cocida lentamente (tan diferente de los paquetes azucarados que compra Dina), corta y añade las bayas y nueces y agrega un poco de miel. Apaga el fuego, enjuaga la tetera que han usado la noche anterior y limpia las tazas y los platos. Luego se sienta en una mecedora junto a la mesa y espera a Vivian.

Es una mañana hermosa de «postal de Maine», como llama Jack a días como este. La bahía destella al sol como escamas de trucha. En la distancia, cerca del puerto, Molly ve una flota de pequeños veleros.

Su móvil vibra. Un SMS de Jack. «¿Qué tal?» Es el primer fin de semana en meses que no han hecho planes. Su teléfono zumba otra vez. «T llamo después?»

«Toneladas d deberes», escribe Molly.

«Estudiamos juntos?»

«Puede. T llamo luego.»

«Cuándo?»

Ella cambia de tema. «Día de postal de Maine.»

«Subamos al Flying. Pasa d deberes.»

El monte Flying es uno de los favoritos de Molly, un empinado ascenso de ciento cincuenta metros a lo largo de una senda de pinos, con vista panorámica de Somes Sound, y un descenso serpenteante que termina en Valley Cove, una playa de guijarros donde puedes quedarte en grandes rocas planas contemplando el mar, antes de dar la vuelta con el coche o la bici por un camino de servicio sembrado de agujas de pino.

«Vale.» Presiona *enviar* e inmediatamente lo lamenta. Mierda.

Al cabo de unos segundos suena su teléfono.

—Hola, chica —dice Jack en español—. ¿A qué hora te recojo?

—Umm, ¿puedo llamarte luego?

—Quedemos ahora. Ralph y Dina están en la iglesia, ¿no? Te echo de menos, chica. Esa pelea estúpida... Ya no me acuerdo ni de la causa.

Molly se levanta de la mecedora, se acerca y remueve la

avena sin ninguna razón. Pone la palma de la mano en la tetera. Tibia. Aguza el oído para escuchar pisadas, pero la casa está en silencio.

—Eh —dice—, no sé cómo decirte esto.

—¿Decirme qué? —pregunta Jack, y entonces—: Joder, espera un momento: ¿vas a romper conmigo?

—¿Qué? No es eso. Dina me ha echado.

—Estás de broma.

—No.

—¿Te ha echado? ¿Cuándo?

—Anoche.

—¿Anoche? Entonces... —Molly casi puede oír los engranajes girando en la cabeza de Jack—. ¿Dónde estás ahora?

Molly respira hondo.

—En casa de Vivian.

Silencio. ¿Ha colgado?

Molly se muerde el labio.

—¿Jack?

—¿Fuiste a casa de Vivian anoche? ¿Te quedaste en casa de Vivian?

—Sí, yo...

—¿Por qué no me llamaste? —Su voz es brusca y el tono acusador.

—No quería ser una carga.

—¿No querías ser una carga?

—Solo quiero decir que he dependido demasiado de ti. Y después de esa discusión...

—Así que pensaste: «Seré una carga para ese anciana de noventa años. Es mejor que ser una carga para mi novio.»

—La verdad, estaba desquiciada. No sabía lo que estaba haciendo.

—¿Así que fuiste en autoestop hasta ahí? ¿Alguien te llevó?

—Tomé el Island Explorer.

—¿A qué hora fue?

—Alrededor de las siete.

—Alrededor de las siete. ¿Y te presentaste en la puerta y tocaste el timbre? ¿O llamaste antes?

Vale, basta.

—No me gusta tu tono —dice Molly.

Jack suspira.

—Mira —añade ella—, sé que te cuesta creerlo, pero Vivian y yo somos amigas.

Hay una pausa y entonces Jack añade:

—Ajá.

—En realidad tenemos mucho en común.

Él se ríe un poco.

—Vamos, Moll.

—Puedes preguntárselo.

—Escucha. Sabes lo mucho que me preocupo por ti, pero seamos serios. Eres una chica de acogida de diecisiete años que está en libertad vigilada. Acaban de echarte de otra casa. Y ahora te has mudado a la mansión de una vieja dama rica. ¿Mucho en común? Y mi madre...

—Lo sé. Tu madre. —Molly resopla. Cuánto tiempo va a estar en deuda con Terry, joder.

—Es complicado para mí —dice Jack.

—Bueno... no creo que sea tan complicado ahora. Le expliqué a Vivian que robé un libro.

Una pausa.

—¿Le dijiste que mi madre lo sabía?

—Sí. Le dije que tú respondiste por mí. Y que tu madre confía en ti.

—¿Qué dijo?

—Lo comprendió completamente.

Él no responde, pero Molly siente un cambio, un relajamiento de la tensión.

—Mira, Jack, lo siento. Siento haberte puesto en este aprieto. Por eso no te llamé anoche; no quería que sintieras que tenías que salvarme otra vez. Es penoso para ti, siempre haciéndome un favor, y es penoso para mí, siempre sintiendo que debo estar agradecida. No quiero tener esa clase de relación contigo. No es justo esperar que cuides de mí. Y, sinceramente, creo que tu madre y yo nos llevaríamos mejor si ella no pensara que estoy tratando de aprovecharme.

—Ella no piensa eso.

—Sí, lo piensa, y no la culpo. —Molly mira el servicio de té que se seca en el escurridor—. Y tengo que decir una cosa más. Vivian dijo que quería que vaciara su desván. Pero creo que lo que realmente quería era ver por última vez lo que había en esas cajas. Y recordar esas cosas de su vida. Así que en realidad me alegro de haber podido ayudarla a encontrar estas cosas. Siento que he hecho algo importante.

Escucha pisadas en el pasillo de arriba. Vivian estará bajando.

—He de colgar. Estoy preparando el desayuno. —Enciende el gas y calienta los copos de avena, vertiendo un poco de leche y revolviendo.

Jack suspira.

—Eres un incordio, ¿lo sabías?

—No dejo de decírtelo, pero no quieres creerme.

—Ahora te creo —dice él.

Unos días después de llegar a casa de Vivian, Molly envía un SMS a Ralph para informarle de dónde está.

Él le envía otro mensaje: «Llámame.»

Así que llama.

—¿Qué pasa?

—Has de volver para que podamos solucionar esto.

—No; está bien.

—No puedes simplemente huir —dice él—. Todos tendremos problemas si lo haces.

—No me he escapado. Vosotros me echasteis.

—No. —Suspira—. Hay protocolos. Vas a tener encima a los Servicios de Protección al Menor. Y también a la policía si esto se sabe. Tendrás que pasar por el sistema.

—Creo que he terminado con el sistema.

—Tienes diecisiete años. No has terminado con el sistema hasta que el sistema termine contigo.

—Pues no se lo digas.

—¿Quieres que mienta?

—No. Simplemente... no se lo digas.

Él se queda un momento en silencio. Luego añade:

—¿Estás bien?

—Sí.

—¿A esa señora no le molesta que estés allí?

—No.

Ralph gruñe.

—Seguro que no tiene el certificado para acogida.

—No... técnicamente.

—No técnicamente. —Ríe con sequedad—. Mierda. Puede que tengas razón. No hay necesidad de ser drástico ¿Cuándo cumplías los dieciocho?

—Pronto.

—Así que no nos hace daño a nosotros... y tampoco a ti...

—Ese dinero viene bien, ¿eh?

Él se queda otra vez en silencio, y por un momento ella cree que va a colgar. Entonces señala:

—Anciana rica. Casa grande. Te lo has montado muy bien sola. Y no quieres que informemos de tu desaparición, ¿verdad?

—Entonces... ¿todavía vivo con vosotros?

—Técnicamente —dice Ralph—. ¿Te parece bien?

—Me parece muy bien. Saludos para Dina.

—Se los daré —observa él.

Terry no se alegra particularmente de encontrarse a Molly en la casa el lunes por la mañana.

—¿Qué ocurre aquí? —se sorprende.

Jack no le ha contado el cambio de residencia de Molly; aparentemente esperaba que la situación se resolviera de alguna forma mágica antes de que su madre se enterara.

—He invitado a Molly a quedarse —anuncia Vivian—. Y ella ha tenido la amabilidad de aceptar.

—Así que no está... —empieza Terry, mirando a una y otra—. ¿Por qué no estás con los Thibodeau? —le pregunta a Molly.

—Ahora mismo la situación está un poco complicada allí.

—¿Qué significa eso?

—Que las cosas están... agitadas —explica Vivian—. Y yo estoy encantada de que duerma aquí por el momento.

—¿Y la escuela?

—Por supuesto que asistirá. ¿Por qué no iba a hacerlo?

—Es muy... caritativo por tu parte, Vivi, pero supongo que las autoridades...

—Está todo arreglado. Se queda conmigo —zanja la anciana con firmeza—. ¿Qué otra cosa voy a hacer con todas estas habitaciones? ¿Abrir un hostal?

La habitación de Molly está en la primera planta, con vistas al océano, al final de un largo pasillo, al otro extremo de la casa respecto al dormitorio de Vivian. En la ventana del cuarto de baño de Molly, también en el lado del océano, una cortina ligera de algodón danza en la brisa, succionada hacia la ventana y luego hinchándose hacia el fregadero como una presencia fantasmal amigable.

¿Cuánto tiempo ha pasado desde que alguien ha dormido en esta habitación?, se pregunta Molly. Años y más años.

Sus pertenencias, todo lo que trajo consigo de la casa de los Thibodeau, llenan apenas tres estantes del armario. Vivian insiste en que coja un antiguo escritorio de buró del salón y lo ponga en la habitación de enfrente a fin de que pueda estudiar para los exámenes finales. No tiene sentido confinarse en una habitación cuando hay todas esas opciones, ¿sí o no?

Opciones. Puede dormir con la puerta abierta, deambular con libertad, entrar y salir sin que nadie vigile sus movimientos. No se ha dado cuenta de los efectos de tantos años de juicio y críticas, implícitas y explícitas. Es como si hubiera estado en la cuerda floja, tratando de mantener el equilibrio, y ahora, por primera vez, pisara terreno firme.

Spruce Harbor, Maine, 2011

—Pareces notablemente normal —dice Lori, la asistente social, cuando Molly se presenta en el laboratorio de química para su habitual reunión quincenal—. Primero desapareció el aro de la nariz. Ahora has perdido la tira de mofeta. ¿Qué será lo siguiente, una sudadera con capucha Abercrombie?

—Uf, antes me suicido.

Lori esboza su sonrisa de hurón.

—No te entusiasmes demasiado —dice Molly—. No has visto mi nuevo tatuaje en los riñones.

—No lo has hecho.

Tiene gracia intrigar a Lori, así que Molly simplemente se encoge de hombros. Puede que sí y puede que no.

Lori sacude la cabeza.

—Echemos un vistazo a esos papeles.

Molly le entrega los formularios de servicio a la comunidad, debidamente cumplimentados y fechados, junto con la hoja de cálculo con el registro de sus horas y las firmas requeridas.

Examinándolos, Lori dice:

—Impresionante. ¿Quién ha hecho la hoja de cálculo?

—¿Quién crees?

Lori hace una mueca adelantando el labio inferior y garabatea algo en el formulario.

—¿Así que has acabado? —dice.

—¿Acabar el qué?

Lori le ofrece una sonrisa enigmática,

—De vaciar el desván. ¿No se supone que era lo que estabas haciendo?

Claro. Vaciar el desván.

El desván en realidad se ha vaciado. Todos los elementos se han sacado de las cajas y analizado. Algunas cosas se han bajado y algunos elementos insalvables se han tirado. Cierto, la mayor parte de las cosas han vuelto a las cajas y continúan en el desván. Pero ahora las sábanas están bien dobladas; las piezas frágiles bien envueltas. Molly se desembarazó de cajas de tamaños extraños o deterioradas o en mal estado y las sustituyó por cajas de cartón grueso, uniformemente rectangulares. Todo está claramente etiquetado por lugar y fecha con un rotulador negro y bien apilado bajo los aleros en secuencia cronológica. Incluso puedes caminar por allí.

—Sí, está terminado.

—Puedes hacer muchas cosas en cincuenta horas, ¿eh?

Molly asiente. No tienes ni idea, piensa.

Lori abre el archivo en la mesa delante de ella.

—Bueno, mira esto, un profesor ha puesto una nota aquí.

Molly, alertada de repente, se adelanta en su asiento. Oh, mierda, ¿ahora qué?

Lori levanta ligeramente el papel y lo lee.

—Un tal señor Reed. Estudios sociales. Explica que hiciste un trabajo para su clase... un proyecto de «acarreo». ¿Qué es eso?

—Solo un trabajo —dice con cautela.

—Umm... entrevistaste a una viuda de noventa y un años... Es la señora con quien hiciste las horas, ¿no?

—Solo me contó alguna historia. No mucho.

—Bueno, el señor Reed cree que sí. Dice que has hecho mucho más de lo esperado. Te ha nominado para algún premio.

—¿Qué?

—Un premio nacional de historia. ¿No lo sabías?

No, no lo sabía. El señor Reed ni siquiera le ha devuelto el trabajo. Molly niega con la cabeza.

—Bueno, ahora lo sabes. —Lori dobla los brazos y se echa atrás en el taburete—. Es muy emocionante, ¿eh?

Molly siente que le brilla la piel, como si estuviera tumbada sobre alguna clase de sustancia caliente como la miel. Siente que una sonrisa crece en su rostro y ha de pugnar por quedarse tranquila. Hace un esfuerzo para encogerse de hombros.

—Probablemente no lo ganaré.

—Probablemente no —coincide Lori—, pero, como dicen en los Oscar, estar nominado ya es un honor.

—Chorradas.

Lori sonríe, y Molly la imita sin poder evitarlo.

—Estoy orgullosa de ti, Molly. Lo estás haciendo bien.

—Te alegra que no esté en el reformatorio. Eso contaría como un fracaso tuyo, ¿verdad?

—Verdad. Perdería mi bono de vacaciones.

—Tendrías que vender tu Lexus.

—Exacto, señorita. Así que no te metas en líos, ¿vale?

—Lo intentaré, sin compromiso. Supongo que no querrás que tu trabajo sea demasiado aburrido.

—No hay peligro con eso —añade Lori.

La casa vibra de actividad. Terry se ciñe a su rutina y Molly participa cuando puede, poniendo la lavadora y tendiendo la ropa, haciendo patatas fritas y otras comidas vegetarianas para Vivian, a la que no parece importarle el coste adicional y la falta de criaturas vivas en el menú.

Después de algunos ajustes, a Jack le ha convencido la idea de que Molly viva aquí. Para empezar, puede visitarla sin la mirada desaprobatoria de Dina. Por otro lado, es un sitio bonito en el que estar. Por las tardes se sientan en el porche en las viejas sillas de mimbre de Vivian y contemplan cómo el cielo se tiñe de rosa, lavanda y rojo, con los colores filtrándose hacia ellos desde la bahía, una magnífica acuarela viviente.

Un día, para sorpresa de todos salvo Molly, Vivian anuncia que quiere un ordenador. Jack llama a la compañía telefónica para instalar *wifi* en la casa, un módem y un *router* inalámbrico. Después de discutir diversas opciones, Vivian decide pedir el mismo portátil plata mate que tiene Molly. No sabe realmente cómo lo usará, dice, solo para buscar cosas y quizá leer el *New York Times*.

Con Vivian inclinada sobre su hombro, Molly se conecta al sitio y entra con su propia cuenta: clic, clic, número de tarjeta de crédito, dirección, clic... vale. ¿Envío gratuito?

—¿Cuánto tarda en llegar?

—A ver... de cinco a diez días laborables. Quizás un poco más.

—¿Puede ser antes?

—Claro. Cuesta un poco más.

—¿Cuánto más?

—Bueno, por veintitrés dólares puede estar aquí en un día o dos.

—Supongo que a mi edad no tiene sentido esperar.

En cuanto llega el portátil, una elegante pequeña nave espacial rectangular con pantalla brillante, Molly ayuda a Vivian a configurarlo. Marca como favoritos el *New York Times* y la web de la asociación de jubilados (¿por qué no?) y configura una cuenta de correo electrónico (DalyViv@gmail.com), aunque es difícil imaginar a Vivian usándola. Le muestra cómo acceder al tutorial, que ella sigue paso a paso, exclamando para sus adentros al avanzar.

—Ah, es esto. Solo pulsas este botón, ¡oh! Ya veo. *Touchpad*... ¿dónde está el *touchpad*? Tonta de mí, claro.

Vivian aprende deprisa. Y enseguida, con unos pocos clics, descubre una comunidad completa de viajeros del tren y sus descendientes. Casi un centenar de los doscientos mil niños que viajaron en los trenes siguen vivos. Hay libros y artículos de periódicos, juegos y eventos. Hay un Complejo Nacional del Tren de Huérfanos con sede en Concordia, Kansas, con un sitio web que incluye testimonios de viajeros y fotografías y un enlace a las FAQ (preguntas formuladas frecuentemente, se maravilla Vivian, ¿por quién?). Hay un grupo llamado Viajeros del Tren de Nueva York; los pocos supervivientes que quedan y sus numerosos descendientes se reúnen anualmente en un convento cerca de Little Falls, Minnesota. La Sociedad de Socorro a la Infancia y el Hospital de Expósitos de Nueva York tienen sitios web con enlaces a recursos e información sobre documentos históricos y archivos. Y hay todo un subgénero de búsqueda de antepasados: hijos e hijas que vuelan a Nueva York con álbumes de recortes, buscando contratos de cumplimiento forzoso, fotografías, certificados de nacimiento.

Con la ayuda de Molly, Vivian configura una cuenta de Amazon y pide libros. Hay decenas de historias sobre los trenes, pero lo que a ella le interesan son los documentos, las historias de viajeros del tren autopublicadas, cada una un testimonio, un relato. Descubre que muchas de las historias siguen una trayectoria similar: Ocurrió esta tragedia y la otra —y me encontré en un tren— y ocurrió esto malo y lo otro, pero crecí para convertirme en un ciudadano respetable y que cumple con la ley; me enamoré, tuve hijos y nietos; en resumen, he tenido una vida feliz, una vida que solo podría haber sido posible porque fui huérfano o abandonado y enviado a Kansas o Minnesota u Oklahoma en un tren. No lo cambiaría por nada del mundo.

—Así que, ¿es propio de la naturaleza humana creer que las cosas ocurren por una razón, encontrar algún resto de significado en las peores experiencias? —pregunta Molly cuando Vivian lee alguna de estas historias en voz alta.

—Ciertamente, ayuda.

Vivian está sentada en un sillón de orejas con su portátil, examinando historias de los archivos de Kansas, y Molly en el otro, leyendo libros de la biblioteca de Vivian. Ya ha leído *Oliver Twist* y está sumida en *David Copperfield*, cuando Vivian chilla.

Molly levanta la cabeza, sobresaltada. Nunca la ha oído hacer ese sonido.

—¿Qué pasa?

—Creo que... —murmura la anciana, con un brillo azulado en la cara por el tinte lechoso de la pantalla, mientras pasa dos dedos por el *trackpad*—. Tal vez he encontrado a Carmine. El niño del tren. —Levanta el ordenador de su regazo y se lo entrega a Molly.

La página se titula «Carmine Luten, Minnesota, 1929».

—¿No le cambiaron el nombre?

—Aparentemente, no —dice Vivian—. Mira, aquí está la mujer que lo cogió de mis brazos aquel día. —Señala la pantalla con un dedo, instando a Molly a que use la barra de desplazamiento—. «Una infancia idílica», pone el artículo. Lo llamaban Carm.

Molly sigue leyendo: aparentemente Carm tuvo suerte. Creció en Park Rapids. Se casó con su novia del instituto y se convirtió en vendedor como su padre. Se entretiene con las fotografías: una en la que aparece con sus nuevos padres, justo como Vivian los describió: su madre, delgada y guapa; su padre, alto y delgado; el regordete Carmine con su pelo oscuro rizado y ojos bizqueando entre ellos. Hay una foto de él en su boda, con la mirada fija, con gafas, sonriendo al lado de una chica de mejillas redondeadas y cabello castaño mientras cortan un pastel blanco de muchas capas, y luego una de él calvo y sonriendo, con un brazo en torno a su regordeta pero todavía reconocible esposa, con un pie de foto que señala que es el día de sus bodas de oro.

La historia de Carmine la ha escrito su hijo, que al parecer investigó mucho, incluso peregrinando a Nueva York para hurgar en los registros de la Sociedad de Socorro a la Infancia. El hijo descubrió que la madre biológica de Carmine, una recién llegada de Italia, murió en el parto y su padre indigente lo dio en adopción. Carmine, dice en un colofón, murió pacíficamente a la edad de setenta y cuatro años en Park Rapids.

—Me alegra saber que Carmine tuvo una buena vida —señala Vivian—. Eso me hace feliz.

Molly entra en Facebook y escribe el nombre del hijo de Carmine, Carmine Luten Jr. Solo hay uno. Hace clic en la pestaña de fotos y le pasa el portátil a Vivian.

—Puedo crear una cuenta para ti, si quieres. Puedes enviarle a su hijo una solicitud de amistad o un mensaje de Facebook.

Vivian mira las fotos del hijo de Carmine con su mujer y nietos en unas vacaciones recientes, en el castillo de Harry Potter, en una montaña rusa, al lado de Mickey Mouse.

—Cielo santo. No estoy preparada para eso. Pero... —Mira a Molly—. Tú eres buena con esto, ¿no?

—¿En qué?

—En encontrar gente. Encontraste a tu madre. Y a Maisie. Y ahora esto.

—Oh. Bueno, realmente no, solo escribo unas palabras...

—He estado pensando en lo que dijiste el otro día —la interrumpe—. Sobre buscar a la hija que entregué. Nunca le conté a nadie esto, pero todos esos años que viví en Hemingford, cada vez que veía a una niña rubia de más o menos su edad el corazón me daba un vuelco. Estaba desesperada por saber qué había sido de ella. Pero pensaba que no tenía derecho. Ahora me pregunto... me pregunto si quizá no debería intentar encontrarla. —Mira a Molly. Tiene expresión desprotegida, llena de anhelo—. Si decido que estoy preparada, ¿me ayudarás?

Spruce Harbor, Maine, 2011

El teléfono suena y suena en la casa cavernosa, con varios receptores en diferentes salas sonando con timbres distintos.

—¿Terry? —La voz de Vivian se eleva estridente—. Terry, ¿puedes cogerlo?

Molly, sentada frente a Vivian en la sala, deja el libro y empieza a levantarse.

—Me parece que está aquí.

—Lo estoy buscando, Vivi —dice Terry desde la otra habitación—. ¿Hay un teléfono ahí?

—Puede que sí —añade Vivian, estirando el cuello para mirar—. No lo sé.

Vivian está sentada en su sitio favorito, el sillón de orejas rojo y desvaído más cercano a la ventana, con el portátil abierto y una taza de té entre las manos. Es otra jornada de formación del profesorado en la escuela y Molly está estudiando para los finales. Aunque es media mañana, no han descorrido todavía las cortinas; a Vivian el reflejo en la pantalla le parece demasiado fuerte hasta las once.

Terry entra con rapidez, medio murmurando para sí misma y medio a la sala.

—Diantre, por eso me gustan los fijos. Nunca debería haber dejado que Jack nos convenciera de comprar un inalámbrico... Oh, aquí estás. —Saca un receptor de detrás de una almohada en el sofá—. ¿Hola? —Hace una pausa, con una mano en la cadera—. Sí, es la residencia de la señora Daly. ¿Quién llama? —Se lleva el receptor al pecho—. El registro de adopciones —dice.

Vivian le hace un gesto y coge el teléfono. Se aclara la garganta.

—Soy Vivian Daly.

Molly y Terry se acercan.

—Sí, lo hice. Ajá. Sí. Oh, ¿de verdad? —Cubre el teléfono con la mano y comenta—: Alguien que cumple con los detalles que proporcioné ya ha rellenado un formulario.

Molly puede oír la voz de la mujer al otro lado de la línea, una melodía enlatada.

—¿Qué dice? —Vivian vuelve a pegarse el teléfono a la oreja e inclina la cabeza para escuchar la respuesta—. Hace catorce años —le cuenta a Molly y Terry.

—¡Catorce años! —exclama Terry.

Solo diez días antes, después de hurgar un rato en internet, Molly localizó varios servicios de registro de adopciones y limitó su búsqueda al mejor valorado por los usuarios. El sitio, descrito como un sistema para reunir a gente que quiere establecer contacto con parientes sanguíneos, parecía serio y legítimo, sin ánimo de lucro y gratis. Molly se envió el enlace del formulario a sí misma para imprimirlo en la escuela y que luego lo rellenara Vivian: apenas dos páginas, con los nombres de la ciudad, el hospital, la agencia de adopción. En la oficina de correos, Molly hizo una fotocopia del certificado de nacimiento, que Vivian guardó en una cajita debajo de la cama durante todos estos años, con el nombre original —May— que le dio a su hija. Entonces puso los formularios y la fotocopia en un sobre dirigido a la agencia y lo envió, sin esperanzas de saber nada durante semanas o meses, quizá nunca.

—¿Tengo un boli? —murmura Vivian, mirando alrededor—. ¿Tengo un boli?

Molly se apresura a ir a la cocina y, tras hurgar en el cajón de trastos, saca un puñado de bolígrafos. Luego garabatea en el papel que tiene más a mano, el *Mount Desert Islander*, hasta encontrar uno que funciona. Lleva el boli azul y el periódico a Vivian.

—Sí, sí. Muy bien. Sí, está bien —está diciendo la anciana—. Ahora cómo se deletrea eso. D-u-n-n...

Dejando el periódico en la mesa redonda junto a su silla, escribe en el margen un nombre, un número de teléfono y una dirección de correo electrónico, esmerándose con la @.

—Gracias. Sí, gracias. —Mirando de reojo el receptor pulsa el botón de colgar.

Terry se acerca a las ventanas altas y descorre las cortinas, ciñendo los lazos a cada lado. Una luz cruda y brillante inunda la estancia.

—Por el amor de Dios, ahora no veo nada —se queja Vivian, cubriendo la pantalla con la mano.

—Oh, lo siento. ¿Las cierro?

—Está bien. —Vivian cierra su portátil. Mira el periódico como si los dígitos que ha escrito en él fueran alguna clase de código.

—Bueno, ¿qué has descubierto?

—Se llama Sarah Dunnell. —Vivian levanta la mirada—. Vive en Fargo, Dakota del Norte.

—¿Dakota del Norte? ¿Seguro que sois parientes?

—Dicen que están seguros. Han comprobado y vuelto a comprobar certificados de nacimiento. Nació el mismo día en el mismo hospital. —La voz de Vivian tiembla—. Su nombre original era May.

—Oh, Dios mío. —Molly le toca la rodilla—. Es ella.

Vivian junta las manos en su regazo.

—Es ella.

—¡Qué emocionante!

—Qué aterrador —replica Vivian.

—Bueno, ¿y ahora qué?

—No sé, una llamada de teléfono. Supongo. O un mensaje de correo. Tengo una dirección de correo electrónico. —Levanta el periódico.

Molly se inclina hacia ella.

—¿Cómo prefiere hacerlo?

—No estoy segura.

—Una llamada sería más rápido.

—Podría sobresaltarla.

—Lleva mucho tiempo esperando esto.

—Eso es verdad. —Vivian parece titubear—. No lo sé, todo está yendo muy deprisa.

—Después de setenta años. —Molly sonríe—. Tengo una idea. Vamos a buscarla en Google y a ver qué encontramos.

Vivian hace un movimiento con la mano sobre el portátil plateado.

—Deprisa.

Resulta que Sarah Dunnell se dedica a la música. Tocó el violín en la Orquesta Sinfónica de Fargo y dio clases en la Universidad Estatal de Dakota del Norte hasta que se jubiló hace varios años. Es miembro del Rotary Club y ha estado casada dos veces, durante muchos años con un abogado y ahora con un dentista que está en la Junta de la sinfónica. Tiene un hijo y una hija de cuarenta y pocos años, y al menos tres nietos.

En la docena de fotos de Google, la mayoría son retratos

de Sarah con su violín y en una ceremonia de entrega de premios del Rotary. Es delgada, como Vivian, de expresión alerta y cautelosa. Y cabello rubio.

—Supongo que se lo tiñe —dice Vivian.

—Como todas.

—Yo nunca me lo he teñido.

—No todas podemos tener un pelo plateado precioso como el suyo —observa Molly.

Las cosas se precipitan. Vivian le envía a Sarah un correo electrónico. Sarah llama. En cuestión de días, ella y su marido dentista han reservado un vuelo a Maine para primeros de junio. Traerán a su nieta de once años, Becca, que se educó leyendo *Arándanos para Sal* y, dice Sarah, siempre está lista para una aventura.

Vivian lee algunos de sus mensajes a Molly en voz alta.

«Siempre me había preguntado por ti», escribe Sarah. «Había perdido la esperanza de descubrir quién eres y por qué me entregaste.»

Es emocionante, este ponerse manos a la obra. Un grupo de operarios desfila por la casa, pintando molduras, arreglando trozos de barandilla rotos en el porche que da a la bahía, limpiando alfombras orientales y arreglando las grietas en la pared que aparecen cada primavera cuando el suelo se deshiela y la casa se recompone.

—Es hora de abrir todas las habitaciones, ¿no crees? —propone Vivian una mañana durante el desayuno—. Que entre el aire.

Para impedir que las puertas del dormitorio se golpeen con el viento de la bahía, las sujetan con viejas planchas de hierro que Molly encontró en las cajas del desván. Tener todas esas puertas y ventanas abiertas en el piso de arriba crea una brisa por toda la casa. Todo parece más ligero de algún modo, abierto a los elementos.

Sin requerir la ayuda de Molly, Vivian le encarga ropa nueva en Talbots, en su portátil, con una tarjeta de crédito.

—Vivian compró ropa de Talbots. Desde su portátil. Con una tarjeta de crédito. ¿Puedes creerlo? —le cuenta Molly a Jack.

—Antes de que nos demos cuenta estarán lloviendo ranas del cielo.

Otras señales del apocalipsis proliferan. Después de que aparezca una ventana en su pantalla, Vivian anuncia que piensa registrarse en Netflix. Con un clic compra una cámara digital en Amazon. Le pregunta a Molly si ha visto al bebé panda que estornuda en el vídeo de YouTube. Incluso abre una cuenta en Facebook.

—Envió una solicitud de amistad a su hija —le cuenta Molly a Jack.

—¿Y ella aceptó?

—Enseguida.

Ambos sacuden la cabeza.

Sacan dos juegos de cama del armario de la ropa blanca, los lavan y cuelgan a secar en la larga cuerda junto a la casa. Cuando Molly las recoge, las sábanas están tiesas y huelen a lavanda. Ayuda a Terry a hacer las camas, estirando las inmaculadas sábanas blancas sobre colchones que nunca se han usado.

¿Cuándo fue la última vez que sintió esa clase de entusiasmo expectante? Incluso Terry se ha contagiado de ese espíritu.

—No sé qué cereales comprar para Becca —murmura Terry al poner la colcha con la corona irlandesa en la cama de la niña, enfrente de la suite de sus abuelos.

—Cheerios de miel y nueces son una apuesta segura —dice Molly.

—Creo que preferiría crepes. ¿Crees que le gustarán los crepes de arándanos?

—¿A quién no le gustan los crepes de arándanos?

En la cocina, mientras Molly limpia los armarios y Jack aprieta los pasadores de la puerta corredera, discuten lo que les apetecerá hacer a Sarah y su familia en la isla. Pasear por Bar Harbor, tomar helado en Ben & Bill's, comer cangrejo al vapor en Thurston's, tal vez probar en Nonna's, el nuevo restaurante del sur de Italia de Spruce Harbor que pusieron por las nubes en *Down East*...

—No viene para hacer turismo. Viene para conocer a su madre biológica —les recuerda Terry.

Se miran unos a otros y se echan a reír.

—Oh, sí, es verdad —dice Jack.

Molly está siguiendo al hijo de Sarah, Stephen, en Twitter. El día del vuelo, Stephen escribe: «Mamá ha ido a conocer a su madre biológica de noventa y un años. ¡Alucinante! ¡Una nueva vida a los sesenta y ocho!»

Una nueva vida.

Es un día de postal de Maine. Todas las habitaciones de la casa están listas. Una gran olla de sopa de pescado, la especialidad de Terry, hierve a fuego lento (a su lado, en atención a Molly, hay una olla más pequeña de estofado de maíz). El pan de maíz se enfría en la encimera. Molly ha preparado una gran ensalada con vinagreta.

Molly y Vivian han estado dando vueltas toda la tarde, simulando no mirar el reloj. Jack llamó a las dos para decir que el vuelo de Minnesota había aterrizado en Boston con unos minutos de retraso, pero que la avioneta al aeropuerto de Bar Harbor ya había despegado y tenía previsto llegar en media hora y él estaba en camino. Había cogido el coche de Vivian, una furgoneta Subaru azul marino, para recogerlos (después de pasar la aspiradora y darle una buena lavada con lavavajillas y una manguera en el sendero de entrada).

Sentada en la mecedora de la cocina, contemplando el agua, Molly se siente extrañamente en paz. Por primera vez desde que puede recordar, su vida está empezando a tener sentido. Lo que hasta este momento ha vivido como una serie de sucesos infelices, ahora lo ve como pasos necesarios hacia la... «iluminación»; quizá sea una palabra demasiado fuerte, pero hay otras menos elevadas como «aceptación» y «perspectiva». Nunca ha creído en el destino; habría sido desalentador aceptar que su vida hasta el momento se había desarrollado según algún patrón predeterminado. Sin embargo, ahora se lo pregunta. Si no la hubieran echado de una casa de acogida a otra, no habría terminado en esta isla, ni habría conocido a Jack y, a través de él, a Vivian. Nunca habría oído las historias de Vivian, con tantas resonancias con la suya.

Cuando el coche aparca en el sendero, Molly oye el crujido de grava desde la cocina, en el otro extremo de la casa. Ha estado todo el tiempo aguzando el oído.

—Vivian, están aquí —anuncia en voz alta.

—Los he oído —responde Vivian también en voz alta.

Al reunirse en el vestíbulo, Molly le coge la mano. Aquí está, piensa, la culminación de todo. Pero lo único que dice es:

—¿Preparada?

—Preparada —asiente Vivian.

En cuanto Jack apaga el motor, una niña salta del asiento de atrás, con un vestido azul a rayas y zapatillas blancas. Becca. Es pelirroja. Cabello largo y ondulado y un montón de pecas.

Vivian, sujetándose a la barandilla del porche con una mano, se tapa la boca con la otra.

—Oh.

—Oh. —Molly suspira detrás de ella.

La niña saluda.

—Vivian, ¡estamos aquí!

La mujer rubia baja del coche y las mira con una expresión que Molly nunca ha visto. Tiene los ojos como platos, buscando, y cuando su mirada se posa en Vivian, cobra una intensidad asombrosa, carente de cualquier disimulo o convención. Ansia y cautela, esperanza y amor... ¿De verdad Molly ve todo eso en la cara de Sarah o son imaginaciones suyas? Mira a Jack, sacando las maletas de la furgoneta, y él asiente y le hace un pequeño guiño: «Lo he visto. Yo también lo he sentido.»

Molly toca el hombro de Vivian, frágil y huesudo bajo su fino cárdigan de seda. Ella medio se vuelve, medio sonríe, con lágrimas en los ojos. Se lleva la mano a la clavícula, a la cadenilla de plata que lleva al cuello, el amuleto Claddagh —esas manitas que sujetan un corazón coronado: amor, lealtad, amistad—, un camino interminable que se aleja de casa y regresa en círculo. Menudo camino han recorrido Vivian y este collar, piensa Molly: un pueblo adoquinado en la costa de Irlanda a una vivienda de Nueva York, a un tren lleno de niños avanzando hacia el Oeste a través de tierras de cultivo, a toda una vida en Minnesota. Y ahora a este momento, casi cien años después de que empezara todo, en el porche de una vieja casa en Maine.

Vivian apoya un pie en el primer escalón y se tambalea ligeramente. Todos se mueven hacia ella como en cámara lenta: Molly, justo detrás de ella; Becca, acercándose al primer escalón; Jack en el coche; Sarah cruzando la grava; incluso Terry, rodeando el lateral de la casa.

—¡Estoy bien! —dice Vivian, sujetándose a la barandilla.

Molly le desliza un brazo en torno a la cintura.

—Por supuesto que sí —susurra. Su voz es serena, aunque su corazón está tan colmado que duele—. Y yo estoy justo aquí a tu lado.

Vivian sonríe. Mira a Becca, que la está mirando con sus grandes ojos color avellana.

—Bueno. ¿Por dónde empezamos?

Agradecimientos

Las hebras de esta novela —Minnesota, Maine e Irlanda— se han entretejido con la ayuda de muchas personas. Hace varios años, visitando a la madre de mi marido, Carole Kline, en su casa de Fargo, Dakota del Norte, leí una historia sobre su padre, Frank Robertson, que apareció en un volumen titulado *Century of Stories: Jamestown, North Dakota, 1883-1983*, editado por James Smorada y Lois Forrest. En el artículo «Lo llamaban "el tren de los huérfanos" y demostró que había una casa para muchos niños en la pradera», aparecían Frank y sus cuatro hermanos huérfanos que fueron colocados en casas de acogida en Jamestown y luego acabaron todos adoptados por la misma familia. Aunque resultó que no eran huérfanos del «tren de los huérfanos», la historia picó mi curiosidad. Me quedé anonadada al descubrir la amplitud y el alcance del movimiento de los trenes de huérfanos que transportaron doscientos mil niños desde la Costa Este al Medio Oeste entre 1854 y 1929.

Durante mi investigación hablé con Jill Smolowe, colaboradora y articulista de *People*, quien pensaba que podría haber material suficiente sobre los «pasajeros del tren» —como ellos se denominaban— supervivientes para escribir un artículo para *People*. Aunque el artículo nunca se materializó, la carpeta de material y contactos que compiló Jill se demostró tremendamente útil. Lo más significativo fue que Jill me presentó a Renee Wendinger, presidenta de la Organización de los Pasajeros del Tren de los Huérfanos de Nueva York, cuya madre, Sophia Hillesheim, fue pasajera del tren. En la cuadragésimo novena reunión de Pasajeros del Tren de los Huérfanos de Nueva York, celebrada en 2009 en Little Falls, Minnesota, Renee me presentó a media docena de viajeros del tren, todos de más de noventa años, entre ellos Pat Thiessen, de Irlanda, cuya experiencia se parecía asombrosamente a la que había esbozado para mi protagonista. A lo largo de la escritura de esta novela, Renee ha ofrecido paciente y generosamente su sabio consejo en cuestiones grandes y pequeñas, desde corregir errores atroces a proporcionar matices y sombreados históricos. Su libro *Extra! Extra! The Orphan Trains and Newsboys of New York* ha sido una fuente de valor incalculable. La novela no habría sido lo mismo sin ella.

Otras fuentes en que confié durante mi investigación del tren de los huérfanos fueron la Sociedad de Socorro a la Infancia; la Casa de Expósitos de Nueva York (en 2009 asistí a su 140.ª reunión y conocí allí a varios pasajeros del tren); el Museo de la Vivienda de Nueva York; el Museo de la Inmigración de Ellis Island; y el Complejo Nacional del Tren de los Huérfanos en Concordia, Kansas, un museo y centro de investigación con una vibrante presencia en internet que incluye muchas historias de pasajeros del tren. En la Sección Irma y Paul Milstein de Historia de Estados Unidos, Historia Local y Genealogía de la Biblioteca Pública de Nueva York, encontré listas no disponibles de niños huérfanos e indigentes de la Sociedad de Socorro a la Infancia y la Casa de Expósitos de Nueva York, testimonios en primera persona de los viajeros del tren y sus familias, registros manuscritos, notas de madres desesperadas explicando por qué abandonaban a sus hijos, informes de inmigrantes irlandeses y muchos otros documentos no disponibles en ningún otro sitio. Entre los libros que me resultaron particularmente útiles están: *Orphan Train Rider: One Boy's True Story*, de Andrea Warren; *Children of the Orphan Trains, 1854-1929*, de Holly Littlefield; y *Rachel Calof's Story: Jewish Homesteader on the Northern Plains*, editado por J. Sanford Rikoon (al que conocí en Bonanzaville, un complejo museístico de West Fargo que incluye un pueblo de pioneros en la pradera).

Durante mis años como escritora-residente en la Fordham University, tuve el privilegio de recibir una beca de la facultad y una subvención de investigación de Fordham que me permitió llevar a cabo una exploración en Minnesota e Irlanda. Una beca del Centro para las Artes Creativas de Virginia me dio espacio y tiempo para escribir. El irlandés Brian Nolan me guio en una gira por el condado de Galway. Sus historias sobre el ama de llaves de su infancia, Birdie Sheridan, me proporcionaron inspiración para la vida de la abuela de Vivian. En el pueblo de Kinvara, Robyn Richardson me llevó de pubs a Phantom Street y puso en mis manos un recurso importante: *Kinvara: A Seaport Town on Galway Bay*, de Caolite Breatnach y Anne Korff. Entre otros libros, *An Irish Country Childhood*, de Marrie Walsh, me ayudó con detalles geográficos e históricos.

Al mismo tiempo que estaba escribiendo mi libro, mi madre, Tina Baker, empezó a impartir un curso en Mount Desert Island, Maine: «Mujeres americanas nativas en la literatura y el mito.» Al final del curso, pidió a los estudiantes que usaran el concepto indio de «acarreo» para describir «sus viajes por aguas inexploradas y lo que eligieron llevar en sus acarreos inminentes», como escribe en la compilación de sus narraciones *Voices Yearning to be Heard: Acadia Senior College Students Pay Tribute to the Missing Voices of History*. Me di cuenta de que el concepto de «acarreo» era una hebra que necesitaba para tejer mi libro. Otros títulos que dieron forma a mi perspectiva: *Women of the Dawn*, de Bunny McBride; *In the Shadow of the Eagle: A Tribal Representative in Maine*, de Donna Loring (miembro de la Nación India Penobscot y ex congresista del estado) y *Wabanakis of Maine and the Maritimes*, del Programa Wabanaki del Comité de Servicios de Amigos Americanos. Los sitios web del Abbe Museum en Bar Harbor, Maine, y la Nación India Penobscot también me proporcionaron material valioso.

Confié en el apoyo, consejo y asesoramiento de buenos amigos y familiares: Cynthia Baker, William Baker, Catherine Baker-Pitts, Marina Budhos, Anne Burt, Deb Ellis, Alice Elliott Dark, Louise DeSalvo, Bonnie Friedman, Clara Baker Lester, Pamela Redmond Satran y John Veague. Mi marido, David, leyó el manuscrito con ojo entusiasta y corazón generoso. Penny Windle Kline me instruyó en protocolos de adopción y me proporcionó recursos cruciales. El suboficial Jeffrey Bingham y su tío Bruce Bingham, general de brigada retirado del ejército de Estados Unidos, verificaron los datos de las partes de la novela que tratan de la Segunda Guerra Mundial. Bunny McBride, Donna Loring, Robyn Richardson y Brian Nolan leyeron secciones referentes a su campo de experiencia. Hayden, Will y Eli, mis hijos, corrigieron amablemente errores en el lenguaje adolescente. Mi agente, Beth Vesel, fue una excepcional mentora y amiga. Y mi editora en Morrow, Katherine Nintzel —además de su habitual buen criterio y consejo inteligente—, propuso un cambio estructural de última hora que transformó la narración.

Este libro no existiría sin los pasajeros del tren. Habiendo tenido el privilegio de conocer a seis de ellos (todos de edades entre los noventa y cien años) y de leer centenares de sus relatos en primera persona, siento una inmensa admiración por su coraje, fortaleza y perspectiva en este episodio extraño y poco conocido de la historia de Estados Unidos.

Breve historia de los trenes de huérfanos reales

El tren de los huérfanos es una historia específicamente americana de movilidad y desarraigo que subraya un momento históricamente significativo del pasado de Estados Unidos. Entre 1854 y 1929, los llamados trenes de los huérfanos transportaron a más de doscientos mil niños huérfanos, abandonados y sin hogar —muchos de los cuales, como la protagonista de este libro, eran inmigrantes católicos irlandeses de primera generación— desde las ciudades de la Costa Este de Estados Unidos al Medio Oeste para su «adopción», que con frecuencia se convirtió en servidumbre no remunerada. Charles Loring Brace, que fundó el programa, creía que el trabajo duro, la educación y la crianza firme pero compasiva —por no mencionar los valores cristianos de las familias del Medio Oeste—, eran la única forma de salvar a estos niños de una vida de depravación y pobreza. Hasta la década de 1930, no existía una red de seguridad social; se calcula que más de diez mil niños vivían en las calles de Nueva York.

Muchos de los niños habían experimentado un gran trauma en sus cortas vidas y no tenía ni idea de adónde iban. El tren se detenía en una estación y la gente del pueblo se

Un grupo de pasajeros del tren de los huérfanos de principios del siglo XX con sus acompañantes. (Fotografía reproducida por cortesía de Children's Aid Society Archive, Nueva York.)

reunía para inspeccionarlos; en ocasiones literalmente examinándoles los dientes, ojos y miembros para determinar si un niño era lo bastante fuerte para el trabajo en el campo o inteligente y de buen carácter para cocinar y limpiar. Los bebés y los chicos mayores sanos eran normalmente los primeros en ser elegidos; las niñas mayores eran las últimas. Después de un breve período de prueba, los niños quedaban asignados a las familias que los acogían. Si un niño no era elegido, volvía a subir al tren para intentarlo en la siguiente población.

Algunos niños fueron calurosamente acogidos por nuevas familias en nuevas ciudades. Otros fueron golpeados, maltratados, insultados o descuidados. Perdieron todo sentido de sus identidades culturales y su pasado; los hermanos fueron separados a menudo y se desalentó el contacto entre

Homes Wanted

FOR CHILDREN.

A Company of Orphan Children of different ages
will arrive at

Oakland, Iowa,
Friday, Dec. 9, '04.

The Distribution will take place at the
Opera House at 10:30 a.m. and 1:30 p.m.

The object of the coming of these children is to find homes in your midst, especially among farmers, where they may enjoy a happy and wholesome family life, where kind care, good example and moral training will fit them for a life of self-support and usefulness. They come under the auspices of the New York Children's Aid Society, by whom they have been tested and found to be well-meaning and willing boys and girls.

The conditions are that these children shall be properly clothed, treated as members of the family, given proper school advantages and remain in the family until they are eighteen years of age. At the expiration of the time specified it is hoped that arrangements can be made whereby they may be able to remain in the family indefinitely. The Society retains the right to remove a child at any time for just cause and agrees to remove any found unsatisfactory after being notified.

Applications may be made to any one of the following well known citizens, who have agreed to act as local committee to aid the agent in securing homes.

*Committee: S. S. Rust, E. M. Smart, A. C. Vieth, E. C. Read,
W. B. Batler, Dr. R. G. Smith, N. W. Wentz.*

Remember the time and place.   All are invited.
Come out and hear the address.

Office: 105 East 22d St., New York City.

H. D. CLARK, Iowa Agent,
Dodge Center, Minn.

Noticias como esta se colgaban en los días y semanas anteriores a la llegada de un tren a la ciudad. (Fotografía reproducida por cortesía de Children's Aid Society Archive, Nueva York.)

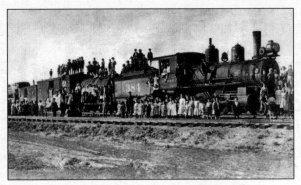

Una inusual fotografía de un tren lleno de niños de camino a Kansas. (Fotografía reproducida por cortesía de Children's Aid Society Archive, Nueva York.)

ellos. Se esperaba de niños de ciudad que hicieran trabajo de campo para el que no estaban preparados ni emocional ni físicamente. Muchos de ellos eran inmigrantes de primera generación de Italia, Polonia e Irlanda y se burlaban de ellos por sus acentos extraños; algunos apenas hablaban inglés. Los celos y la competencia en las nuevas familias crearon fisuras, y muchos niños terminaron sintiendo que no tenían ningún lugar de pertenencia. Algunos vagaron de casa en casa para encontrar a alguien que los quisiera. Muchos huyeron. La Sociedad de Socorro a la Infancia intentó mantener la pista de estos niños, pero la realidad de las grandes distancias y un registro deficiente lo dificultó.

Muchos pasajeros de los trenes nunca hablaron de su primera infancia. Sin embargo, con el paso de los años, algunos de estos pasajeros y sus descendientes empezaron a pedir que se les permitiera acceder a registros que hasta entonces habían estado cerrados para ellos. Una pasajera del tren con la que hablé, Pat Thiesen, de noventa y cuatro años, me contó que, cuando a los cincuenta y tantos años, ella finalmente consiguió el certificado de nacimiento en el que aparecían escritos los nombres de sus padres, gritó de alegría: «Estaba contentísima de saber aunque fuera solo un poco de mí», dijo. «Sigo sintiendo que es incompleto. No dejo de preguntarme: ¿Cómo eran mis abuelos? ¿Qué tenían en mi familia que yo podría haber disfrutado? ¿Quién sería yo? Bueno, pienso en todas estas cosas. Tuve un buen hogar; no digo que no. Pero siempre sentí que no eran mi familia. Y no lo eran.»